AF295158

Uli Vögl wurde 1976 in Augsburg geboren und lebt mit ihrem Mann und ihren drei Kindern in der Fuggerstadt. Wann immer ihr es möglich ist, verbringt sie viel Zeit in der Natur und zieht ihre eigenen Kräuter. Ihre Leidenschaft für das Schreiben teilt sie mit ihrer Zwillingsschwester, mit der sie gemeinsam die Donnersbergtrilogie geschrieben hat.

ULRIKE VÖGL

Noch ein Augschburg Krimi

Erstausgabe Februar 2025

Copyright © 2025 dp Verlag, ein Imprint der
dp DIGITAL PUBLISHERS GmbH
Made in Stuttgart with ♥
Alle Rechte vorbehalten

Glei schebberts

ISBN 978-3-98998-867-5
E-Book-ISBN 978-3-98998-387-8

Covergestaltung: Anne Gebhardt
Umschlaggestaltung: ARTC.ore Design
Unter Verwendung von Abbildungen von
shutterstock.com: © Alexey V Smirnov, © oxinoxi, © everythingpx,
© Csanad Kiss, © Rob Byron
adobe.stock.com: © jljusseau
elements.envato.com: © PixelSquid360
Lektorat: Katrin Gönnewig
Satz: dp DIGITAL PUBLISHERS GmbH
Druck und Bindung: Books on Demand GmbH, Norderstedt

Für meinen lieben Cousin Philipp mit den besten Wünschen für seine Gesundheit und natürlich auch für sein Runchen.

Prolog

„Herrgott noch mal, isch des vielleicht 'ne schwere Drecksarbeit!" Mit hochrotem Kopf stieß Meisner ächzend seine Schaufel in die harte Erde. Der Schweiß lief ihm dabei in Strömen über den Körper und kitzelte unangenehm am Rücken, während er sich zielstrebig zu seinem Bauarbeiterdekolleté vorarbeitete. Heftig schnaufend zog Meisner seine verdreckte Arbeitshose wieder hoch und wischte sich mit dem Handrücken den Schweiß von der Stirn. Er streckte den schmerzenden Rücken durch und kreiste die verspannten Schultern, um sich etwas Erleichterung zu verschaffen. Als er sich für die ausgeschriebene Stelle bei der Augsburger Stadtarchäologie beworben hatte, hätte er es nie für möglich gehalten, dass die Arbeit dermaßen kräftezehrend sein würde. Vorher hatte er auf dem Bau gearbeitet und sich nach einer anderen Art von Arbeit gesehnt, irgendetwas Bedeutungsvollerem. Aber das hier war in keiner Weise das, was er erwartet hatte. Im Endeffekt bekam er auch nur gesagt, welche Flächen er freilegen sollte, und sobald er auf irgendetwas stieß, was interessant sein könnte, wurde er vom Archäologen und den Uni-Fuzzis verscheucht und woanders weiterschaufeln geschickt. Überhaupt, diese Uni-Fuzzis! Sauwichtig hatten es die Herren und Damen Studenten! Aber wenn es darum ging, eine Schaufel in die Hand zu nehmen, stellten die sich an wie die reinsten Neandertaler! Nein, dafür brauchte man wieder ihn, den Mann fürs Grobe … Meisner seufzte und trank heimlich einen Schluck aus seiner Bierflasche. Er wusste, dass der Professor es nicht leiden konnte, wenn auf seiner Ausgrabungsstätte Alkohol getrunken wurde. Aber wie bitte sollte er sonst bei Kräften bleiben? Irgendwo hatte er mal gelesen, dass Bier viele Elektrolyte enthielt, also war es ja wohl das ideale Getränk für so eine Drecksarbeit. Oder war das Weizen gewesen? Egal!

Meisner seufzte erneut, bevor er seine Schaufel wieder in die Hand nahm. Es half ja alles nichts, er musste hier vorankommen, wenn er nicht riskieren wollte, erneut eine Abmahnung zu erhalten. Sein Gesichtsausdruck verfinsterte sich, als er sich daran erinnerte, wie er vor ein paar Monaten freudestrahlend zu Professor Gutmann gelaufen war, um ihm von einem wichtigen Fund zu berichten. Stolz hatte er den Archäologen zu seiner Ausgrabungsstelle geführt und aufgeregt das vermeintlich antike Hühnerskelett gezeigt, auf das er gestoßen war. Wie er es genossen hatte, dass die Uni-Fuzzis ihrem Professor wie Entenküken ihrer Mama gefolgt waren. So konnte er seinen Fund gleich angemessen allen präsentieren.

Wütend stieß er seine Schaufel wieder in die trockene Erde. Der Staub setzte sich auf seiner klebrigen Haut fest und drang ihm in Mund und Nase. Meisner musste husten und schaufelte genervt weiter, während sich die Ereignisse von damals wie ein Film vor seinem inneren Auge abspulten.

Der Professor hatte das Skelett mit spitzen Fingern aus der Grube gehoben und von allen Seiten betrachtet, dann hatte er streng seine Studenten angeblickt und sie gefragt, wer von ihnen sich da einen Scherz erlaubt habe. Die Studenten hatten sich angesehen und losgeprustet, während Meisner ahnungslos dastand wie ein Idiot und die Welt nicht mehr verstand. Der lange Schlaksige mit der bescheuerten Alpakafrisur hatte schließlich zugegeben, dass er vor ein paar Tagen Hähnchen gegessen habe ... Kichernd war die Meute wieder abgezogen und hatte den zutiefst beschämten Meisner zurückgelassen. Der Professor hatte ihm anschließend deutlich zu verstehen gegeben, dass er doch bitte nicht auf solche Kindereien hereinzufallen hatte und schon in der Lage sein sollte, ein wenige Tage altes Skelett eines Hühnchens von einem richtig alten zu unterscheiden, zumal an diesem noch Fleischrestchen hingen. Er solle sich ganz auf seine Arbeit konzentrieren und alles andere dem Team überlassen.

Erneut brodelte die Wut in ihm hoch, als er an den peinlichen Vorfall dachte. Dass diese Uni-Leute sich immer für etwas Besseres hielten! Dabei waren sie zu dämlich, mit normalem Werkzeug umzugehen. Die konnten noch nicht mal eine Kelle von einem Meißel unterscheiden, weil sie beides noch nie in der Hand gehalten hatten. Kein Wunder, dass sie hauptsächlich mit ihren Pinselchen an irgendwelchen alten Sachen herumwedelten. Zu was anderem waren sie sowieso nicht zu gebrauchen!

Vorsichtig sah Meisner sich nach allen Seiten um. Niemand zu sehen. Schnell angelte er die halb volle Bierflasche aus seinem Jutebeutel und trank erneut einen tiefen Schluck. Hmmm, tat das gut! Hastig stellte er sie zurück in seine Tasche, darauf achtend, dass sie nicht umfiel. Es wäre doch jammerschade, wenn das köstliche Getränk verschwendet würde.

Immer wieder stieß er die Schaufel in die Erde. Der Erdhaufen neben der kleinen Grube, die er schon ausgehoben hatte, wuchs ständig weiter. Noch ein, zwei Meter, dann hätte er die Tiefe erreicht, die der Herr Professor wollte. Wenn man doch nur einen Bagger benutzen könnte, wäre diese Plackerei nicht nötig! Aber nein, man könnte ja „wertvolle" Spuren endgültig zerstören …

Was an dem alten Geraffel wertvoll sein sollte, hatte ihm auch noch niemand erklären können. Als er hier angeheuert hatte, hatte er an Goldmünzen und andere wertvolle Funde geglaubt, aber alles, was man hier rauszog, waren Steine, Steine und nochmals Steine. Manche davon versetzten den Professor regelrecht in Entzücken, warum auch immer. Meisner verdrehte die Augen. Die hatten doch eh nicht alle Tassen im Schrank, die großkopferten Studierten! Egal, wenigstens konnte er über die Bezahlung seiner Arbeit nicht klagen und Schichtarbeit gab es hier auch nicht.

Weitere Zentimeter Erdreich fielen seiner Schaufel zum Opfer. Schnaufend kippte er seine Last in die Schubkarre, die neben ihm bereitstand. Noch ein, zwei Schaufeln und sie würde wieder voll sein. Mit voller Kraft stieß er seine Schaufel erneut nach unten, als ein seltsames Knirschen ertönte. Irritiert zog er die Augenbrauen hoch. Was war das denn? Vorsichtig zog er an seiner Schaufel, doch die steckte fest. Er bewegte sie hin und her, um sie zu lockern, und konnte sie so endlich herausziehen. Wahrscheinlich war er auf einen weiteren großen Stein gestoßen, die hier überall zu finden waren, oder auf eine extra harte Lehmschicht. Erneut stieß er seine Schaufel in die Erde, darauf achtend, dass er nicht in die gleiche Stelle wie zuvor stach, um den Stein zu umgehen. Wieder vernahm er deutlich ein seltsames Knirschen. Verwundert kratzte er sich am Kopf. Dann entschloss er sich, weiterzumachen, und ging diesmal behutsamer vor. Er benutzte seinen Fuß als Hebel und beförderte kleinere Erdmengen hervor. Ein kurzer Blick in die Schubkarre sagte ihm, dass diese dringend auf Entleerung wartete. Er ließ die Schaufel fallen und langte beherzt nach den Griffen der Schubkarre. Viel Schwung war nötig, um das schwere Gerät über das wacklige Holzbrett eine Etage höher zu befördern, aber er war routiniert und wusste genau, was er tat. Zu gerne hätte er einem der Uni-Fuzzis diese Arbeit überlassen und dreckig gelacht, wenn er mitsamt der Schubkarre vom Brett gekippt wäre! Aber nein, für solche Arbeiten waren sich die Herrschaften doch zu fein.

Zurück an der Grube bückte er sich nach seiner Schaufel und setzte sie erneut an. Kaum hatte er sie in die Erde gestoßen, erklang ein schabendes Geräusch. Meisner nahm die kleine Handschaufel, die er für solche Fälle immer in der Nähe hatte, und kniete sich ächzend auf den Boden. Unweigerlich entblößte er dabei wieder sein Bauarbeiterdekolleté, aber das war ihm egal. Er konnte arbeiten oder auf sein Outfit achten. Beides war nicht möglich.

Meisner entfernte vorsichtig Zentimeter für Zentimeter der Erde, bis er auf einen Widerstand stieß. Dann entfernte er die Erde um den Gegenstand mit den Händen. Er schien tatsächlich auf einen größeren Stein gestoßen zu sein. Nachdem er die Erde ausreichend gelockert hatte, fuhr er mit beiden Händen hinein, um ihn herauszuheben. Der Stein fühlte sich glatt an und Meisner hatte Mühe, ihn zu fassen. Mit einem Ruck gelang es ihm schließlich doch, das Objekt hochzuheben. Er drehte ihn in seinen Händen, um ihn genauer zu betrachten. Als er ihn um einhundertachtzig Grad gedreht hatte, ließ er seinen Fund vor Schreck fallen und keuchte laut auf. Irritiert besah er sich den runden Gegenstand, der zurück in die Grube vor ihm gekullert war, und schüttelte den Kopf. Das konnte doch nicht sein! Hatte er da wirklich einen menschlichen Schädel in Händen gehalten? Er streckte die Hände aus, um seinen Fund erneut zu betrachten, als ihm ein Verdacht kam. Er stand auf und sah sich auf der Ausgrabungsstelle um. Wo waren die ganzen Uni-Fuzzis? Niemand zu sehen ... Wahrscheinlich hielten sie mal wieder eins ihrer vielen Treffen in ihrem Zelt ab, während sie ihn hier schuften ließen!

Meisner kniete sich erneut hin und angelte den Schädel aus der Grube. Kritisch betrachtete er ihn von allen Seiten, um festzustellen, ob sich wieder einmal jemand einen Scherz mit ihm erlaubte. War der Schädel echt oder bloß so ein dämliches Halloween-Spielzeug? Er klopfte mit dem Finger dagegen, woraufhin ein hohles Geräusch erklang. Fühlte sich jedenfalls nicht nach Plastik an. Unentschlossen drehte er den Schädel in seinen Händen. Sollte er den Professor verständigen und sich am Ende wieder zum Deppen machen? Oder hatte er am Ende vielleicht etwas wirklich Bedeutsames entdeckt? Er beschloss, auf Nummer sicher zu gehen. Zunächst würde er mal nachsehen, ob sich noch weitere

Skelettteile finden ließen. Wenn es sich nur um einen Schädel handelte, würde das die Wahrscheinlichkeit eines weiteren doofen Studentenscherzes vergrößern. Aus welchem Grund sollte nur ein Schädel begraben sein?

Meisner machte sich ans Werk und entfernte verbissen Erde aus dem umliegenden Areal. Nach kurzer Zeit stieß er tatsächlich auf mehr Knochen, und nach einer halben Stunde hatte er den Oberkörper eines Skeletts halbwegs freigelegt. Zufrieden schnaufte Meisner durch und betrachtete seinen Fund.

„Um Himmels willen, Meisner, was machen Sie denn da?"

Erschrocken fuhr er herum und sah direkt auf die ausgelatschten Lederschuhe des Professors, der hinter ihm am Rand der Grube stand. Professor Gutmann starrte mit weit aufgerissenen Augen in die Grube.

„Hm, ja …" Meisner räusperte sich ausgiebig, weil sein Hals auf einmal sehr trocken war. Er wünschte sich sehnlichst einen Schluck aus seiner Flasche, aber das war natürlich unmöglich, solange der Prof bei ihm war. „Ich hab da möglicherweise was Interessantes gefunden", erklärte er nicht ohne Stolz.

„Sind Sie denn von allen guten Geistern verlassen, Mann?", schrie der Professor erbost.

Erstaunt sah Meisner ihn an. „Aber wieso? Ich hab doch bloß …"

„Sie haben bloß …", erwiderte der Professor mit unheilschwangerer Stimme. „Sie haben mit herkömmlichen Werkzeugen an einem wertvollen Artefakt herumgefuhrwerkt und womöglich wichtige Bestandteile des Fundes unwiederbringlich zerstört!"

Er balancierte über das Brett nach unten und stieß Meisner grob zur Seite. „Am besten gehen Sie sofort, bevor ich mich vergesse!"

„Das ist ja wohl die Höhe!", schrie nun auch Meisner. „Wissen Sie was, ich kündige! Ich hab keinen Bock mehr auf euren Scheiß! Die Drecksarbeit machen, kann ich, aber für alles andere bin ich ja zu blöd!"

Meisner schnappte sich seinen Rucksack, lief an dem Professor vorbei, der ihn mit weit aufgerissenen Augen anstarrte, erklomm das wacklige Brett und verschwand von der Ausgrabungsstelle.

Professor Gutmann starrte ihm noch kurz sprachlos hinterher, bevor er sich ganz auf den Fund konzentrierte. Vorsichtig strich er über die seltsam dunkel verfärbten Knochen und spürte, wie sich sein Herzschlag beschleunigte. War das endlich der ersehnte Durchbruch? Er hatte doch gewusst, dass sich in dieser Gegend bedeutsame Funde machen lassen würden! Ein Skelett war so viel besser als alles andere. Ihm wurde schwindlig, wenn er nur daran dachte, dass der oder die Tote möglicherweise nicht allein hier begraben war. Mit ein wenig Glück würden sie auch noch Gegenstände finden, die diese Menschen hinterlassen hatten. Seine Handflächen schwitzten. Das geschah immer, wenn er aufgeregt war. Endlich hatte er mal wieder einen richtigen Treffer!

Er richtete sich auf und pfiff durch die Zähne. In kürzester Zeit waren seine Studenten um ihn versammelt und sahen mit großen Augen in die Grube.

„Ja, meine lieben Studierenden, da staunen Sie!" Der Professor strahlte über beide Backen. „Worauf warten

Sie? Holen Sie Ihr Werkzeug und ran an das Skelett!" Er klatschte in seine Hände. „Hopp, hopp! Ein wenig zügig, wenn ich bitten darf!"

15

1

„Des isch jetzt aber net Ihr Ernscht!" Erbost stemmte Franzi ihre Hände in die Hüften und funkelte den vor ihr stehenden Mann wütend an.

„Was wollen Sie denn?", antwortete der und zuckte mit den Schultern. „Immerhin hab ich Sie doch verständigt."

Franzi atmete tief durch und zählte bis zehn. Das tat sie immer, wenn sie wütend war, und das war sie. Stinksauer! „Wann ham Sie die Leiche noch mal gefunden?", fragte sie nun deutlich ruhiger.

„Das hab ich Ihnen doch bereits gesagt! Das war gestern." Verständnislose Blicke trafen Franzi.

„Sie ham *geschtern* ein Skelett g'funden und ham uns *heute* erscht verständigt? Versteh i Sie da wirklich richtig, Herr Professor?"

Gutmann kratzte sich verwirrt an seiner Halbglatze. „Äh, ja. Aber ich versteh Ihre ganze Aufregung nicht. Es handelt sich mit sehr hoher Wahrscheinlichkeit um einen Skelettfund aus der Römerzeit. Die Beschaffenheit der Knochen verrät, dass die Leiche verbrannt wurde, was für die damalige Zeit üblich war, verstehen Sie?"

„Was *heutzutage* üblich isch, Herr Professor, isch, dass man sofort die Polizei verständigt, wenn man eine Leiche findet!" Franzi schüttelte erneut den Kopf über so viel Ignoranz und Dummheit.

„Aber ..."

„Nix aber!", sagte Franzi energisch. „Sie können von Glück sagen, wenn die Staatsanwaltschaft Ihnen da keinen Strick draus dreht! Die werden gar net erfreut sein, wenn die hören, dass Sie uns den Fund der Leiche net sofort g'meldet ham!" Sie fuhr sich durch die Locken.

Professor Gutmann trug inzwischen eine ungesunde Gesichtsfarbe zur Schau. „Frau Kommissarin, ich bitte Sie, warum so kleinlich? Ich hab Ihnen den Fund doch gleich heute gemeldet, und jetzt machen Sie so ein Drama draus. Außerdem sehen Sie doch, dass die Überreste eine deutliche dunkle Verfärbung aufweisen, was auf eine Brandbestattung hinweist. Das lässt eindeutig auf eine römische Bestattungszeremonie schließen."

Er zog ein weißes Stofftaschentuch aus seiner Tasche und fuhr sich hastig über die schwitzende Halbglatze.

Franzi zog die Augenbrauen hoch. Der Professor schien wirklich auf dem Schlauch zu stehen.

„Jetzt nomml für Sie zum Mitschreiben ...", sagte sie langsam und in einem Tonfall, der deutlich machte, dass sie mit ihrer Geduld am Ende war. „Wenn Sie in Zukunft eine Leiche finden, melden Sie die uns g'fälligscht sofort! Klar so weit?"

„Aber wenn die Leiche doch gar nicht in ihren Aufgabenbereich fällt, Frau Kommissarin!", sagte er, während er nervös seine Hände knetete.

„Und wer bitte entscheidet des?", fragte Franzi genervt. „Etwa Sie? Sicher net!"

„Was gedenken Sie nun zu tun?", fragte der Professor.

„Na, was wohl? Die Leiche muss in die Gerichtsmedizin, damit die Kollegen dort feststellen können, wie lange das Skelett schon in der Erde lag."

„Sind Sie wahnsinnig?", rief Gutmann entsetzt. „Womöglich befinden sich im direkten Umfeld des Skeletts weitere Funde von unschätzbarem Wert! Die Bergung darf auf keinen Fall überhastet erfolgen, um die Stelle nicht zu kompromittieren!"

Franzi lachte auf. „Ach, Sie meinen, *wir* könnten die Stelle *kompromittieren*?" Sie malte mit den Fingern Gänsefüßchen in die Luft. „Und Sie? Ham Sie etwa net so gut wie alle Spuren unweigerlich zerstört, als Sie mit unzähligen Leuten an dem oder der Toten rumgekrabbelt haben?"

„Rumgekrabbelt?" Professor Gutmann schob erbost seine Brille hoch. „Das verbitte ich mir. Wir *krabbeln* nicht an Sachen herum, wir *untersuchen* Gegenstände höchst wissenschaftlich!"

„Wobei Sie sämtliche für uns relevante Spuren höchstwahrscheinlich vernichtet haben", erwiderte Franzi trocken.

„Das ist ein Skelett aus der Römerzeit, verstehen Sie das doch endlich! Es hat für Sie keinerlei Relevanz!"

„Wir werden sehen", knurrte Franzi. „I ruf jetzt jedenfalls die Spurensicherung an, und Sie entfernen sich bitte sofort vom Ort des Geschehens."

Franzi ließ den nach Luft schnappenden Professor am Rand der Grube zurück und kletterte kopfschüttelnd nach oben. Dort zog sie ihr Handy aus der Tasche und verständigte die Spurensicherung, die zusagte, baldmöglichst vor Ort zu sein.

Eine Dreiviertelstunde später rollten die weißen Lieferwagen der SpuSi endlich an. Franzi begrüßte die Kollegen und gab ihnen eine kurze Einweisung.

„Es gibt eine kleine Planänderung", sagte Paul Winkler, der Leiter der Abteilung. Erstaunt zog Franzi die linke Braue hoch. „Der Chef hat grad angerufen und uns angewiesen, uns erst mal im Hintergrund zu halten. Die Archäologen bekommen noch Zeit, im Umfeld des Skeletts zu graben, bevor wir es entfernen. Wir sollen lediglich dabei sein und aufpassen, dass keine für uns relevanten Spuren zerstört werden."

Entsetzt starrte Franzi ihn an. „Aber ... Wieso ...?" Vor Aufregung brachte sie kaum ein vernünftiges Wort heraus.

„Der Gutmann hat anscheinend beste Kontakte zum Chef. Die kennen sich schon ewig, verstehsch?"

Franzi schüttelte erbost den Kopf. „Des isch doch net richtig! Was soll denn dieser ganze Mischt?"

Winkler legte ihr beruhigend die Hand auf die Schulter. „Kein Stress, Franzi, so wie du mir das vorhin geschildert hast, haben die eh schon so gut wie alles angefasst. Da macht's wirklich keinen Unterschied mehr, ob wir etwas früher oder später ran können. Außerdem sind wir ja jetzt da und können aufpassen, dass die nix mehr antatschen, was sie nix angeht."

Franzi seufzte. Sie hasste Vetternwirtschaft, bei der man nur kurz den Hörer in die Hand nehmen musste, um einen Gefallen einzufordern.

„Wann dürft ihr ran?", fragte sie resignierend.

„In ein, zwei Tagen, hat er gesagt. Dann sehen wir weiter. Wir geben dir Bescheid, wenn wir was haben."

Franzi nickte, verabschiedete sich und trat den Rückzug an. Im Weggehen nahm sie noch Professor Gutmanns zufriedenen Gesichtsausdruck wahr, der sein Team wieder um sich versammelte.

Sie gab dem Streifenwagen, der sie hergebracht hatte, kurz Bescheid, dass er abziehen konnte. Jetzt benötigte sie dringend etwas frische Luft. Die Ausgrabungsstelle lag in der Nähe des Augsburger Doms, war also sehr zentral gelegen, was ihr gerade recht kam. So konnte sie ihre Mittagspause gleich in der Stadt verbringen und erst ins Präsidium zurückkehren, wenn der gröbste Ärger verraucht war.

Nachdem sie um die Ecke gebogen war, kam sie in die Frauentorstraße, die zwischen dem Dom und dem Fischertor verlief. Franzi liebte diese Gegend, auch wenn sie nicht besonders häufig hier war. Hier war immer was los. Zwei große Schulen standen in direkter Nachbarschaft, weswegen auch Horden von Kindern und Jugendlichen unterwegs waren, und es fanden sich außerdem noch alteingesessene Geschäfte, wie zum Beispiel ein Hutladen, bei dem früher ihre Oma immer eingekauft hatte. Außerdem konnte man hier richtig gut essen. Für jeden Geschmack war etwas dabei.

Nach einigem Überlegen entschied sich Franzi für ein Dürüm, weil es einfach gar zu köstlich aus dem türkischen Schnellimbiss duftete. Mit ihrer Beute in der Hand lief sie die wenigen Meter bis zum Platz vor dem Dom, wo sie sich auf einer Bank in der Sonne niederließ, um ihre Mahlzeit zu genießen. Beim ersten Bissen schloss sie genießerisch die Augen. Das war jetzt genau das Richtige nach dem ganzen Ärger eben! Dieser Professor Gutmann war aber auch ein Vollpfosten! Franzi schüttelte den Kopf. Sie hatte wirklich keine Lust, sich über diesen Trottel aufzuregen. Dazu war ihr ihre Mittagspause viel zu schade.

Während sie genüsslich weiteraß, ließ sie den Blick über das imposante Bauwerk direkt vor ihren Augen schweifen. Der Augsburger Dom war eine der größten und meistbesuchten Sehenswürdigkeiten der Stadt. Kein Wunder, immerhin war er auch schon richtig alt, da er aus dem Mittelalter stammte. Der ehemalige Papst Johannes Paul II. hatte hier sogar vor vielen Jahren mal Halt gemacht und einen Gottesdienst gefeiert. Franzi war damals zwar noch ein Kind gewesen, konnte sich aber gut daran erinnern, wie unzählige Augsburgerinnen und Augsburger dem Pontifex auf den Straßen zugejubelt hatten und dass der gut gelaunte Papst lächelnd aus seinem Papamobil zurückgewinkt hatte.

Franzi wischte sich mit der Serviette über den Mund. Das Dürüm war richtig lecker gewesen! Mit den Augen folgte sie einer Schulklasse, die auf die Rückseite des Doms zusteuerte. Eine junge, energische Lehrerin lief voran, gefolgt von einer Meute Jugendlicher, die es nicht besonders eilig hatten, ihrer motivierten Lehrkraft zu folgen. Immer wieder musste sie stehen bleiben und die Kids antreiben. Sicher wollten sie zu den römischen Artefakten, die hinter dem Dom unter einer Bedachung ausgestellt waren. Eigentlich handelte es sich dabei nur um Nachbildungen, doch sie wirkten überaus realistisch und durften darüber hinaus angefasst werden. Franzi musste unwillkürlich grinsen, als sie sich vorstellte, wie unzählige Kinderhände, vor Professor Gutmanns Augen, original römische Artefakte betatschten. Der Gute würde dabei sicher einen Herzkasper erleiden.

Seufzend erhob sie sich und warf ihren Abfall in den Mülleimer, der neben der Bank bereitstand. Gerne würde sie jetzt noch ein Weilchen in der Sonne sitzen bleiben, aber die Arbeit rief. Entschlossen machte sie sich auf den Weg. Unweit des Doms war eine Straßenbahnhaltestelle, zu der sie sich nun aufmachte.

Als sie eine Viertelstunde später vor dem Polizeipräsidium Schwaben Nord ausstieg, waren Wolken am Himmel aufgezogen.

Als wüssten die, dass ich jetzt wieder an die Arbeit muss, dachte Franzi amüsiert, während sie die Eingangstür aufdrückte.

„Na, hören Sie mal, die Sarah ist jetzt schon seit gestern verschwunden!", hörte sie eine aufgebrachte Männerstimme rufen, kaum dass sie das Innere des Gebäudes betreten hatte.

Vor dem Glaskasten, in dem immer ein Beamter für die Anmeldung von Besuchern saß, stand ein aufgeregter, mittelschlanker Mann, der mit dem Fingerknöchel immer wieder gegen die Scheibe klopfte.

„Das ist doch nicht normal, dass jemand einfach so verschwindet", sagte er zu der genervt aussehenden Polizistin hinter dem Glas.

„Ich hab Ihnen doch grad schon gesagt, dass es noch viel zu früh ist, um eine Vermisstenanzeige aufzugeben!", antwortete diese augenrollend. „Und hören Sie endlich auf, gegen die Scheibe zu klopfen! Da wird man ja wahnsinnig!"

„Aber die Sarah ..." Der Mann legte seine Hand auf die Scheibe.

„Wird höchstwahrscheinlich längst zu Hause auf Sie warten." Die Beamtin zwinkerte Franzi zu, die neugierig stehen geblieben war und den Schlagabtausch verfolgte.

„Das ... Das glaube ich aber nicht." Der Mann fuhr sich mit der Hand über die Augen. Franzi bekam Mitleid mit ihm, weil er gar so verzweifelt wirkte.

„Wissen'S was?", sagte sie schließlich zu ihm. „Kommen'S doch einfach mit mir nei und erzählen mir, was eigentlich passiert isch, okay?"

Der nickte ihr dankbar zu. Hoffnung breitete sich in seinen Zügen aus.

„Franziska Danner, Kripo", sagte Franzi und reichte ihm die Hand, die er kräftig schüttelte.

„Anton Wiebert", antwortete er.

Franzi nickte der Beamtin am Eingang zu, die ihr ein „Danke" zuraunte.

„Folgen'S mir doch bittschön", sagte sie über ihre Schulter und lief zum Aufzug voraus. In ihrem Büro im zweiten Stock angekommen, deutete sie auf die Besucherecke, in der sich ein kleiner runder Tisch mit vier Stühlen befand. Kurz streifte ihr Blick den leeren Schreibtisch, an dem normalerweise ihre Kollegin und beste Freundin Helena saß. Lena hatte sich drei Wochen freigenommen, da sie mit ihrem Verlobten Nick ein Haus baute. Nach der Arbeit würde Franzi auf der Baustelle vorbeifahren, um nach dem Rechten zu sehen. Darauf freute sie sich jetzt schon.

„So", sagte Franzi und setzte sich Anton Wiebert gegenüber. „Nun erzähln Se mal von Anfang an."

„Die Sarah ist net heimgekommen, Frau Kommissarin, und jetzt hab ich richtig Angst, dass ihr was passiert ist!"

Nervös nestelte Wiebert an seinem Hemdkragen herum und strich sich über das bereits schütter werdende Haar.

„Fang mer mal ganz von vorne an", sagte Franzi geduldig. „Wer isch jetzt nomml diese Sarah?"

„Sarah Liebinger, meine Verlobte."

„Und seit wann isch se weg?"

„Seit gestern … Bitte, Sie müssen was machen!" Flehend sah Anton Wiebert Franzi an.

„Jetzt beruhigen'S sich doch mal. I bin ja scho dabei, was zu machen, ge?" Franzi deutete auf ihren Notizblock.

„Ja, klar. Entschuldigen Sie bitte, ich mach mir halt solche Sorgen." Er zwirbelte einen kleinen, goldenen Anhänger in seinen Fingern hin und her, der an einer dünnen Kette um seinen Hals hing. Franzi erkannte interessiert, dass es sich dabei um eine winzige Zirbelnuss handelte, das Stadtwappen Augsburgs. So ein Anhänger könnte ihr auch gefallen.

„Verschteh i scho, Herr Wiebert, drum sitz mer ja da. Also, die Sarah isch geschtern net heimgekommen, richtig?"

„Ja, genau!"

„Wann hätten Sie se denn zurückerwartet und von wo?", fragte Franzi.

„Sarah ist meistens gegen fünf von der Arbeit gekommen, aber obwohl ich's mehrfach probiert hab, hab ich sie nicht erreichen können."

Irritiert zog Franzi die Augenbraue hoch. „Erreichen können? Ja, wohnen Sie net mit Ihrer Verlobten zusammen?"

„Nein, leider noch nicht. Ihre Wohnung ist zu klein, meine auch und darum sehen wir uns momentan nach was Geeignetem um, verstehen Sie? Damit wir uns gemeinsam was aufbauen können." Wiebert nestelte weiter an seiner Kette herum.

Franzi hoffte, dass diese dem Geruckel standhielt. „Also, wo genau arbeitet jetzt die Frau Liebinger?"

„Ach so, ja … Entschuldigung, das hatten Sie ja vorhin schon gefragt. Ich bin nur so durcheinander!"

Franzi nickte verständnisvoll und lächelte ihn freundlich an. Sie hatte schon oft erlebt, dass Menschen in Ausnahmesituationen kaum einen klaren Gedanken fassen konnten. „Basst scho, Herr Wiebert. Also nomml, wo arbeitet Ihre Sarah?"

„Beim Augsburger Kurier", antwortete Herr Wiebert. „Sie ist Journalistin."

„Haben Sie dort schon nachgefragt, ob Ihre Verlobte heute erschienen ist?"

„Natürlich!", antwortete Herr Wiebert aufgebracht. „Ich hab gleich heute früh dort angerufen, aber die wollten mir einfach keine Auskunft geben!" Empört schnaubte er durch die Nase.

„Sie müssen scho verschtehn, Herr Wiebert, dass man heutzutag net jede Auskunft übers Telefon kriegen kann. Der Datenschutz, Sie verschtehn?"

Kraftlos ließ Anton Wiebert die Schultern fallen. „Aber wie soll ich denn sonst rauskriegen, ob die Sarah vielleicht doch in der Arbeit ist?"

„Herr Wiebert", sagte Franzi freundlich, „für eine Vermisstenanzeige isch es sowieso no zu früh. Was halten'S denn davon, wenn mer einfach no den heutigen Tag abwarten und Sie kommen morgen nomml her, falls Ihre Verlobte wirklich net auftaucht."

Anton Wiebert wischte sich über die Augen. „Aber dann ist es sicher schon zu spät", flüsterte er heiser.

„Aber woher denn?" Franzi suchte seinen Blick und lächelte ihn aufmunternd an. „Wahrscheinlich isch Ihrer Sarah bloß was dazwischengekommen und sie isch zurzeit putzmunter in der Arbeit."

„Warum konnte ich sie dann gestern die ganze Zeit nicht auf dem Handy erreichen?"

„Akku leer?"

Anton Wiebert schwieg eine Weile bedrückt. Dann sah er auf. „Frau Kommissarin, ich hab da ein ganz mieses Gefühl."

„Es isch ja au völlig normal, dass Sie beunruhigt sind, Herr Wiebert", sagte Franzi beschwichtigend. „Aber in den allermeisten Fällen steckt 'ne völlig harmlose Erklärung dahinter, wenn man 'ne Person net erreichen kann. Mal spinnt der Akku, mal ein spontanes Treffen mit jemandem, den man schon lange net mehr g'sehen hat ... Es gibt unzählige Gründe, warum ma jemanden a mal 'ne Zeitlang net erreichen kann."

„Meinen Sie?"

Franzi nickte bestimmt. „Ja, mein i. Jetzt gehn'S nach Hause und versuchen'S weiterhin, Ihre Verlobte zu erreichen, ja?"

Sie erhob sich und wartete, bis Anton Wiebert ebenfalls aufstand, bevor sie ihm die Hand reichte.

„Ach, eins wollt i Sie no fragen. Wo ham sie eigentlich diese schöne Kette her?", fragte Franzi und deutete auf die winzige Zirbelnuss.

„Ach, das alte Ding! Die hat mir damals mein Mentor an der Uni geschenkt."

„Ach so … Also, i find die richtig schön! Passt gut zu unserer Stadt. Auf Wiederschaun und Kopf hoch!"

Wiebert verabschiedete sich zögerlich und verließ das Büro.

Franzi seufzte. Ihr tat der Mann ja leid, aber was sie ihm gesagt hatte, entsprach absolut der Wahrheit. In den allermeisten Fällen steckten harmlose Erklärungen dahinter, wenn jemand vermeintlich verschwand. Man blickte ja nicht hinter die Kulissen. Vielleicht hatten sich die beiden gestritten und Sarah Liebinger benötigte eine Auszeit? Da wäre sie nicht die Erste und würde auch nicht die Letzte sein, die ihren Lebensgefährten dann kurzzeitig auf Abstand hielt oder ghostete, wie man auf Neudeutsch sagte.

In Deutschland verschwanden durchschnittlich gut einhunderttausend Personen pro Jahr. Das entsprach immerhin zwischen zweihundert und dreihundert Vermisstenmeldungen pro Tag! Über fünfzig Prozent der Fälle klärten sich innerhalb der ersten Woche auf. Weitere dreißig Prozent lösten sich binnen eines Monats. Nur eine sehr geringe Anzahl an Fällen blieb tatsächlich über längere Zeit ungelöst. Herr Wiebert hatte also sehr gute Chancen, seine Verlobte gesund und munter wiederzusehen. Franzi wünschte es ihm von ganzem Herzen. Doch sie würde diesbezüglich heute nichts unternehmen können, da die vorgeschriebene Frist eingehalten werden musste. Alle würden ihr den

Vogel zeigen, wenn sie bereits nach knapp vierundzwanzig Stunden eine Fahndung nach der Frau herausgeben würde. Die Wahrscheinlichkeit war viel zu groß, dass Sarah Liebinger einfach nur eine Zeitlang nicht erreichbar war oder nicht erreicht werden wollte.

Sie sah auf die Uhr. In zwei Stunden war Feierabend. Sie beschloss, den Bericht über den Vorfall auf der Ausgrabungsstelle anzufertigen. Den würde sie heute noch weiterleiten.

Während sie schrieb, kochte ihre Wut wieder hoch. Sie atmete tief durch und gönnte sich ein paar Tropfen Lavendelöl auf ihren Handgelenken. Das roch nicht nur herrlich, sondern wirkte auch wunderbar beruhigend.

Als sie endlich fertig war, war beinahe Feierabend. Franzi beschloss, heute eine Viertelstunde früher zu gehen, da sie es sowieso kaum erwarten konnte, Lena endlich wiederzusehen. Die gemeinsame Arbeit fehlte ihr und sie konnte und wollte sich überhaupt nicht mehr vorstellen, ohne ihre Partnerin zu sein. Als Lena vor ein paar Jahren von Hamburg nach Augsburg gezogen war, hatten sich die beiden schnell angefreundet, auch wenn Lena am Anfang ziemliche Probleme mit dem Augsburger Dialekt hatte. Aber inzwischen hatte sie sich in der wunderschönen Fuggerstadt voll eingewöhnt und baute mit ihrem Verlobten sogar ein Haus ganz in Franzis Nähe, um sich permanent hier niederzulassen.

Franzi schnappte sich ihren Fahrradhelm vom Garderobenständer und warf sich ihre leichte Jacke über. Die letzten Tage waren ungewöhnlich warm gewesen, aber manchmal wurde es jetzt Ende Mai noch etwas ungemütlich.

Nach einer gemächlichen Fahrt erreichte sie schließlich den Stadtteil Göggingen, im Augsburger Süden. Sie beschloss, zunächst ihr Fahrrad heimzubringen und es dort abzustellen und gleichzeitig ihre geliebten Hunde zu holen, die sicher schon sehnsüchtig auf sie warteten. Tatsächlich wartete ihr Waschtl bereits an der Gartentür auf sie und wedelte freudig mit dem Schwanz. Kaum dass Franzi die Tür geöffnet hatte, stürzte sich der riesige Hund auch schon auf sie und schlabberte ihr über das ganze Gesicht.

„Ihhh, du Bär", rief Franzi kichernd. Sie wuschelte über seinen verfilzten Kopf und drückte ihn fest an sich. „Ja, du hasch mir au gefehlt!", raunte sie ihm zu. „*Wer* isch mein Beschter? *Du* bisch mein Beschter!" Sie drückte ihm einen dicken Schmatzer auf den Kopf, bevor sie sich suchend umsah. „Aber wo isch denn mein Guschtl?"

Es raschelte im Gebüsch, aus dem plötzlich ein Langhaardackel herausschoss. Franzi bückte sich lächelnd und nahm den kleinen Hund auf den Arm.

„Ja, Herr Guschtav, da bisch du ja! Wo warsch denn du scho wieder, du Baraber? Ah ge, du Saubär, dei ganzes Fell isch voller Kletten!" Liebevoll entfernte sie die lästigen Anhängsel.

„Kommt's, ihr zwei, lasst's uns zur Lena gehn. Da könnt's ihr rumtoben, soviel ihr wollt's!"

Sie setzte Herrn Guschtav wieder auf dem Boden ab, wo der kleine Hund sofort mit Waschtl um sie herumhüpfte. Franzi ging bei diesem Anblick das Herz auf. Herr Guschtav wohnte erst seit einem halben Jahr bei ihr. Als ihre liebe Freundin Marie bei einem tragischen Brand ums Leben gekommen war, hatte sie den Kleinen adoptiert und seitdem waren ihr Waschtl und Herr Guschtav ein Herz und eine Seele. Obwohl der Dackel nach einem Unfall nur noch drei Beine hatte, stand er dem viel größeren Waschtl in nichts nach und tobte mit ihm durch den ganzen Garten.

Franzi holte die Leinen der Hunde und machte sich auf den Weg zu Lena. Dies dauerte nur zwei Minuten, worüber Franzi sich wahnsinnig freute. Nach Maries Tod hatte sie das Grundstück ihrer Freundin geerbt, und sie hatte nicht lang überlegen müssen, was sie damit anstellen wollte. Früher hatte sie unzählige Stunden in Maries gemütlichem Garten zugebracht und mit ihr über Gott und die Welt geredet. Was lag da näher, als Lena das Grundstück zu schenken, und somit ihre beste Freundin ganz in ihrer Nähe zu wissen?

Lautes Hämmern und Sägen unterbrach Franzis Gedanken. Sie staunte, als sie um die Ecke bog und sah, wie weit Lenas Haus schon gediehen war. Lena hatte sich unbedingt ein Holzhaus gewünscht, wovon der Holzrahmen bereits stand. Sogar das Dachgerüst war aufgerichtet worden. Seit Franzi vor drei Tagen das letzte Mal hier gewesen war, hatte sich richtig was getan.

„Ja, die Franzi!", erklang eine fröhliche Stimme. „Wie schön!"

Franzi sah Helena freudestrahlend auf sich zulaufen. Die provisorische Gartentür war nur angelehnt, und so dauerte es nicht lang und Franzi fand sich in einer innigen Umarmung mit ihrer Freundin wieder. Waschtl und Herr Guschtav bellten um die Wette und sprangen an den Frauen hoch, wodurch die sich in den Leinen verhedderten.

Helena lachte. „Ja, ihr zwei dürft natürlich auch nicht fehlen!“ Sie streichelte die Hunde ausgiebig, während Franzi schmunzelnd die Leinen entwirrte.

„Kommt doch rein“, sagte Helena und hielt das Gartentürchen einladend auf.

Das ließ sich Franzi nicht zweimal sagen. Sie betrat mit den Hunden das Grundstück und wickelte eine Leine sorgfältig um das Gartentürchen, um es zu verschließen, damit Waschtl und Herr Guschtav nicht ausbüxten.

„Sieh mal, Nick“, hörte sie Helena rufen. „Wir haben Besuch!“

Das Sägen verstummte und eine staubige Gestalt kam aus dem Inneren des Rohbaus.

„Ach, die Franzi!“, rief Nick erfreut. „Bist du heute etwa schon fertig damit, böse Buben zu fangen?“ Er zog sich die Handschuhe aus und stopfte sie in den Hosenbund, bevor er sich vorbeugte und Franzi ein Küsschen auf die Wange gab.

„Hallo, Nick“, antwortete Franzi grinsend. „Böse Buben fang i lieber mit deiner Lena, also hab i mer gedacht, dass i lieber zu euch komm, als im Präsidium rumzuhängen.“

Nick lachte. „Bald hast du sie ja wieder!“

„Obacht!“, rief jemand vom Dach. „Glei schebberts!“

Gerade noch rechtzeitig sprangen die drei zur Seite, bevor eine lange Latte neben ihnen auf den Boden knallte.

„Sorry! Die ist mir ausgekommen!“

Franzi sah nach oben. Von dort blickte ein besorgtes Gesicht auf sie herunter. Mo! Sie wurde rot. Wenn sie ehrlich war, hatte sie gehofft, den schmucken Zimmermann hier anzutreffen.

„Ist nix passiert, oder?"

Alle schüttelten den Kopf.

„Da bin ich aber froh", rief Mo erleichtert. „Was ist eigentlich mit mir?", rief er an Franzi gewandt.

„Was soll mit dir sein?", fragte sie irritiert.

„Krieg i etwa keinen Begrüßungskuss?", erwiderte er prompt.

Franzi riss die Augen auf. Offenbar hatte er von oben gesehen, wie sie sich mit Lena und Nick begrüßt hatte.

„Einen Kuss? Ja, sag mal, spinnsch du?"

„Der Nick hat doch au einen bekommen!", rief Mo über beide Backen grinsend.

„Des war höchschtens ein Küsschen und des au nur auf die Wange", sagte Franzi. Aus dem Augenwinkel sah sie Helena breit grinsen.

„Macht ja nix! Du kannsch mich natürlich au woandersch hin küssen", antwortete Mo frech.

Franzi drohte ihm spielerisch mit der Faust, bevor sie sich schnell wegdrehte, damit er das verräterische Leuchten in ihren Augen nicht zu sehen bekam.

Als sie Moritz vor einem halben Jahr zum ersten Mal begegnet war, hätte sie nie gedacht, dass sie ihm von da an so oft über den Weg laufen würde. Als Lena angefangen hatte, ein Holzhaus zu planen, war Zimmermann Mo gleich mit Feuereifer bei der Sache gewesen und seitdem sahen sie sich regelmäßig, wenn auch nur auf der Baustelle. Die Luft knisterte jedes Mal gewaltig, wenn Franzi und Mo sich sahen, zumindest fühlte es sich für sie so an. Ob irgendwann einmal mehr daraus werden würde, stand in den Sternen.

Lächelnd sah sie, wie Nick seine Lena in eine enge Umarmung zog, ihr Dinge ins Ohr flüsterte, die sie zum Erröten brachten, und ihr einen Kuss auf die Nasenspitze gab, bevor er sich wieder an die Arbeit machte. Liebe musste so schön sein!

Kurze Zeit später hatten es sich Franzi und Helena unter einem Sonnenschirm im hinteren Teil des Gartens auf zwei klapprigen Gartenstühlen gemütlich gemacht. Wobei der Begriff Garten echt übertrieben war, da die ganze Fläche durchgängig von einer Walze planiert worden war und kaum ein Hälmchen darauf wuchs. Durch den Brand und die schweren Maschinen, die das Haus danach abgerissen hatten, war der Garten so schlimm beschädigt worden, dass sie ihn vor dem Neubau erst einmal komplett planieren mussten.

Franzi ließ den Blick schweifen und seufzte. „Troschtlos!"

Helena nickte. „Ja, da hast du völlig recht, aber lange hält dieser Zustand ja nicht mehr an, nicht wahr?" Sie zwinkerte ihrer Freundin zu und grinste.

Helena hatte Franzi das Versprechen abgerungen, ihr bei der Neugestaltung des Gartens zur Hand zu gehen, und die war gleich Feuer und Flamme gewesen. Franzi liebte Gartenarbeit und hatte schon zahllose Ideen im Kopf, die nur auf ihre Umsetzung warteten.

„I würd am liebschten heut scho anfangen!", sagte Franzi sehnsüchtig.

Helena lachte. „Ich weiß! Mir geht es ja nicht viel anders, aber du weißt doch ..."

„Ja, ja … Erscht, wenn der Rohbau von außen komplett fertig isch!"

„Eben." Helena legte Franzi die Hand auf die Schulter und suchte ihren Blick. „Sonst würden die Bauleute alles wieder zusammentrampeln, was du mühevoll angelegt hast. Das wäre doch jammerschade!"

„Du hasch ja recht. Aber mir isch es halt so schwer ums Herz, wenn i an Marie und ihren wunderschönen Garten denk!"

Helena legte ihre Hand auf Franzis Arm und sah sie ernst an. „Das weiß ich doch, meine Liebe. Aber glaub mir, der Garten wird wieder genauso schön, wie er einmal war!"

„Des wird die Marie freuen, wenn sie uns von da oben zuguckt", sagte Franzi leise.

„Aber klar tut sie das", antwortete Helena ernsthaft. „Und sie ist mit Sicherheit unheimlich stolz auf dich, weil du dich so gut um ihren Herrn Gustav kümmerst." Sie beugte sich vor und sah Franzi in die Augen. „Und weil du mir und Nick das Grundstück so großzügig überlassen hast! Ich kann dir gar nicht sagen, wie dankbar wir dir sind! Wir hätten uns doch niemals ein Haus, noch dazu in dieser Gegend, leisten können!"

Franzi wurde rot und winkte ab. „Jetzt hörsch aber auf, Lena! Du weißsch doch, dass des alles andere als uneigennützig von mir war. I wollt di halt in meiner Nähe ham! Und i werd euch no oft g'nug auf'n Keks gehen. Wirsch scho sehen!"

Helena lachte. „Du bist hier immer willkommen, liebste Franzi! Für mich ist es doch auch das Größte, dich in meiner Nähe zu wissen!" Sie stand auf und umarmte Franzi fest.

„So, und jetzt hole ich uns mal was zu trinken. Bei dem ganzen Staub hier bekommt man ja eine trockene Kehle!"

Franzi grinste. Tatsächlich schwirrten überall winzige Holzpartikel durch die Luft, was auch der einzige Grund für den aufgespannten Sonnenschirm war, da es jetzt im Frühling noch nicht so heiß war, dass man ihn gebraucht hätte.

Helena lief zu einer großen Kühlbox und holte eine Flasche Saft und zwei Gläser heraus. Sie drehte sich zu Franzi um und schwenkte die Flasche in der Luft.

„Schau mal, Nicks Kollege vom Stadtmarkt war zu Besuch und hat frisch gepressten Rhabarbersaft mitgebracht."

„Hmmm … Des isch ja toll", sagte Franzi erfreut. „Da hat sich mei Besuch ja scho gelohnt."

Helena drohte ihr spielerisch mit dem Finger. „Und ich hab gedacht, dass du wegen mir gekommen bist …"

Franzi grinste und nahm Helena die Gläser ab, die von ihr umgehend gefüllt wurden.

„Wieso sollt i denn wegs dir kommen? I kann di doch au im Büro sehen, wenn du wieder da bisch."

Helena lachte. „Du bist vielleicht eine! Aber mir ist eh klar, dass ich nicht der einzige Grund für deinen Besuch bin." Sie prostete Franzi zu und deutete mit dem Kopf in Richtung Haus.

Franzi folgte ihrem Blick und sah Mo auf dem Dachgerüst herumkraxeln. Prompt spürte sie Wärme in den Wangen aufsteigen. „I weiß gar net, was du meinsch", sagte sie mit Unschuldsmiene, obwohl ihr klar war, dass ihre roten Wangen ihre Worte Lügen straften.

Sie tranken den erfrischenden Saft und anschließend
berichtete Franzi von ihrem Arbeitstag. Als sie ihre Begegnung mit dem Archäologen beschrieb, musste Helena mehrmals laut lachen. „Der tut mir ja schon beinahe leid, der gute Herr Professor", sagte sie und kicherte.

„Ach was!", rief Franzi aufgebracht, „Der hat doch net
alle Tassen im Schrank! Findet 'ne Leiche und ruft erscht am nächschten Tag die Polizei! Wo gibt's denn so
was?"

„Na ja", erwiderte Helena, „es war ja eher ein Skelett,
wenn ich dich richtig verstanden habe, und keine frische Leiche mehr. Aber ich gebe dir schon recht, der
hätte uns gleich verständigen müssen."

„Ja, genau! Und dann ruft der au no sein Spezl an und
verhindert, dass wir ordentlich unsre Arbeit machen
können!" Franzi schnaubte empört durch die Nase.

„Das ist allerdings ein starkes Stück!", sagte Helena
kopfschüttelnd. „Das hätte ich dem Mayer gar nicht zu-
getraut!"

Kriminalhauptkommissar Mayer war Franzis und
Helenas Chef, der sich bisher eigentlich immer korrekt
verhalten hatte. Ein typischer Beamtentyp, etwas bie-
der, aber normalerweise absolut zuverlässig.

„Ach, wo findsch des heutzutag net, diese Spezlwirt-
schaft", meinte Franzi resignierend. Sie zuckte mit den
Schultern und winkte ab. „Aber weißsch was, von dene
beide lass mer uns fei net den Feierabend versauen,
gell?"

Helena lachte. „Da hast du aber so was von recht!
Prost, Franzi!" Sie stieß mit ihrem Glas gegen Franzis.

„Fascht hätt i's vergessen", sagte Franzi. „Da war no so 'n Mann im Präsidium ..." Sie berichtete von ihrer Begegnung mit Anton Wiebert.

Helena hörte aufmerksam zu und hob schließlich hilflos ihre Hände. „Was soll man da machen? Uns sind in so einem Fall halt die Hände gebunden. Ich kann mir schon vorstellen, dass dir das schwerfällt, das würde mir genauso gehen. Aber so leid es einem tut, so ist es nun mal. Hoffentlich klärt sich die Sache mit der verschwundenen Verlobten schnell auf."

Franzi nickte. „I hab ihm au g'sagt, dass sie sicher bald wieder auftaucht. Wahrscheinlich hockt der jetzt eh grad mit seiner Verlobten z'sam und lacht mit ihr drüber, dass er heut so 'nen Aufriss bei der Polizei g'macht hat." Sie trank ihr Glas aus. „Aber jetzt will i mit dir meine neueschten Ideen für den Garten besprechen", sagte sie und klatschte voller Tatendrang in die Hände. „Was hältsch du von 'nem Hochbeet?"

Helena lachte über Franzis plötzlichen Themenwechsel, und gleich darauf vertieften sie sich in ein Gespräch über Hochbeete, Kräuterspiralen und vieles mehr, sodass die Zeit wie im Flug verging.

„Pizza?", ertönte eine tiefe Stimme und unterbrach ihr Gespräch.

Franzi blickte überrascht auf. Direkt vor ihnen stand Mo, eine riesige Pizzaschachtel, aus der es verführerisch duftete, in beiden Händen balancierend.

„Was für eine hervorragende Idee!", rief Helena begeistert und klatschte vergnügt in die Hände. Sie sprang von ihrem Stuhl auf. „Ich hole Nick, nicht dass der Arme mir noch verhungert." Und weg war sie.

Mo ließ sich auf den frei gewordenen Platz fallen. Die Pizza legte er in Ermangelung eines Tisches auf seinem Schoß ab.

„Mann, bin ich fertig!" Er streckte sich ausführlich und ließ seinen Kopf kreisen.

„Des glaub i dir gern!", erwiderte Franzi mitfühlend. „So wie du da oben immer umanander kraxelsch ..."

Moritz stand auf und reichte ihr die Schachtel.

„Kannst du bitte kurz halten? Ich möchte mich doch noch kurz frisch machen, bevor wir essen."

Er lief zum Brunnen, von dem nur noch die Pumpe stand, und betätigte den Hebel. Das Wasser lief in einen bereitstehenden Eimer. Als er voll war, zog Moritz sein verschwitztes T-Shirt aus, beugte sich nach vorne und goss sich das Wasser über Kopf und Oberkörper.

Franzi schluckte. Das Wasser lief in kleinen Bächen über Mos durchtrainierten Körper. Mit einer geschmeidigen Bewegung strich er sich das feuchte Haar nach hinten und wischte sich mit der Hand über das Gesicht.

„Tut das gut!", bemerkte er zufrieden. Anschließend ergriff er erneut die Pumpe und füllte den Eimer ein zweites Mal. Diesmal tauchte er sein T-Shirt ein und knetete es durch. Dann nahm er das triefnasse Teil heraus und wrang es kräftig aus, bevor er es zum Trocknen über den Pumpenschwengel hängte.

Franzi beobachtete die Szene mit trockenem Mund. Mo war wirklich ein Bild von einem Mann! Sie war sich sicher, dass er sich seines unverschämt guten Aussehens mehr als bewusst war, wie sie seinem verschmitzten Grinsen entnahm, als er zurückkam und sich auf den Stuhl fallen ließ.

„Na, was gesehen, was dir gefällt?"

Franzi schnappte nach Luft. Das war ja wohl die Höhe! Was bildete sich dieser Lackaffe nur ein?

„Ja", sagte sie trocken. „Die Pizza!" Sie öffnete den Deckel und nahm sich ein Stück. Nach dem ersten Bissen schloss sie genießerisch die Augen und leckte mit der Zunge über die fettigen Lippen.

Als sie die Augen wieder öffnete, bemerkte sie aus den Augenwinkeln, dass Moritz sie beobachtete.

„Was gucksch du denn so?", fragte sie irritiert.

„Köstlich", sagte Mo leise und ließ seinen Blick von der Pizza zu Franzis Lippen schweifen.

Erneut spürte Franzi die verräterische Wärme in ihren Wangen aufsteigen. Schnell nahm sie sich noch ein Stück Pizza, um sich abzulenken.

„He, lasst ihr schon noch was für uns übrig?", rief jemand hinter ihr.

Franzi drehte den Kopf.

„Klar, Nick! Komm her und hau rein!"

Helena folgte ihrem Verlobten hinterdrein und setzte sich neben ihn auf den Boden.

„Du kannst deinen Stuhl gern zurückhaben", sagte Moritz, ganz Gentleman der alten Schule.

Helena winkte ab und schmiegte sich an Nicks Seite.

„Ach, lass nur", sagte sie grinsend, „ich bin genau da, wo ich am allerliebsten bin!" Sie drückte Nick einen dicken Schmatzer auf die Wange. Der legte lächelnd den Arm um sie und zog Helena fest an sich.

Franzi lächelte. Sie freute sich so für ihre Freundin. Lena so glücklich zu sehen, war das Allergrößte.

Als sie den Kopf drehte, begegnete sie Mos Blick. Er sah sie lange an, bevor er sich an einem neuen Stück Pizza bediente.

Es kribbelte seltsam in Franzis Magen. Ob das die vielgerühmten Schmetterlinge im Bauch waren, von denen sie in kitschigen Liebesromanen gelesen hatte? Sie schüttelte schmunzelnd den Kopf. Nein, sie hatte wahrscheinlich einfach nur Kohldampf. Sie beschloss, sich darüber keine Gedanken zu machen, und langte lieber noch mal kräftig zu.

Erst als es dunkel wurde, machte Franzi sich zum Aufbruch bereit.

„Brrr, isch des jetzt aber kalt g'worden", sagte sie schaudernd. Sie pfiff durch die Zähne. „Herr Guschtav, Waschtl, mir gehn jetzt!"

Die Hunde kamen angerannt und tollten um sie herum. Franzi lachte. „Jetzt kommt's aber, ihr zwei, oder habt's ihr kein Hunger net?"

Waschtl bellte und lief zur Gartentür. Herr Guschtav folgte seinem besten Freund auf dem Fuß.

„Tschüss, Lena, tschüss Nick", sagte Franzi zu ihren Freunden und umarmte die beiden kräftig. „Danke für alles und bis hoffentlich bald."

„Das will ich aber hoffen!", erwiderte Helena augenzwinkernd.

„Ich pack's jetzt auch. Darf ich dich noch ein Stück begleiten?", fragte Mo.

Franzi nickte. Während Mo seine Sachen zusammenklaubte, nahm sie die Hunde an die Leine.

„Woll mer durch die Krautgärten gehn?", fragte sie Mo, als er gehbereit neben ihr stand.

„Gerne", antwortete er lächelnd.

Franzi wusste, dass Mo einen eigenen kleinen Krautgarten bewirtschaftete. Dort war sie ihm zum ersten Mal begegnet.

Sie verließen das Grundstück und bogen nach links in die Straße ab. Einträchtig schweigend liefen sie nebeneinanderher, bevor sie nach wenigen Gehminuten in die Krautgärten abbogen. Das Areal diente seit vielen Jahren als Anbaumöglichkeit für Obst und Gemüse jeder Art. Es war ursprünglich von der ortsansässigen Hessingklinik angelegt und an Mitarbeitende verpachtet worden. So konnten sich die Menschen früher ihre Lebensmittel selbst anbauen und Geld sparen. Heutzutage waren die kleinen Parzellen an Leute verpachtet, die sich hier ihr eigenes kleines Stück vom Paradies schufen. Im Gegensatz zu Schrebergärten stand hier jedoch der Anbau von Obst und Gemüse im Vordergrund.

Franzi und Mo schlenderten den schmalen Kiesweg entlang, der mitten durch die Parzellen führte. Die Hunde liefen ihnen an der Leine voraus.

„I lieb die Luft hier einfach", sagte Franzi und atmete tief ein.

„Ich auch", antwortete Mo lächelnd. „Hast du noch kurz Zeit?"

Franzi sah ihn fragend an.

„Ich würd dir gern noch meinen Krautgarten zeigen, wenn du Lust hast."

„Au ja!" Franzi strahlte. „I wollt mir scho immer mal einen von den Gärten genauer ansehen."

„Dann mal los!"

Mo lief voran und bog nach kurzer Zeit in einen kleinen Weg links ab. Sie liefen an ein paar Parzellen vorbei, bis er schließlich vor einer kleinen hölzernen Gartentür stehen blieb.

„Willkommen in meinem Reich", sagte er grinsend und hielt ihr galant die Tür auf.

Franzi betrat eine kleine Rasenfläche und wartete dort auf Mo, der das Türchen hinter sich verschloss.

„Wenn du willst, kannst du die Hunde hier laufen lassen."

„Net, dass die dir no was kaputt machen!", meinte Franzi zweifelnd und sah auf ihre aufgeregten Begleiter hinunter.

„Ach was." Moritz winkte ab. „Was sollen die beiden schon kaputt machen? Lass sie nur los."

Franzi löste die Leine, woraufhin Waschtl und Herr Guschtav sich sofort aufmachten, das neue Terrain zu erkunden.

„Die können hier net raus. Du musst dir also keine Sorgen machen", sagte Mo fürsorglich. „Darf ich dir das Grundstück zeigen?"

Franzi nickte begeistert.

Sie liefen ein paar Schritte auf eine kleine Hecke zu, die in der Mitte von einem Rosenbogen unterbrochen war. Um diese Jahreszeit trug die Rose kräftige Knospen und vereinzelte Blüten. Franzi staunte, wie dick die einzelnen Zweige der Rose waren und bewunderte die tiefrote Farbe der riesigen Blüten. Vorsichtig nahm sie eine Blüte in die Hand und atmete den lieblichen Duft der Pflanze tief ein. Dann folgte sie Mo durch den Rosenbogen und blieb erstaunt stehen. Vor ihr lag ein kleines Paradies. Links von ihr befand sich eine kleine Holzhütte, vor der eine selbst gezimmerte Bank zum Ausruhen einlud. Rechts von ihr standen mehrere Obstbäume und -sträucher. Um den Stamm eines alten Apfelbaums hatte Mo eine Sitzfläche angebracht, auf der man wunderbar im Schatten sitzen konnte. Um die Bäume und Sträucher herum wuchs eine wunderschöne Wildblumenwiese, in der es wunderbar summte und brummte. Franzi konnte Herrn Guschtav darin nicht sehen, aber Waschtls Kopf lugte hinter einem Baum hervor und sie vermutete, dass sein kleiner Freund wie immer in seiner Nähe war.

Sie liefen ein paar Schritte weiter. Vor ihnen erstreckten sich zwei große Beete, auf denen zartes Grün seine Köpfe in die Luft reckte. Zwischen den Setzlingen lagen Bretter, damit Mo darauf laufen konnte, ohne dem Gemüse zu schaden. Am Ende des Grundstücks floss ein Bächlein. Franzi betrachtete den kleinen Holzsteg, der es Mo ermöglichte, hier problemlos Wasser zu schöpfen.

„Marke Eigenbau?"

Mo nickte stolz. „Vorher war hier nur ein kleiner Trampelpfad nach unten, der war aber immer super rutschig und vor allem nach Regen überhaupt nicht begehbar", erklärte er seiner Besucherin.

„Von wem hast du denn den Garten?", fragte Franzi neugierig. Sie wusste, dass es nicht einfach war, an eine der begehrten Parzellen heranzukommen.

„Von meinem Opa", antwortete Mo bereitwillig. „Viele Jahre hat er hier vor allem Kartoffeln und Bohnen angebaut. Irgendwann hat sein Kreuz nimmer mitmachen wollen, da hat er mich gefragt, ob ich den Garten haben will."

„Es isch wirklich wunderschön hier", sagte Franzi bewundernd. Sie konnte nicht fassen, wie ruhig es hier war, obwohl sich die Gärten im Stadtgebiet befanden.

Auch die Nachbarparzellen störten nicht, da sie durch hohe Hecken abgeschirmt waren.

„Ich bin auch sehr gern hier", sagte Mo zu. „Ich hab hier sogar schon übernachtet, aber sag's net weiter. Das ist hier nicht so gern gesehen." Er deutete auf die Hütte.

Franzi grinste und hob zwei Finger in die Höhe. „Indianerehrenwort", sagte sie feierlich.

Mo lachte. „Magst du vielleicht ein Bier?"

Franzi sah ihn erstaunt an. „Hasch du sogar 'nen Kühlschrank in deiner Hütte, oder was?"

„Komm", sagte Mo und winkte ihr, ihm zu folgen. „Ich zeig dir was."

Er lief voraus zur Hütte und öffnete die Tür mit einem Schlüssel. Innen drehte er eine Gaslampe an, die den Raum sofort in ein warmes Licht tauchte. Das Innere war gemütlich eingerichtet. Links stand eine Eckbank mit einem runden Tisch und zwei Stühlen und rechts war in die Holzwand eine Nische eingelassen worden, in der Franzi kariertes Bettzeug erkennen konnte.

Mo bückte sich und schob einen kleinen, bunten Teppich zur Seite. Erstaunt erkannte Franzi eine Falltür im Boden, die Mo an einem kleinen Eisenring anhob. Mit einem Bein kniete er sich auf den Boden und langte mit der Hand durch das Loch. Sein ganzer Arm verschwand darin und kurz darauf hielt er zwei kleine Flaschen Bier in der Hand. Er schloss die Luke wieder sorgfältig und schob den Teppich zurück. Dann drückte er Franzi eine der Flaschen in die Hand. Sie war schön kühl. Anschließend ließ er sich auf der Eckbank nieder und klopfte einladend auf den Platz neben sich. Franzi setzte sich auf das weiche Fell, das die Sitzfläche bedeckte. Es war angenehm warm in der Stube, obwohl die Tür weiterhin offen stand.

Mo öffnete sein Bier mit einem Flaschenöffner und reichte ihn dann Franzi weiter. Nachdem sie ihre Flasche geöffnet hatte, stießen sie miteinander an.

„Proscht!“

Franzi trank einen großen Schluck. „Hmmm, des isch aber lecker!“, sagte sie anerkennend.

„Ich find des auch richtig gut“, erwiderte Moritz lächelnd. „Ich hol des immer aus einer kleinen Brauerei in den Stauden. Das ist ein echter Familienbetrieb, bei dem schon mein Opa sein Bier geholt hat.“

„Die Hütte sieht gar nicht so alt aus“, sagte Franzi, während sie sich umsah.

„Gut beobachtet“, antwortete Mo. „Früher stand hier eine windschiefe Gartenlaube, die hab ich abgerissen und das Häuschen hingesetzt. Mein Gartenwerkzeug ist in einem Unterstand auf der Hinterseite.“

Franzi nickte verstehend. Sie hatte sich schon gewundert, wo die ganzen Schaufeln und Rechen waren, die man für so einen Garten brauchte. Sie liebte Pflanzen über alles und pflegte ihren eigenen Garten liebevoll, wobei ein großer Teil eher naturbelassen war. Das Beet vor der Terrasse mal ausgenommen.

Ein großer Schatten huschte vor der Tür vorbei, dicht gefolgt von einem kleinen.

„Deine beiden haben eine Mordsgaudi“, sagte Mo lachend.

Franzi grinste. „Ja, die sind so neugierig. Die müssen jetzt erscht mal alles erkunden. Die werden heut Abend todmüde sein, weil die doch scho bei der Lena so rumgetobt sind."

„Ihr zwei versteht euch echt gut", bemerkte Mo und sah Franzi forschend an.

„Ja, die Lena isch meine beschte Freundin", erwiderte Franzi ernst. „I bin so was von froh, dass sie meine Partnerin isch. Auf sie kann i mi zu hundert Prozent verlassen."

„Das hat Helena mir auch schon gesagt", erwiderte Mo augenzwinkernd.

„Ihr habt's über mi geredet?", fragte Franzi erstaunt.

„Nur ein bisschen." Mo winkte ab. „Hat sich so ergeben."

Franzi trank einen weiteren Schluck aus der Flasche, um sich ihre Irritation nicht anmerken zu lassen. Warum sprachen Lena und Mo über sie? Sie nahm sich vor, die Freundin beim nächsten Mal darauf anzusprechen.

Auf einmal stürmte Waschtl in die Hütte. Er legte seinen Kopf auf Franzis Bein und winselte leise. Herr Guschtav kam hinterher und hechelte aufgeregt.

Franzi strich ihrem Liebling über den Kopf. „Hasch du Hunger?", fragte sie liebevoll. „Wart kurz. I trink nur no schnell mein Bier aus, dann könn mer los."

Sie nahm den letzten Schluck und reichte die Flasche Mo. „Vielen Dank für das gute Bier, aber für uns wird's jetzt Zeit zu gehen. Du siehsch ja, wie hungrig meine Baraber sind." Entschuldigend deutete sie auf die beiden Hunde, die treuherzig zu ihnen aufsahen.

„Gern geschehen", erwiderte Mo. „Ihr seid hier jederzeit willkommen", fügte er hinzu.

„Danke sehr", sagte Franzi gerührt und stand schnell auf, damit er nicht sah, wie sehr sie sich über seine Einladung freute.

Als er aufstehen wollte, winkte sie ab. „Wir finden scho alleine raus. Bleib ruhig sitzen und trink in Ruhe dein Bier aus."

Mo nickte gehorsam. „Also dann, eine gute Nacht, ihr drei."

„Gute Nacht!" Franzi verließ die Hütte und ging von den Hunden gefolgt zum Ausgang des Gartens. Dort leinte sie die beiden an. Sie warf einen letzten Blick zurück und verließ schließlich das Grundstück. Der restliche Nachhauseweg dauerte nur fünf Minuten.

Nachdem sie die Hunde gefüttert hatte, schmierte sie sich ein paar Brote und setzte sich vor den Fernseher. Sie konnte der Sendung allerdings nicht so recht folgen, war sie doch mit ihren Gedanken bei einer kleinen grünen Oase ganz in der Nähe.

2

Am nächsten Morgen erwachte Franzi schon, bevor ihr Wecker klingelte. Sie hatte wunderbar geschlafen und erinnerte sich vage an einen Traum, der sie bis zuletzt in seinen Fängen gehalten hatte. Er musste schön gewesen sein, da sie mit einem Lächeln aufgewacht war.

Nachdem sie sich geduscht und angezogen hatte, versorgte sie zunächst die Hunde, die es kaum abwarten konnten, zu frühstücken. Die beiden gebärdeten sich, als hätten sie seit Tagen nichts bekommen. Wie immer halt ... Während die Hunde fraßen, brühte sie sich eine Tasse Tee aus ihren selbst gezogenen Kräutern auf. Ein wunderbar würziger Geruch erfüllte in kürzester Zeit die ganze Küche. Sie holte einen Becher Joghurt aus dem Kühlschrank und mischte ihn mit ein wenig Müsli in einer kleinen Schale. Fertig war ihr Frühstück. Als sie die Terrassentür für die Hunde öffnete, schauderte sie. Wie kühl es in der Früh noch war! Ein Blick in den wolkenlosen Himmel machte ihr aber Hoffnung, dass es heute wieder angenehm warm werden würde.

Eine knappe halbe Stunde später machte sich Franzi auf den Weg ins Präsidium. Die Hunde blieben wie immer im Garten zurück. Sie hatten Zugang zum Gartenhäuschen, in dem ein gemütliches Eck für sie eingerichtet war, falls das Wetter plötzlich umschlug oder sie einfach mal ihre Ruhe wollten.

Franzi radelte beschwingt drauflos. Sie genoss die frische Luft beim Fahrradfahren. Zum Glück war noch nicht allzu viel auf den Straßen los, was sich aber sicher bald ändern würde. Ab halb, dreiviertel acht war auf den Straßen immer die Hölle los, was sie vermeiden konnte, wenn sie wie heute bereits um Viertel nach sieben losfuhr.

Auch im Präsidium war noch alles ruhig. Sie schaltete ihren PC an und holte sich, während der hochfuhr, eine Tasse Milchkaffee aus der Personalküche. Dort traf sie auf Streifenpolizist Schorsch, der sich gerade seinen überdimensional großen Thermobecher mit Kaffee füllte.

„Ja, da schau an", sagte der beleibte Polizist über beide Backen strahlend. „Guten Morgen, Franzi. Des g'freit mi aber. Wo isch denn die Lena abgeblieben?"

„Guten Morgen, Schorsch. Du, die Lena hat doch grad frei, weißsch nimmer? Des hab i dir doch neulich erscht erzählt."

Schorsch schlug sich auf die Stirn, woraufhin seine altmodische Polizeimütze in Schieflage geriet.

„Mei, freili! Die baut doch grad a Haus mit ihrem Preiß!"

Franzi lachte. „Genau. Aber es geht ihr wunderbar und wenn du willsch, richt i ihr gern Grüße von dir aus."

„Des machsch!", erwiderte Schorsch, während er umständlich den Deckel seines Bechers zuschraubte. Dabei schwappte ein wenig Kaffee heraus und bekleckerte sein Hemd.

„Jetzt schau dir mal die Sauerei an! Zefix!", rief der Polizist und schnappte sich ein herumliegendes Küchenhandtuch, das schon bessere Zeiten gesehen hatte. Damit wischte er energisch über den Fleck, was diesen allerdings wenig zu beeindrucken schien. „So ein Mischt, so ein bleeder! Wie sieht denn des aus?"

„Du könntesch dir ja einfach eine der schicken blauen Uniformen anziehen, dann würd man au net jeden Fleck glei sehen", bemerkte Franzi grinsend.

„Nur über meine Leiche", knurrte Schorsch. „Die Polizei war schon immer braun und grün. So kennen uns die Leit da draußen und so lauf i au rum. Baschta!"

„Scho gut, scho gut." Franzi hob lachend die Hände hoch. „Mi wundert des eh, dass du no kein Ärger deswegen bekommen hasch."

„Des sollen die erscht mal versuchen, aber dann lernen's mi fei kennen, des sag i dir."

Er hörte auf zu wischen und zog resigniert seine Lederjacke an. Der Fleck, der auf seinem ausladenden Bauch prangte, war immer noch bestens zu erkennen.

„Siehsch, ma sieht's scho fascht nimmer", sagte Schorsch zufrieden.

„Na also, dann wünsch i dir 'nen scheenen Tag, Schorsch", erwiderte Franzi schmunzelnd. Der Streifenpolizist tippte sich an die speckige Mütze und verließ die Kaffeeküche.

Als Franzi zurück in ihr Büro kam, fiel ihr die Stille dort auf. Sie seufzte, als sie sich an ihren Schreibtisch setzte. Hoffentlich ging die Zeit schnell vorbei, bis Lena endlich wieder da war.

Sie loggte sich in ihr E-Mail-Programm ein, um ihre Nachrichten zu überprüfen. Insgeheim hatte sie gehofft, dass von der SpuSi schon was da war, aber nada. Sie beneidete Paul Winkler nicht, der mit Sicherheit mit seinem Team an der Ausgrabungsstätte genauestens beobachtete, was die Archäologen machten. Sie konnte sich lebhaft vorstellen, dass die Zusammenarbeit mit dem Professor nicht sehr angenehm war.

Es klopfte an der Tür.

„Herein!"

Die Tür öffnete sich und Herr Wiebert trat ein.

„Hoi", sagte Franzi erstaunt, „wie sind Sie denn hier hochgekommen?"

Normalerweise wurden Besucher von der Eingangspforte gemeldet.

„Ich hab gewartet, bis die Dame unten beschäftigt war und dann bin ich einfach durchgegangen", sagte ihr Besucher, lief rot an und starrte auf den Boden. Dann hob er den Kopf, straffte sich und blickte ihr direkt in die Augen. „Die hätte mich doch eh gleich wieder weggeschickt!"

„Bitte setzen Sie sich doch", sagte Franzi und begab sich ebenfalls zum Besuchertisch. „I vermut jetzt einfach mal, dass Ihre Verlobte immer no net aufgetaucht isch, oder?"

Herr Wiebert schüttelte den Kopf. „Ich kann sie immer noch nicht erreichen!", rief er und vergrub sein Gesicht in beiden Händen.

Franzi stand auf und holte ein Glas Wasser aus der Küche. Das stellte sie vor Herrn Wiebert auf den Tisch. „Jetzt trinken'S doch erscht mal 'nen Schluck Wasser. Des tut Ihnen gut!"

Gehorsam nahm Anton Wiebert das Glas in die Hand und setzte es an seine Lippen. Franzi fiel auf, dass seine Hand dabei stark zitterte.

„Sie ham geschtern g'sagt, dass Ihre Verlobte beim Augschburger Kurier arbeitet. I versuch da jetzt mal, was rauszufinden, okay?"

„Echt? Das würden Sie für mich machen." Er sah sie mit großen Augen an.

„Klar, keine große Sache." Franzi winkte ab. „Sarah Liebinger war der Name?"

Wiebert nickte.

Franzi ging zu ihrem Schreibtisch zurück und googelte zunächst die Telefonnummer des Verlags. Dann griff sie zu ihrem Telefon und wählte die Nummer. Sie bemerkte, dass Anton Wiebert jede ihrer Bewegungen genauestens beobachtete. Sie zwinkerte ihm aufmunternd zu.

„Augsburger Kurier, Jacqueline Müller am Apparat. Was kann ich für Sie tun?"

„Ja, grüße Sie, hier spricht Kommissarin Franziska Danner von der Kriminalpolizei Augsburg. Ich hätt 'ne Frage an Sie bezüglich einer Mitarbeiterin."

„Die Kripo? Huch!", sagte ihre Gesprächspartnerin erstaunt. „Um was genau geht es denn bitte?"

„I hätt gern g'wusst, ob die Frau Liebinger heut auf der Arbeit erschienen isch."

„Das ist aber eine ungewöhnliche Frage, Frau Kommissarin. Personenbezogene Dinge teilen wir grundsätzlich nicht am Telefon mit."

„Es geht hier um einen möglichen Vermisstenfall, Frau Müller, also wollen'S mir da jetzt helfen oder muss i erscht die großen Geschütze auffahren?"

„Einen Moment, Frau Kommissarin, ich verbinde Sie am besten mal mit unserem Geschäftsführer. Einen Augenblick Geduld bitte."

Ein Knacken ertönte in der Leitung, gleich darauf gefolgt von dem üblichen Gedudel, mit dem dem Wartenden die Zeit verkürzt werden sollte, das aber meistens einfach nur nervte. Franzi trommelte ungeduldig mit den Fingern auf ihren Schreibtisch.

„Warteschleife", raunte sie Herrn Wiebert zu, der nickte, um zu zeigen, dass er verstanden hatte.

„Hasenreiter?", ertönte auf einmal eine tiefe Stimme aus dem Hörer.

„Grüß Gott, Herr Hasenreiter, Kommissarin Danner von der Kripo Augschburg."

„Grüß Gott, Frau Kommissarin, Frau Müller hat mich bereits von Ihrer Anfrage in Kenntnis gesetzt. Es geht um Frau Liebinger, nicht wahr?"

Franzi bejahte und schilderte Herrn Hasenreiter knapp den Grund ihres Anrufs.

„Normalerweise geben wir wirklich keine personenbezogenen Daten am Telefon heraus", sagte Herr Hasenreiter zögerlich. „Zumal ich ja übers Telefon Ihren Dienstausweis nicht sehen kann. Da könnte ja sonst wer anrufen, nicht böse sein."

„Natürlich net", sagte Franzi. „Im Gegenteil, i freu mi, wenn jemand die Datenschutzbestimmungen einhält. Was halten'S davon: Sie rufen hier auf'm Präsidium an und lassen sich mit Kommissarin Danner verbinden? Dann wissen Sie, dass i wirklich diejenige bin, für die i mi ausgeb."

„Das ist ein sehr guter Vorschlag, Frau Kommissarin. Dann melde ich mich in Kürze bei Ihnen."

Franzi verabschiedete sich und legte auf. Während sie wartete, berichtete sie Herrn Wiebert von der Vereinbarung. Kurze Zeit später klingelte das Telefon. Franzi nahm das Gespräch an.

„Meisner von der Zentrale. Ich hätte hier einen Herrn Hasenreiter für Kommissarin Danner."

„Bitte stellen'S das Gespräch durch", erwiderte Franzi. Es knackte in der Leitung.

„Herr Hasenreiter? Hier spricht wieder Franziska Danner von der Kripo."

„Ich grüße Sie und bitte, seien Sie mir, wie gesagt, nicht böse wegen der Vorsichtsmaßnahme.

„I wo, des basst scho", antwortete Franzi. Sie war froh, wenn sie überhaupt eine Auskunft am Telefon bekam und sie nicht extra dafür zum Verlag fahren musste.

„Worum genau geht es Ihnen denn?", fragte Herr Hasenreiter nach.

„Eine Ihrer Mitarbeiterinnen, die Frau Liebinger, isch seit zwei Tagen net mehr erreichbar. Ihr Verlobter macht sich große Sorgen um sie, daher wollt i nachfragen, ob die Frau Liebinger im Büro erschienen isch."

„Tatsächlich machen wir uns auch große Sorgen. Frau Liebinger ist seit gestern nicht in der Arbeit erschienen. Unentschuldigt, was so gar nicht ihre Art ist."

Franzi schloss kurz die Augen. So ein Mist! Das waren keine guten Nachrichten. Aus den Augenwinkeln sah sie, dass Herr Wiebert sie nach wie vor beobachtete. Sie bedankte sich bei Herrn Hasenreiter und ließ sich für Nachfragen seine Durchwahl geben, dann legte sie auf und wandte sich ernst an Herrn Wiebert. „Es tut mir sehr leid, aber Ihre Verlobte isch tatsächlich net auf der Arbeit erschienen."

Mit einem verzweifelten Stöhnen vergrub Anton Wiebert sein Gesicht erneut in beiden Händen. „Ich hab's doch gewusst", flüsterte er.

„Bitte nehmen'S no 'nen Schluck", sagte Franzi, als sie zum Tisch zurückkehrte. Sie schob das Glas näher an ihn heran. Er trank gehorsam und schien sich tatsächlich leicht zu fangen.

„Bitte, Sie müssen etwas unternehmen!" Er wischte sich über die Augen, bevor er Franzi ernst ansah.

„Am beschten erzählen'S mir einfach mal von Ihrer Verlobten", sagte Franzi.

Wiebert nickte und wischte sich mit einer Hand über die Augen.

„Also, die Sarah ... Die Sarah ist eine sehr lebenslustige Frau, die für ihr Leben gern tanzt und Bücher en masse verschlingt. Sie liebt ihren Job, der ihr für ihre Hobbys leider kaum Freiraum lässt, und ist mit Leib und Seele Journalistin."

Franzi machte sich ein paar Notizen, während Wiebert weiter ausholte und von den vergangenen zehn Jahren erzählte, in denen Sarah und er sich an der Uni kennengelernt hatten und sich aus einer ersten Freundschaft die große Liebe entwickelt hatte.

„Arbeiten Sie auch als Journalist?", fragte Franzi Herrn Wiebert.

„Nein, das wäre nix für mich", antwortete der abwinkend. „Ich hab damals was anderes studiert und die Uni dann irgendwann geschmissen, weil mir des ganze theoretische Gedöns zu viel wurde, verstehen Sie?"

„Und was machen'S dann beruflich?"

„Ich arbeite in einem Autohaus. Das ist gute, ehrliche Arbeit und macht mir Spaß."

Franzi schob ihm einen leeren Zettel hin und bat ihn, die Adresse des Autohauses, von sich daheim und seine Telefonnummer aufzuschreiben, damit sie ihn jederzeit erreichen konnte.

„Haben Sie denn irgendeine Idee, wo Ihre Verlobte sich aufhalten könnte?", fragte sie. „Ein Lieblingsort, an den sie sich gern zurückzieht, eine beste Freundin, bei der sie untergekommen sein könnte, irgend so was in der Art."

„Nein, nichts davon. Aber ..."

„Aber?" Franzi sah ihn aufmerksam an.

„Hmmm, ja ...", sagte Anton Wiebert zögerlich. „Die Sarah hatte, bevor wir zusammen waren, einen Freund. Artur Sokolow. Ein brutaler Schläger von der ganz üblen Sorte."

„Und wie kommen'S jetzt auf die Idee, dass der Herr Sokolow was mit dem Verschwinden Ihrer Verlobten zu tun hat?"

„Ja, wissen Sie, Frau Kommissarin, der Sokolow ist erst vor Kurzem aus dem Knast entlassen worden, wie mir ein Bekannter gesteckt hat. Die Sarah hat sich damals von ihm getrennt, und die Trennung ist nicht gerade einfach über die Bühne gegangen, wenn Sie verstehen ..."

„Ne, i verschteh net ganz, was Sie meinen."

„Na ja ..." Er fuhr sich mit einer Hand durch die wenigen Haare, die zwischen seinen ausgeprägten Geheimratsecken wuchsen, bevor er mit seiner Erzählung fortfuhr. „Der Sokolow hat halt nicht einsehen wollen, dass die Sarah nicht mehr mit ihm zusammen sein wollte. Sie hatte damals richtig Angst vor ihm und ist bei einer

Freundin untergekrochen. Das hat sie mir später erzählt. Sie hat sich erst wieder sicher gefühlt, als der Sokolow im Knast war."

„Wie heißt die Freundin?"

Wiebert räusperte sich kurz, bevor er antwortete. „Agnes. Agnes Schmied, Schmitt, oder irgendwie so."

„Ham Sie von der Frau Schmitt oder wie au immer vielleicht eine Telefonnummer oder Kontaktdaten?"

„Leider nicht. Ich schau aber mal, ob ich die rausbekommen kann."

„Das wäre schön."

„Ham sie vielleicht ein Foto Ihrer Verlobten?"

Wiebert nickte. „Ich kann Ihnen gleich eins schicken. Ich hab unzählige Bilder auf meinem Handy."

„Bitte tun Sie das." Franzi erhob sich und Anton Wiebert tat es ihr gleich.

„Bitte verständigen'S mich sofort, wenn sich Frau Liebinger doch noch bei Ihnen melden sollte."

„Selbstverständlich." Anton Wiebert nickte und verabschiedete sich.

Als er das Büro verlassen hatte, begab sich Franzi nachdenklich an ihren Schreibtisch. Sie ließ sich auf ihren Bürosessel fallen und lehnte sich mit hinter dem Kopf verschränkten Armen zurück.

Eine junge Frau verschwand so mir nichts, dir nichts von einem Tag auf den anderen. Was hatte das zu bedeuten? Hatte sie vielleicht Streit mit ihrem Verlobten gehabt und sich daraufhin ein paar Tage zurückgezogen? Doch wenn dem so wäre, hätte Wiebert dann nicht davon erzählt? Er schien sich ehrlich Sorgen um seine Verlobte zu machen. Außerdem war da noch Sarah Liebingers Arbeitgeber, der versichert hatte, dass es so gar nicht ihre Art war, unentschuldigt zu fehlen … Und wie genau passte dieser Sokolow in die ganze Sache? Hatte er am Ende jahrelang darauf gewartet, sich an seiner Ex zu rächen? War jetzt seine Stunde gekommen, die er eiskalt genutzt hatte?

Franzi war klar, dass sie eigentlich noch weitere vierundzwanzig Stunden warten musste, bis sie offiziell ermitteln konnte, aber ihr Bauchgefühl sagte ihr, dass etwas ganz und gar nicht stimmte. Sie beschloss, ihrem Gefühl zu folgen. Zunächst wollte sie sich einen Überblick verschaffen. Sie ging zu dem Whiteboard, das vor Kurzem an der Wand ihres Büros angebracht worden war. Lena hatte die Idee gehabt, da sie so ihre Fälle übersichtlicher machen konnten, und Franzi war davon ganz angetan gewesen. Jetzt wollte sie das Ganze mal ausprobieren.

Sie nahm einen grünen Marker und schrieb *Sarah Liebinger* in die Mitte des Boards. Nach kurzem Überlegen kreiste sie den Namen ein. Anschließend lief sie zu ihrem PC. Wenn sie Glück hatte, hatte Wiebert sein Versprechen schon eingelöst und ihr ein Foto der Vermissten zukommen lassen. Sie scrollte durch ihren Posteingang und tatsächlich fand sich eine neue Nachricht mit dem gewünschten Bild. Sie druckte es aus, schnitt es zurecht und pinnte es anschließend mit einem Magneten an das Whiteboard. Links daneben schrieb sie in Blau *Anton Wiebert* und auf die rechte Seite *Artur Sokolow.* Unter Sarah Liebingers Bild machte sie ein paar Notizen über ihre Hobbys und ihre Arbeit. Auch *Herr Hasenreiter* und Freundin *Agnes* wurden auf dem Whiteboard festgehalten. Neben dem

Namen der Freundin malte Franzi ein großes Fragezeichen.

Sie trat ein paar Schritte zurück und besah sich kritisch das Ergebnis. Viele Informationen hatte sie ja nicht gerade. Sie beschloss, mehr Hintergrundwissen über die in Blau geschriebenen Personen zu sammeln. Das waren Anton Wiebert, Artur Sokolow, Agnes und Herr Hasenreiter.

Franzi kaute auf ihrem Stift herum und überlegte. Die Freundin wäre sicher sehr vielversprechend, aber dafür benötigte sie erst einmal deren Nachnamen. Schmitt, Schmidt, Schmid gab es in unzähligen Variationen, daher würde es sicher eine Weile dauern, sie zu finden. Vielleicht lieferte Anton Wiebert den Nachnamen ja noch nach. Mit Wiebert und Herrn Hasenreiter hatte sie bereits gesprochen und erste Informationen erhalten. Franzi nahm einen roten Stift in die Hand und kreiste Artur Sokolow ein. Mit ihm wollte sie anfangen.

Zunächst würde sie recherchieren, weshalb Sokolow überhaupt eingesessen hatte. Zurück an ihrem Schreibtisch begann Franzi gleich damit. Nach kurzer Zeit fand sie die entsprechende Akte. Artur Dmitri Sokolow, geboren am 21. November 1993 in St. Petersburg, seit 2005 mit den Eltern nach Deutschland ausgewandert. 2018 war er wegen schweren Raubüberfalls inhaftiert worden. Damals war Sokolow gerade einmal fünfundzwanzig Jahre alt gewesen. Er war zu einer Haftstrafe von sieben Jahren verurteilt worden und tatsächlich erst kürzlich wegen guter Führung nach sechs Jahren entlassen worden. Franzi stutzte. Das Entlassungsdatum lag gerade mal zehn Tage zurück. Wiebert hatte also recht gehabt. Sie klickte sich durch die Akte. Die Kollegen, die damals ermittelt hatten, waren sehr gründlich gewesen. Sie würde lange brauchen, die ganze Akte durchzuarbeiten. Franzi stöhnte. Wenn nur Lena da wäre! Aber es half ja nichts. Sie krempelte die Ärmel hoch und machte sich ans Werk.

Mittags lehnte sie sich erschöpft in ihrem Sessel zurück. Ihre Augen brannten. Kurz entschlossen schlüpfte Franzi in ihre Jacke und schnappte sich ihre Tasche, bevor sie das Büro verließ. Sie spazierte in den nur fünf Gehminuten entfernten Wittelsbacher Park und suchte sich eine Parkbank in der Sonne. Als sie fündig wurde, ließ sie sich darauf nieder und holte aus der Tasche ihr Sandwich heraus, das sie sich in der Früh noch gemacht hatte. Eier mit selbst gezogener Kresse ... Lecker! Genüsslich biss sie hinein. Hmmm, köstlich! Die Sonnenstrahlen wärmten bereits ganz passabel, sodass Franzi nach kurzer Zeit ihre Jacke ausziehen konnte. Mütter, Kinderwagen jeder Farbe und Größe vor sich herschiebend, flanierten durch den Park, teilweise einzeln, teilweise in Gruppen. Kleine Kinder tollten über den nahe gelegenen Spielplatz und machten den Sandkasten unsicher.

Ein paar Minuten lang schloss sie die Augen und genoss die warmen Sonnenstrahlen auf ihrem Gesicht.

„Mei, muss deine Arbeit aber hart sein", hörte sie auf einmal eine tiefe Stimme direkt vor sich.

Erschrocken riss sie die Augen auf. Mo!

„Wo kommsch du denn her?"

Mo grinste. „Ich hab noch ein paar Sachen für die Baustelle gebraucht und war schnell beim *Mahler* drüben."

Er deutete vage auf die andere Seite des Parks. Franzi kannte den Baumarkt Mahler und nickte.

„Und du ermittelsch fleißig?", fragte er neckend.

Franzi lächelte verschmitzt. „Ja, weißsch, mir müssen au sparen bei der Polizei. Des isch mein neues Büro." Sie deutete um sich.

Mo lachte laut auf. „So ein Büro hätt ich auch gern."

„Na, *du* bisch doch den lieben langen Tag in der frischen Luft, oder etwa net? Oder mußsch du heut net wieder auf Lenas Dach rumkraxeln?"

„Auch wieder wahr. Deshalb muss ich jetzt leider weiter. Die Arbeit ruft! Unsereins muss für sein Geld ja leider arbeiten ..." Er schwang sich auf sein Fahrrad und lachte, als Franzi ihm mit der Faust drohte.

„Wir sehen uns", rief er über die Schulter zurück, bevor er kräftig in die Pedale trat und davonfuhr.

Franzi blickte ihm hinterher, bis er von den Bäumen verschluckt wurde. Ein warmes Gefühl in ihrer Bauchgegend ließ sie lächeln. Es war schön, Mo so unerwartet begegnet zu sein. Eine gute Entscheidung, die Mittagspause im Park zu verbringen.

Ihre Gedanken kehrten zu ihrem Fall zurück. In den letzten Stunden hatte sie viel über Artur Sokolow recherchiert. Zunächst hatte er im Univiertel die Grundschule besucht und danach ging's weiter auf die Hauptschule. Die hatte er geradeso bestanden und anschließend eine Lehre als Elektriker begonnen, die er aber nach kurzer Zeit wieder abgebrochen hatte. Ein paar

Jahre lang schien er sich auf der Straße herumgetrieben zu haben. Einige Anzeigen wegen Ladendiebstahls zeugten von dieser Zeit. Später hatte er es dann erneut versucht und eine neue Lehre angefangen. Tatsächlich hatte er es diesmal durchgezogen und war mit dreiundzwanzig mit der Ausbildung fertig. Direkt im Anschluss hatte er eine Stelle angetreten, war jedoch nach einem halben Jahr bereits wieder entlassen worden. „Unüberbrückbare Differenzen" hatte der Kollege dazugeschrieben. Danach war Sokolow wohl endgültig auf die schiefe Bahn geraten. Im Januar 2018 hatte er schließlich mit einem anderen Mann eine Tankstelle überfallen. Der Komplize hatte dem Tankstellenbesitzer während des Überfalls eine Flasche über den Kopf gezogen und war dann mit Sokolow abgehauen, ohne sich um den blutüberströmten Mann zu kümmern. Genau das war ihm später vor Gericht vorgeworfen worden. Der Tankstellenbesitzer hatte schwere Verletzungen davongetragen und Glück gehabt, dass ihn rechtzeitig ein Autofahrer gefunden und die Polizei verständigt hatte. Das erklärte auch die relativ hohe Haftstrafe, die Sokolow und sein Kumpan aufgebrummt bekommen hatten.

Als Nächstes wollte Franzi mehr über Sokolows Kumpel erfahren. Sie sah auf die Uhr und seufzte. Langsam, aber sicher wurde es Zeit, ins Präsidium zurückzukehren. Sie packte ihre Sachen zusammen und beschloss, noch eine Runde durch den Park zu drehen. So viel Zeit musste sein.

Als Franzi um 13:15 Uhr ins Büro zurückkam, wurde sie abermals von der ungewohnten Stille in Empfang genommen. Komisch, als sie früher allein gearbeitet hatte, hatte sie das nie weiter gestört, doch seit Lena in ihr Leben getreten war, fühlte sich das Büro ohne sie unnatürlich leer an.

Franzi machte sich wieder an die Arbeit. Sokolows Kumpel hieß Mikail Orlow. Er saß immer noch in der JVA Gablingen ein. Sie beschloss, ihn in Kürze dort aufzusuchen und zu befragen. Zunächst jedoch wollte sie sich ein Bild von Sokolow selbst machen, bevor sie mit seinem Komplizen sprechen würde. Nachdem sie sich seine Adresse auf einen Zettel notiert hatte, schaute sie sich kurz die Route auf Google Maps an. Kurz überlegte sie, mit dem Fahrrad nach Lechhausen zu fahren, verwarf den Plan jedoch schnell wieder, da sie für die Strecke zu lange benötigen würde. Also rief sie beim Empfang an und orderte einen Wagen, der sie nach Lechhausen bringen würde. Franzi hatte zwar einen Führerschein, besaß aber kein Auto und fühlte sich durch die fehlende Fahrpraxis nicht sicher genug, um selbst zu fahren. Sie hatte sich schon immer auf ihrem Drahtesel fortbewegt und sah keinen Grund, das zu ändern. Wenn Helena da war, fuhr sie sowieso bei ihrer Kollegin mit.

Nach kurzer Wartezeit stieg Franzi in den vorfahrenden Streifenwagen ein und nannte die gewünschte Adresse. Die Wohngegend im Augsburger Stadtteil Firnhaberau war ziemlich heruntergekommen und bestand hauptsächlich aus maroden Mehrfamilienhäusern mit winzig kleinen Balkonen. Als Franzi ausstieg, gab sie Bescheid, dass sie sich melden würde, wenn die Befragung zu Ende war, damit der Wagen rechtzeitig wieder vor Ort war. Dann ging sie zu dem Haus, in dem

Sokolow gemeldet war. Ein paar Kinder spielten Fangen, flitzten an Franzi vorbei und verschwanden hinter dem Haus. Auf einem kleinen begrünten Platz zwischen den Häusern hängten Frauen ihre Wäsche auf Leinen, die an rostigen Metallständern befestigt waren. Amüsiert sah Franzi, wie eine Frau eine lange Reihe gleicher Trikots sorgsam aufhängte. Was wären die zahllosen Fußballvereine nur ohne die fleißigen Mütter im Hintergrund, die Trikots wuschen, Spieler durch die Gegend fuhren und Snacks herrichteten ...?

Vor der Haustür war eine lange Reihe Klingelknöpfe angebracht. Franzi fuhr langsam mit dem Finger nach unten, bis sie endlich die gewünschte Klingel fand. Sie betätigte den Knopf. Nichts passierte. Sie drückte ein zweites Mal, doch leider erfolgte abermals keine Reaktion. Vielleicht hätte sie ihren Besuch doch ankündigen sollen? Nein, Franzi bevorzugte es, unangekündigt aufzutauchen, um ihren Gesprächspartnern keine Gelegenheit zu geben, sich Antworten zurechtzulegen. Sie beschloss, es noch ein letztes Mal zu versuchen. Sie drückte mindestens fünf Sekunden lang auf den Knopf. Plötzlich wurde über ihr ein Fenster aufgerissen und ein Mann mit verstrubbelten Haaren funkelte sie wütend an.

„Sag mal, spinnst du? Was klingelst du denn wie gestört?"

Franzi trat einen Schritt zurück, um ihren Gesprächspartner besser sehen zu können.

„Herr Sokolow, nehme ich an?"

„Was willst du?"

Wortlos hob Franzi ihre Dienstmarke hoch, was Sokolow ein genervtes Stöhnen entlockte.

„Nicht schon wieder die Bullen! Was wollt ihr immer von mir?" Er sprach flüssig Deutsch, jedoch mit hartem Akzent.

„Wenn'S mir die Tür aufmachen, verrat i's Ihnen", antwortete Franzi keck.

Sokolow verdrehte die Augen, bevor er sich umdrehte und das Fenster geräuschvoll verschloss. Kurze Zeit später ertönte der Summer und Franzi drückte die Tür auf. Gleich darauf rümpfte sie die Nase. Im Hausflur roch es unangenehm muffig, weswegen Franzi kurz entschlossen einen im Flur stehenden Tretroller zweckentfremdete und ihn in die Tür klemmte. Dann machte sie sich auf den Weg nach oben. Sorgsam vermied sie, das schmuddelige Treppengeländer zu berühren, das sicher schon lange keiner mehr geputzt hatte. Im dritten Stock erwartete sie der finster dreinblickende Sokolow, der mit verschränkten Armen vor seiner Tür an der Wand lehnte.

„Was wollen Sie jetzt von mir?", knurrte er.

„Woll'mer des net lieber drinnen besprechen?", fragte Franzi und deutete auf seine Tür.

„Ich wüsste nicht, was ich mit Ihnen zu besprechen hätte. Und überhaupt, wenn Sie keinen Durchsuchungsbefehl haben, muss ich Sie auch nicht in meine Wohnung lassen."

Franzi nickte. „Da ham Sie völlig recht, Herr Sokolow. I hab nur dacht, dass des halt einfacher wär, bei Ihnen daheim zu sprechen, des isch alles. Aber wenn Sie net mögen, lad i Sie zu mir aufs Präsidium ein, des wär au scheener als hier im Hausgang." Sie drehte sich zum Treppenabgang und machte Anstalten zu gehen, als Sokolow abwehrend die Arme hob.

„Jetzt kommen Sie schon rein“, knurrte er zwischen zusammengebissenen Zähnen und öffnete unwillig seine Tür.

„Mei, des isch aber nett von Ihnen“, flötete Franzi und drängte sich ungeniert an dem Mann vorbei in die Wohnung.

Sie fand sich gleich darauf in einem winzig kleinen, dunklen Flur wieder, in dem sich keine Möbel befanden, weshalb Jacken und Schuhe wild durcheinander auf dem Boden lagen. Sokolow ging an ihr vorbei und öffnete eine Tür. Er bedeutete ihr mit einem Kopfnicken, einzutreten. Vorsichtig tapste Franzi von einer freien Stelle am Boden zur nächsten, bis sie das Zimmer erreichte. Auch dieses war nur äußerst spärlich möbliert. Eine Matratze lag auf zwei Paletten in der Ecke. Der Bezug war löchrig und wies mehrere Flecken auf. Ein kleines Sofakissen lag auf dem Bett, ebenso ein altmodischer Schlafsack, der halb auf dem Boden lag. An der Wand stand ein altes Sofa, das zahlreiche Brandlöcher aufwies und höchstens in den Achtzigerjahren mal modern gewesen war. In der Ecke war eine kleine Kochnische, vor der sich auf dem Boden unzählige Bierflaschen und Dosen tummelten. Die Herdplatte selbst sah unberührt aus.

„Wenn ich gewusst hätte, dass ich Besuch bekomm, hätte ich selbstverständlich aufgeräumt“, bemerkte Sokolow sarkastisch, bevor er sich auf die Couch fläzte. Seinem Besuch bot er keinen Sitzplatz an, was Franzi jedoch mehr als recht war, so schmuddelig wie es hier aussah.

„Also?“ Sokolow sah sie mit hochgezogener Augenbraue an.

„I hätt Ihnen gern a paar Fragen zu 'ner alten Freundin von Ihnen g'stellt …"

Sokolow lachte. „So …? Welcher denn? I hab nämlich schon einige Tussis am Start gehabt, müssen Sie wissen." Ein selbstgefälliges Grinsen breitete sich auf seinem unrasierten Gesicht aus.

Franzi zwang sich, ruhig zu bleiben, auch wenn ihr dieser Typ immer unsympathischer wurde.

Sie sah ihm in die Augen. „Mir geht's um Sarah Liebinger", sagte sie.

Sokolow riss die Augen auf und setzte sich aufrecht hin. „Um Sarah? Was ist mit ihr?"

„Frau Liebinger ist seit ein paar Tagen verschwunden."

„Verschwunden?" Sokolow fuhr sich durch seine Haare, die daraufhin noch wilder vom Kopf abstanden. „Aber wieso?"

„Genau des versuche i rauszufinden", erwiderte Franzi trocken.

Mit einem Mal verfinsterte sich Sokolows Gesichtsausdruck wieder. „Ich verstehe. Eine Frau verschwindet und da haben Sie sofort an den Ex-Knacki gedacht, der bestimmt nichts Besseres zu tun hat, als seine alte Liebe verschwinden zu lassen, kaum dass er aus dem Knast draußen ist …"

Franzi zuckte mit den Schultern. „Und …? Haben Sie?"

„Hab ich was?", fragte er mit gereiztem Unterton.

„Haben *Sie* was mit Sarahs Verschwinden zu tun?"

Sokolow sprang auf. „Nein!", brüllte er. „Hab ich nicht! Was fällt Ihnen eigentlich ein?"

„Jetzt beruhigen'S sich augenblicklich, sonscht muss i Sie doch aufs Präsidium bitten", sagte Franzi ruhig, aber bestimmt. Der kräftige Mann war ihr zwar körperlich haushoch überlegen, aber er hatte einen gewaltigen Nachteil. Er hatte seine Emotionen nicht im Griff. Eine Eigenschaft, die ihn mit Sicherheit das ein oder andere Mal in Schwierigkeiten gebracht haben dürfte. Franzi auf der anderen Seite war zwar zwei Köpfe kleiner als Sokolow, wusste aber genau, wo sie ansetzen musste, um mögliche Angreifer außer Gefecht zu setzen.

Sokolow ließ sich wieder auf die Couch sinken. „Hören Sie, ich hab wirklich keine Ahnung, wo Sarah sein könnte! Ich hab mich selber schon gewundert, dass sie sich nicht bei mir gemeldet hat."

Franzi runzelte die Stirn. „Warum sollte sich Frau Liebinger bei Ihnen melden?"

„Wir waren doch Freunde", erwiderte er mit leiser Stimme. „Wir haben uns einfach gut verstanden, wissen Sie? Die Sarah hat mich runtergeholt, wenn ich mal wieder so richtig drauf war."

„Das müssen Sie mir näher erklären", sagte Franzi, die sich wunderte, dass Sokolow augenscheinlich immer noch Kontakt mit seiner Ex-Freundin gehabt hatte. Das hatte Anton Wiebert mit keiner Silbe erwähnt.

„Sarah und ich waren mal ein Paar." Er sah kurz auf. „Das wissen Sie ja wahrscheinlich, sonst wären Sie ja wohl kaum hier." Franzi nickte kurz, sagte aber nichts, um Sokolows Redefluss nicht zu unterbrechen. „Wir haben uns zu einer Zeit kennengelernt, als ich ein bisschen über die Stränge geschlagen habe. Sarah war eigentlich viel zu gut für mich, müssen Sie wissen. Sie war aus gutem Elternhaus und ist sehr behütet aufgewachsen." Er stockte kurz und sah in die Ferne, als würde er sich die Bilder von damals wieder vor Augen rufen. „Wenn ich heute so darüber nachdenke, war es vielleicht das, was sie zu mir getrieben hat."

„Was genau meinen Sie?"

„Na, Sarahs Eltern ... Die waren immer korrekt, so richtige Spießer. Kein Wunder, dass man da mal rebellieren muss. Die sind jeden Sonntag in die Kirche und anschließend gab es Sonntagsbraten und so 'ne Scheiße." Er fuhr sich über die Augen. „Sarah hat sich jedenfalls wohlgefühlt bei mir und der Clique."

„Clique?", fragte Franzi.

„Ja, ein paar Leute halt, mit denen ich rumgehangen habe. Die haben auch alle in meinem Viertel gewohnt."

„Mikail Orlow?", riet Franzi ins Blaue hinein.

Sokolow starrte sie wütend an. „War klar, dass Sie den jetzt ins Spiel bringen! Nein, den Mick hab ich erst später kennengelernt."

Franzi nickte und machte sich ein paar Notizen. „Was ist dann geschehen?" Sie hoffte, dass Sokolow jetzt nicht dicht machte.

„Sarah und ich wurden ein Paar. Wo die Liebe hinfällt. In ihrem Fall auf einen Misthaufen, würde ich sagen." Er schnaubte verächtlich. Franzi fand es seltsam, wie schlecht Sokolow von sich selbst dachte, sagte aber nichts.

„Sarah hat versucht, mich von dem ganzen Scheiß abzuhalten. Sie kennen ja sicher meine Akte ..." Er sah kurz hoch und als Franzi nickte, fuhr er mit seiner Erzählung fort. „Ich hab mir damals nichts sagen lassen. Auch wenn ich die Sarah echt geliebt habe, hätt ich mir doch niemals von 'ner Tussi reinreden lassen. Wie hätte das auch ausgesehen vor meinen Kumpels. Da hätte ich gleich einpacken können."

Er stand auf und angelte sich eine Flasche Bier aus dem Kühlschrank. Mit einem beherzten Griff drehte er den Kronkorken auf und ließ sich wieder auf die Couch fallen. Er nahm einen tiefen Schluck aus der Flasche und wischte sich anschließend mit der Hand über den Mund.

„Ich war so dämlich damals." Er wischte sich mit der Hand über die Augen. „Aber man kann die Zeit nicht zurückdrehen. Die Sarah hat mich damals vor die Wahl gestellt, entweder ich ändere mich, oder sie ist weg. Na ja, den Rest der Geschichte kennen Sie." Erneut nahm er einen großen Schluck aus der Flasche.

Franzi fand Sokolows Urteil über sich selbst hart, aber ehrlich. Ein wenig versöhnte sie das mit dem ersten Eindruck, den sie von ihm hatte. „Was mir no net so ganz klar isch, isch die Frage, warum die Sarah Sie hätt kontaktieren sollen ..."

„Warum denn nicht?", fragte Sokolow und sah sie erstaunt an.

„Na, weil Sie lange Zeit einsaßen ... Weil die Sarah einen neuen Lebensgefährten hatte?", riet sie ins Blaue.

Sokolow lachte verächtlich. „Der Wiebert, dieses Würstchen? Der ist doch Schnee von gestern. Sarah und ich haben uns gut verstanden, das hab ich Ihnen doch vorhin schon gesagt!"

„Herr Wiebert ist mit Frau Liebinger verlobt", sagte Franzi.

„Was heißt das schon?", erwiderte Sokolow schulterzuckend. „Die Sarah hat doch gar nicht mit dem zusam-
mengepasst. Der war doch genau so ein Spießer wie
ihre Alten."

Franzi hatte erst mal genug gehört. Sokolow war
wahrscheinlich nicht auf dem neuesten Stand, da er ja
gerade einmal vor wenigen Tagen aus dem Gefängnis
entlassen worden war. Sie reichte Sokolow ihre Karte
und bat ihn, sie zu kontaktieren, falls Frau Liebinger
sich bei ihm melden würde. Sokolow warf die Karte
achtlos auf die Couch.

„Sie finden sicher selber raus", sagte er zum Abschied
und widmete sich wieder seiner Bierflasche.

Franzi atmete tief durch, als sie aus der ungelüfteten
Wohnung heraustrat. Im Treppenhaus hatte sich der
Mief durch ihr beherztes Eingreifen wenigstens etwas
verzogen. Flink lief sie die Treppenstufen nach unten
und freute sich, als sie endlich im Freien stand. Nicht
auszudenken, wenn man immer so leben musste.
Franzi konnte sich das einfach nicht vorstellen, auch
wenn ihr natürlich bewusst war, dass nicht jeder so pri-
vilegiert war wie sie. Sie lebte allein mit ihren Hunden
in einem gemütlichen Häuschen mit einem großen
Garten. Das konnte sich bei Weitem nicht jeder leisten!
Besuche wie der eben trugen wirklich dazu bei, dass
man wieder mehr zu schätzen wusste, was man immer
um sich herum hatte und als gegeben annahm!

Franzi rief den Streifenwagen an, damit der sie abholen kam. Wenig später fuhr er vor, und sie bat den Uni-
formierten nach kurzem Überlegen, sie zu einer weite-

ren Adresse zu fahren. Sie hatte noch ein paar Rückfragen an Herrn Wiebert, die ihr nach dem Gespräch mit Artur Sokolow auf der Seele brannten.

Die Wohngegend in Innenstadtnähe, durch die sie nach circa zwanzigminütiger Fahrt fuhren, war deutlich nobler als die vorher. Schmucke Einfamilienhäuser, großzügige Doppelhaushälften und Reihenhäuser dominierten das Gesamtbild. Die wenigen Mehrfamilienhäuser machten einen gepflegten Eindruck. Vor genau so einem Haus hielt der Streifenwagen kurze Zeit später. Der Beamte versprach, auf Franzi zu warten.

Sie ging zur Eingangstür, die sich in genau dem Moment öffnete, als sie klingeln wollte. Franzi hielt die Tür für eine Frau auf, die einen sperrigen Kinderwagen hinter sich her zerrte und half ihr, den Wagen die zwei Stufen zum Gehweg hinunterzuheben. Dann trat sie in den Hausgang und lief die Treppe nach oben. Sie scannte die Türschilder und wurde im zweiten Stock fündig. *Wiebert* stand auf einem silbernen Schild über einer weißen Türklingel.

Franzi klingelte. Nichts geschah, also klingelte sie ein weiteres Mal. Kein Laut drang aus der Wohnung.

„Wollen'S zum Wiebert?", hörte sie auf einmal eine Stimme hinter sich. Franzi drehte sich um. Eine alte Frau stand in der geöffneten Tür der Wohnung gegenüber und musterte sie unverhohlen neugierig.

„Ja, genau. Wissen Sie vielleicht, wo i den Herrn Wiebert antreffen kann?"

„Aber sicher", sagte die Nachbarin. „Der isch wie jeden Tag in die Arbeit gefahren. Des g'hört sich ja au so, net wahr?"

Franzi nickte und bedankte sich für die Info. Als sie die Treppenstufen hinabstieg, spürte sie die Blicke der alten Frau in ihrem Rücken. Sie gehörte mit Sicherheit zu der Sorte Mensch, die extrem neugierig war und immer alles genau wissen wollt.

Wiebert war in die Arbeit gefahren? Franzi wunderte sich über diese Information. Es war nur schwer vorstellbar, dass der verzweifelte Mann zum normalen Alltagsgeschäft übergegangen war.

Als sie zum Streifenwagen zurücklief, überlegte sie kurz, zu Wieberts Arbeitsstelle zu fahren. Sie sah auf die Uhr. Beinahe vier. Um diese Zeit würden sie für die Fahrt über eine halbe Stunde brauchen. Sie beschloss, den Besuch auf morgen zu verschieben. Außerdem wollte sie den Kollegen im Auto auch nicht ungebührlich lange durch die Gegend scheuchen.

Zurück im Präsidium machte sich Franzi noch ein paar zusammenfassende Notizen. Sie überprüfte den Posteingang, um zu sehen, ob sich die SpuSi bezüglich des Skeletts auf der Ausgrabungsstelle gemeldet hatte. Leider Fehlanzeige! Franzi seufzte und fuhr den PC herunter. Da sich heute sowieso nichts mehr bewerkstelligen ließ, beschloss sie, nach zu Hause zu radeln. Sie würde unterwegs noch ein paar dringende Besorgungen erledigen und anschließend den Abend mit Waschtl und Herrn Guschtav genießen. Die beiden würden sich über einen ausgedehnten Spaziergang an der Wertach sicher wie verrückt freuen.

Gedacht, getan. Nachdem Franzi mit den frisch gekauften Zutaten einen Auflauf für das Abendessen vorbereitet hatte, schnappte sie sich die beiden Leinen und machte mit den Hunden einen langen Spaziergang.

Nur wenige Menschen waren an diesem Spätnachmittag unterwegs. Franzi atmete die frische Luft tief ein. Sie setzte sich auf eine Bank direkt an der Wertach und beobachtete die zahlreichen Schwäne, die majestätisch auf dem Fluss ihre Bahnen zogen. Ihr tat es unheimlich gut, Zeit in der Natur zu verbringen und die Seele baumeln zu lassen. Franzi war das bei ihrem Job sehr wichtig. Zu oft schon hatte sie erlebt, dass Kollegen wegen Burnouts oder anderen Erkrankungen nicht mehr arbeiten konnten. Waschtl und Herr Guschtav beschäftigten sich unterdessen ausgiebig damit, alle umliegenden Bäume zu beschnüffeln, um festzustellen, ob ein anderer Hund unverschämterweise ihr Revier markiert hatte und dies dann sofort richtigzustellen.

Eine Stunde später schob Franzi ihren Auflauf in den Ofen und gab den Hunden ihr Fressen. Ausgehungert machten sich die beiden über ihre Näpfe her.

Nach kurzem Überlegen beschloss sie, ihr Abendessen heute auf dem Sofa zu sich zu nehmen. Sie wollte unbedingt wissen, wie es in ihrer Lieblingsserie weiterging. Dort machte sie es sich für den Rest des Abends gemütlich. Nach einer Weile gesellten sich auch die beiden Hunde zu ihr und kuschelten sich an sie. Besser ging es nicht!

3

Nach dem Frühstück beschloss Franzi, auf dem Weg ins Präsidium bei dem Autohaus vorbeizuradeln, in dem Anton Wiebert arbeitete. Zum Glück war das kein weiter Umweg. Die Sonne versteckte sich heute Morgen hinter zahlreichen Wolken und schien sich noch zu überlegen, ob sie heute überhaupt einen Auftritt wagen sollte. Franzi fröstelte ein wenig und zog den Reißverschluss ihrer Jacke weiter hoch. Sie trat kräftig in die Pedale und erreichte das Autohaus nach einer Viertelstunde. Als sie das Fahrrad abgestellt hatte und zur Eingangstür gegangen war, stellte sie frustriert fest, dass noch geschlossen war. Sie las die Öffnungszeiten, die auf der Tür aufgedruckt waren. Das Autohaus würde um 8:30 Uhr öffnen. Das war erst in einer Stunde!

„Kann i Ihnen helfen?"

Franzi drehte sich um und stand einem Mann mittleren Alters gegenüber, der einen Blaumann trug und sie freundlich anlächelte.

„Guten Morgen, i bin auf der Suche nach einem Mitarbeiter hier. Anton Wiebert."

Der Mann kratzte sich an der Glatze. „Hmmm, da ham Se leider kei Glück net. Die Verkäufer kommen normalerweise erscht kurz vor halb neune. Mir fangen scho a weng früher an." Er deutete mit einer Hand auf die Werkstatt neben dem Verkaufsgebäude.

Franzi bedankte sich und verließ enttäuscht das Gelände. Als sie gerade auf ihr Fahrrad steigen wollte, kam ihr ein Auto entgegen. Sie erkannte Anton Wiebert hinter dem Steuer und stellte ihren Drahtesel wieder ab. Als er ausgestiegen war, kam er mit langen Schritten auf sie zu.

„Sie hier?“ Er wirkte sichtlich nervös. „Haben Sie die Sarah endlich gefunden?“

„Leider nein. Herr Wiebert, i hätt no a paar Fragen an Sie, wenn's recht isch.“

Wiebert sah sich nach allen Seiten um. „Aber nicht hier draußen. Lassen Sie uns doch reingehen.“

Franzi nickte und folgte ihm zum Haus. Er nestelte einen Schlüssel aus seiner Tasche und nach mehreren Anläufen gelang es ihm endlich, die Tür aufzusperren.

„Wollen Sie einen Kaffee?“, fragte er, nachdem er seine Jacke am Garderobenständer aufgehängt hatte. Franzi schüttelte den Kopf.

„Macht's Ihnen was aus, wenn ich mir einen mache? Ich bin daheim noch nicht dazu gekommen.“

„Nur zu.“

„Setzen Sie sich doch.“ Er wies auf einen Stuhl vor einem großzügigen Schreibtisch rechts neben dem Eingang.

Franzi folgte seiner Aufforderung und sah Wiebert dabei zu, wie er einen überdimensionalen Kaffeevollautomaten anschaltete. Er füllte Kaffeebohnen nach, nahm eine Tasse vom bereitstehenden Tablett und betätigte ein paar Knöpfe. Ein lautes Brummen zeugte vom Mahlen der Bohnen. Es fauchte laut und kurz darauf plätscherte das dunkle Getränk in die Tasse. Wiebert schnappte sie sich und eilte zu seinem Schreibtisch. Als er seine Tasse abstellte, hinterließ sie einen feuchten Ring auf der Arbeitsplatte, was er jedoch nicht weiter beachtete.

Er faltete die Hände auf seinem Schreibtisch zusammen und sah sie ernst an. „Also, was kann ich für Sie tun?"

„Wenn i ehrlich bin, bin i etwas verwundert, weil Sie auf der Arbeit sind, obwohl Sie sich doch in einer Ausnahmesituation befinden ..." Franzi sah ihn forschend an.

„Daheim fällt mir doch nur die Decke auf den Kopf. Hier hab ich wenigstens etwas Ablenkung." Er deutete um sich. „Natürlich ist jetzt noch nichts los, aber in spätestens einer Stunde brummt der Laden."

„Sie sind sehr früh dran, ge?"

Wiebert nickte. „Ich schlafe zurzeit nicht besonders gut", antwortete er leise. „Da hab ich mir gedacht, dass ich genauso gut gleich ins Geschäft fahren kann." Er zeigte auf einen Papierstapel in der Ablage. „Arbeit gibt's schließlich mehr als genug."

Franzi beschloss, das Thema zu wechseln. „Ham Se vielleicht den genauen Namen von Sarahs Freundin Agnes für mich? Sie wollten doch nachschauen."

Wiebert hob bedauernd die Hände. „Tut mir leid, ich hab alles durchgesehen, kann Ihnen da aber leider nicht weiterhelfen."

„I war übrigens geschtern bei Artur Sokolow", sagte Franzi und wechselte damit abermals abrupt das Thema.

Wieberts Gesichtsausdruck verfinsterte sich.

„Dann wissen Sie jetzt sicher, warum ich glaube, dass er was mit Sarahs Verschwinden zu tun hat!"

„I kann Ihnen net ganz folgen", sagte Franzi mit hochgezogener Augenbraue.

„Der Typ ist ein brutaler Schläger! Ein Krimineller, wie er im Buche steht! Es kann doch kein Zufall sein, dass der aus dem Knast kommt und kurz darauf ist Sarah verschwunden!" Seine Stimme war immer lauter geworden. Als er Franzis Blick auf sich bemerkte, verstummte er abrupt. Er griff nach seiner Tasse und trank einen Schluck Kaffee. Seine Hand zitterte dabei merklich. Anschließend atmete er tief durch.

„Hören Sie, der Knacki hat nie verkraftet, dass die Sarah nichts mehr von ihm wissen wollte. Und wenn *er* sie nicht haben kann ..."

„Herr Sokolow hat ausgesagt, dass Sarah und er die ganze Zeit über in Kontakt standen", sagte Franzi und ließ die Katze aus dem Sack.

Wiebert starrte sie mit weit aufgerissenen Augen an, bevor er hämisch auflachte. „Und das haben Sie ihm geglaubt?"

„Wieso sollt i ihm des net glauben?"

„Das liegt doch auf der Hand! Der Typ will doch nur von sich ablenken!"

„Oder wollen *Sie* von *sich* ablenken?"

Sprachlos starrte Wiebert Franzi an.

Franzi hob beschwichtigend die Hände. „I will Ihnen nur zeigen, dass des einfach net in Ordnung isch, wenn ma mit dem Finger auf andere zeigt und au no ohne Beweise. Herr Sokolow war im Knascht, ja, keine Frage.

Aber des isch kein Grund net, ihn haltlos zu beschuldigen!" Sie sah Wiebert herausfordernd in die Augen. „Verstehn'S jetzt, was i mein?"

Wiebert nickte knapp.

Franzi erhob sich. „I muss dann weiter. Auf Wiederschaun, Herr Wiebert. Mir hör'n vonanand!" Sie verließ das Autohaus, ohne auf seine Antwort zu warten. Irgendwie konnte sie ihn sogar verstehen. In seiner Verzweiflung, eine Antwort auf die Frage zu finden, wo seine Verlobte abgeblieben war, griff er nach jedem Strohhalm. Dass er dabei wilde Beschuldigungen ausstieß, war nachvollziehbar. Doch Franzi konnte eine Generalverurteilung ehemaliger Insassen der Justizvollzugsanstalten nicht ausstehen. Wie sollten sich solche Menschen jemals resozialisieren können, wenn sie von Haus aus keine Chance bekamen?

Sie stieg auf ihr Rad und fuhr zum Präsidium. Dort angekommen fand sie eine Mail von Paul Winkler von der SpuSi vor. Er schrieb, dass sie das Skelett im Laufe des Tages endlich mitnehmen konnten. Es war inzwischen vollständig ausgegraben. Die Verfärbung der Knochen legte eine Verbrennung der Leiche nahe. Zwischen den Zeilen konnte Franzi lesen, dass Winkler von den Winkelzügen des Archäologieprofessors mehr als genervt war. Immerhin schienen die Archäologen nichts ernsthaft beschädigt zu haben. Franzi konnte ihn gut verstehen. Sie hätte nicht garantieren können, dass es an der Ausgrabungsstätte nicht zu weiteren Toten gekommen wäre, wenn sie länger dort hätte bleiben müssen.

Sie schrieb ihm ein paar Zeilen und bedankte sich für seine Geduld. Anschließend kehrten ihre Gedanken wieder zum Fall Sarah Liebinger zurück. Inzwischen war die junge Frau seit drei Tagen verschwunden. Es war von äußerster Wichtigkeit, ihre Freundin Agnes aufzutreiben. Franzi überlegte kurz, dann rief sie eine Kollegin an, die in der IT arbeitete. Nach nur zweimaligem Klingeln wurde abgehoben.

„Renner hier."

„Ja, servus Lisa, hier spricht die Franzi."

„Grüß dich Franzi, von dir hab i ja scho ewig nix mehr g'hört!"

„Du wirsch dir glei wünschen, dass des so geblieben wär, wenn du hörsch, was i von dir will …", erwiderte Franzi grinsend.

Ein Glucksen kam aus der Leitung. „Jetzt bin i aber gespannt. Schieß los."

„I such jemanden, von dem i net so genau weiß, wie diejenige heißt. Agnes mit Vornamen, aber der Nachname isch irgendeine Variante von Schmitt."

Lautes Lachen kam aus dem Hörer.

„Dir isch aber scho klar, wie viele Schmid, Schmidt, Schmitts und so weiter es in Augschburg gibt?"

„Scho klar! Aber i hab mir gedacht, wenn des jemand schafft, dann die Lisa …"

Lisa lachte. „Ja, ja, scho klar, jetzt schmiersch mir Honig ums Maul, damit i kei Theater mach. Aber im Ernscht, i kümmer mi drum", sagte sie. „I bin dir eh no was schuldig. Schick mir mal alle Infos über die Frau, die du hast!"

„Mach i! I dank dir schee. Des isch wirklich lieb von dir."

„Basst scho. Du hörsch von mir!"

„Pfiat di!“ Franzi legte auf und setzte auf ihrer Liste einen Haken neben den Namen Agnes. Sie schickte Lisa noch schnell eine Mail mit allen Infos, die sie hatte, damit die einen Ansatzpunkt für ihre Suche hatte. Wenn Lisa sich mal festbiss, würde sie Sarah Liebingers Freundin auch ausfindig machen, davon war sie überzeugt.

Die nächsten zwei Stunden verbrachte sie mit Mails schreiben und Anträge stellen. Sie benötigte die Mobilfunkdaten der Vermissten und wollte Einblick in ihre Finanzen haben. Außerdem beschloss sie, am Nachmittag Sarah Liebingers Wohnung zu durchsuchen. Möglicherweise fand sich dort ein Hinweis auf ihren Aufenthaltsort. Sie rief Anton Wiebert an, um nach dem Schlüssel zu fragen. Zu ihrem Erstaunen besaß er keinen. Es hätte sich nie wirklich ergeben, teilte er ihr mit. Außerdem wollten sie ja eh in Kürze zusammenziehen. Franzi musste also notgedrungen den Schlüsseldienst rufen, der ihr die Wohnung öffnen würde. Sie verabredete sich um vierzehn Uhr vor dem Apartment mit dem Herrn am Telefon. Als sie auflegte, sah sie kurz auf die Uhr. Bereits halb eins. Ihr Magen knurrte vernehmlich. Gerade als sie überlegte, ob sie heute in die Kantine gehen sollte, öffnete sich die Tür zu ihrem Büro.

„Klopf, klopf“, rief jemand mit heller Stimme. Franzi sprang erfreut auf, als Helena zur Tür hereinkam.

„Lena! Wie schön, dass du da bisch! Des g’freit mi aber!“

Sie fiel ihrer Freundin um den Hals. Helena lachte. „Das ist ja mal eine schöne Begrüßung.“

„Hasch du etwa Sehnsucht nach dem alten, miefigen Büro?“, erkundigte sich Franzi scheinheilig.

„Nein, ich hatte Sehnsucht nach meiner Partnerin", antwortete Helena augenzwinkernd.

„Des isch aber liab von dir! Komm, setz di zu mir. I wollt eh grad Mittag machen!" Sie winkte Helena zum runden Tisch.

„Das trifft sich aber gut", erwiderte Helena grinsend und holte aus ihrer Tasche einen prall gefüllten Beutel hervor.

Franzi machte große Augen. „Sag bloß, du hasch au no was zum Essen mitgebracht."

„Freilich! Ich komme doch nicht mit leeren Händen." Helena öffnete den Beutel und hielt ihn Franzi unter die Nase.

„Hmmm, frische Leberkässemmeln! Lecker!" Franzi klatschte begeistert in die Hände und angelte sich sofort eine Semmel aus der Tasche.

Helena drapierte währenddessen zwei karierte Servietten, die sie ebenfalls aus ihrer Tasche herausgezaubert hatte, auf dem Tisch und zu guter Letzt holte sie noch eine Flasche Apfelsaft heraus.

„Mei, Lena, du hasch ja echt an alles gedacht!", rief Franzi erfreut. Geschwind sprang sie auf, lief in die Kaffeeküche und holte zwei Gläser. Nach kurzem Überlegen nahm sie noch eine Flasche Mineralwasser mit.

„Schau", sagte sie zu Lena, kaum dass sie ins Büro zurückgekommen war, „i hab no a Wasser mitgenommen, dann könn mer a Schorle machen."

„Gute Idee." Helena freute sich. Sie hatte sich ebenfalls eine Semmel genommen und vor sich auf die Serviette gelegt.

Franzi setzte sich und schenkte sich und Lena eine Apfelschorle ein. Dann nahm sie ihre Leberkässemmel und klopfte damit gegen Helenas Semmel.

„Na dann, Mahlzeit."

Sie nahm einen großen Bissen und schloss genießerisch die Augen. „Hmmm, des isch jetzt genau des Richtige! Woher du des nur wieder g'wusst hasch?"

Helena grinste und wischte sich mit einer Serviette das Fett vom Mund. „Ich kenne dich halt."

„Des kannsch laut sagen!" Franzi aß genüsslich den Rest ihrer Semmel und spülte sie mit ihrer Schorle runter.

„Mei, war des jetzt aber guat!"

Helena nickte. „Hin und wieder eine Leberkässemmel muss sein", sagte sie und musste gleich darauf kichern.

„Des isch doch wahr! Was isch daran jetzt so luschtig?"

„Ich habe mich gerade daran erinnert, wie es war, als ich noch neu in Augsburg war. Der Metzger in Oberhausen hat sich nicht mehr eingekriegt vor Lachen, weil ich erst ein Mettwurstbrötchen wollte und anschließend nach einem Fleischkäseweck verlangt habe."

Franzi grinste. „Aller Anfang isch schwer. Aber jetzt isch es für dich völlig normal, 'ne Leberkässemmel zu bestellen, stimmt's?"

Helena nickte zustimmend. „Ja, das schon. Aber einige Dinge werde ich wohl nie lernen ..." Sie seufzte tief.

„Dafür hasch ja mi!", erwiderte Franzi im Brustton der Überzeugung.

„Und dafür bin ich auch wirklich sehr dankbar." Helena beugte sich nach vorne, um Franzis Hand zu drücken.

„Aber sag mal, du hast nicht zufällig noch Lust auf einen Nachtisch?" Verschmitzt grinsend zog sie eine weitere Tüte aus ihrer Tasche. Franzi lachte laut auf.

„Und ob! Der Tag muss erscht no kommen, an dem i mal keinen Nachtisch will." Sie schnappte sich die Tüte und sah hinein. „Hmmm, frische Mohnschnecken! Perfekt! I mach uns schnell 'nen Kaffee." Sie stand auf und lief zur Tür. „Wie immer?"

Helena nickte dankbar. Franzi verschwand in der Kaffeeküche und ließ zwei große Tassen Milchkaffee aus der Maschine. Anschließend gab sie in ihre Tasse ein Stück Würfelzucker. Helena trank ihren Kaffee immer ungesüßt.

Als sie zurückkam, hatte Helena die Mohnschnecken bereits appetitlich auf den Servietten angerichtet.

„Des isch vielleicht ein Service!" Franzi strahlte über beide Backen. „Du fehlsch mir hier ganz schön", sagte sie, bevor sie wieder Platz nahm.

„Weil ich dir Essen mitbringe", erwiderte Helena und grinste breit.

„Auch", erwiderte Franzi grinsend. „Aber du fehlsch mir au ohne Essen."

Helena lächelte. Ihre Wangen röteten sich.

Eine Weile unterhielten sie sich über die Fortschritte auf der Baustelle. Helena berichtete über kleinere Probleme, die zum Glück aber lösbar waren.

„Solange der Mo bei uns ist, gibt es eh keinen Grund zur Sorge." Mit einem unschuldigen Blick sah sie zu

Franzi hinüber. „Man hört, ihr habt euch gestern erst getroffen ...“

Franzi spürte Wärme in ihren Wangen aufsteigen. „Ähm, Treffen wär jetzt echt zu viel g'sagt ... Mir sind uns halt zufällig über'n Weg gelaufen.“

„Soso ...“ Helena drehte lächelnd ihre Tasse in den Händen.

Franzi wollte das Thema nicht weiter vertiefen und berichtete das Neueste von ihrem Fall. Helena hörte aufmerksam zu.

„Ich denke auch, dass es sehr wichtig wäre, mit der Freundin zu sprechen“, sagte sie schließlich. „Und du meinst wirklich, dass Lisa sie findet?“ Sie zog die Stirn in Falten.

Franzi nickte überzeugt. „Aber hundertpro!“

„Neulich meintest du, dass Frau Liebinger bei einer Zeitung arbeitet. Ich fände diesen Ansatz auch sehr vielversprechend, dort mal nachzuforschen, an was sie denn so gearbeitet hat. Vielleicht ist sie ja jemandem ganz gewaltig auf die Zehen getreten, dem das nicht geschmeckt hat.“

„Daran hab i au scho gedacht“, erwiderte Franzi eifrig. „Glei morgen fahr i mal zum Verlag und sprech nomml mit dem Chef von der Frau Liebinger.“

„Ich sehe schon, du hast hier alles im Griff“, sagte Helena zufrieden und steckte die zerknüllten Servietten in eine der leeren Tüten. Anschließend räumte sie alles zurück in ihre große Tasche.

„Trotzdem freu i mi jetzt scho drauf, wenn du wieder am Start bisch.“ Franzi seufzte. „Ohne dich isch es hier so öde ...“

„Ich freue mich auch darauf", antwortete Helena. „Weißt du, es macht zwar wirklich Spaß, dabei zu helfen, sein eigenes Haus zu bauen, aber meine Arbeit fehlt mir schon sehr. Ich hätte gern wieder Routine in meinem Leben ... Du weißt schon, Arbeit und dann Feierabend, an dem man gemütlich entspannen kann. Ein freies Wochenende ..." Sie stöhnte. „Momentan sind wir quasi nonstop auf der Baustelle beschäftigt. Es geht ja auch echt was voran. Inzwischen kann ich mir das Haus schon richtig gut vorstellen." Sie strich sich durch die langen blonden Haare. „In Gedanken habe ich es sogar bereits fix und fertig eingerichtet." Sie schmunzelte und legte den Finger auf die Lippen. „Aber verrate das bloß nicht Nick." Sie zwinkerte Franzi zu. „Der will dabei schließlich auch noch ein Wörtchen mitreden."

Franzi grinste. „So wie i euch kenn, werdet's ihr euch da scho einig werden!", sagte sie im Brustton der Überzeugung.

Helena trat einen Schritt nach vorne und umarmte Franzi kräftig. „Pass auf dich auf, meine Liebe", flüsterte sie ihr ins Ohr.

„Und du auf dich!", antwortete Franzi und drückte Lena an sich.

Sie verabschiedeten sich und Helena winkte ihr noch einmal zu, bevor sie das Büro verließ.

Was für eine schöne Überraschung, dachte Franzi. *Lena ist einfach die Allerbeste!*

Ein Blick auf die Uhr mahnte sie zur Eile. Es war bereits kurz vor zwei, und sie wollte den Schlüsseldienst nicht warten lassen. Also bestellte sie sich einen Wagen und fuhr kurze Zeit später mit einem Kollegen in Richtung Hammerschmiede. Frau Liebingers Wohnung lag nur wenige Kilometer von Anton Wieberts Apartment entfernt. Als der Streifenwagen vor dem schmucken Mehrfamilienhaus hielt, sah Franzi gerade einen Kombi mit dem Aufdruck des Schlüsseldienstes die Straße hinunterfahren. Sie stieg aus und winkte dem Fahrer zu. Der parkte daraufhin in der Nähe und kam kurz darauf mit einer großen Werkzeugtasche auf sie zu. „Kommissarin Danner?"

Franzi nickte und zeigte ihm ihren Ausweis, den der Mann gewissenhaft studierte. Anschließend folgte er ihr zu dem Haus. Die Eingangstür stand zum Glück offen, sodass sie ungehindert ins Haus gelangten. Im ersten Stock befand sich die gesuchte Wohnung. Der Experte vom Schlüsseldienst benötigte gerade einmal zwei Minuten, bis die Tür geöffnet war. Er verabschiedete sich und verließ pfeifend das Treppenhaus. Franzi streifte Handschuhe über und betrat die helle, geräumige Wohnung, wo sie sich ausgiebig umsah. Frau Liebinger bewohnte ein Drei-Zimmer-Apartment, das über einen großzügigen Balkon verfügte, wie Franzi nach einem Blick ins Wohnzimmer feststellte. Sie beschloss, im Schlafzimmer mit der Durchsuchung anzufangen. Ihr fiel auf, wie ordentlich es in der ganzen Wohnung war. Verlegen dachte sie, was Leute wohl sagen würden, wenn diese unangemeldet in ihr Haus kämen. Franzi war zwar nicht unordentlich, aber durchaus etwas chaotisch. Sie fand es oft praktischer, die Klamotten, die sie häufiger trug, überall in ihrem Zimmer zu verteilen, als sie ordentlich in den Schrank zu räumen. Eine Marotte, die ihr auch ihre ordnungsliebende Mutter sehr zu deren Leidwesen nicht hatte austreiben können.

Sie öffnete die oberste Schublade der Kommode und schob vorsichtig die Kleidungsstücke zur Seite. Ebenso verfuhr sie mit den übrigen Schubladen. Nichts. Auch im Schrank fand sie nichts Aufschlussreiches. Das Bett war ordentlich gemacht. Auf dem Nachtkästchen lag ein Buch, aus dem ein Lesezeichen ragte. Franzi las den Klappentext. Frau Liebinger schien eine Vorliebe für romantische Liebesgeschichten zu haben. Der Text erschien Franzi etwas kitschig, aber wer's mag, dachte sie schulterzuckend. Sie sah sich weiter um. Die Wände im Schlafzimmer waren leer, keine Fotos, keine Gemälde, nichts. Sie durchsuchte das Nachttischchen. In der Schublade lag eine Tablettenschachtel, die halb leer war. „L-Thyroxin" las Franzi. Sie machte ein Foto von dem Medikament, bevor sie es zurücklegte und in der Schublade weiterwühlte. Sie fand einen Labello und mehrere Packungen Taschentücher. Als sie die Schublade abtastete, stieß sie an einen Gegenstand. Vorsichtig rüttelte sie daran und hielt kurz darauf eine abgegriffene Postkarte in der Hand, die offenbar mit Tesastreifen oben in der Schublade angebracht gewesen war. Interessiert betrachtete Franzi ihren Fund. Auf der Vorderseite war ein kleiner Vogel abgebildet. Bildhübsch gezeichnet, wie Franzi fand. Der Piepmatz saß auf einem Zweig und sah zur Seite. Sie wendete die Karte. Hinten standen nur wenige Worte: *„Ein Spatz für meinen Spatz. A."*

Franzi machte mit ihrem Smartphone ein Foto von Vorder- und Rückseite der Postkarte, bevor sie sie behutsam zurücklegte.

Sie grübelte, was es mit *„A."* wohl auf sich hatte. Vermutlich hatte Anton Wiebert seiner Verlobten die

Karte geschenkt, nahm sie an. Aber wieso hatte Sarah Liebinger sie dann versteckt? Eine zweite Möglichkeit wäre Artur Sokolow ... Nach weiterem Nachdenken konnte sie auch Agnes nicht ausschließen. Es war nicht ungewöhnlich, Kosenamen für die beste Freundin zu haben. Blieb nur zu hoffen, dass Lisa schnell fündig wurde und sie in Kürze mit Agnes sprechen können würde.

Franzi ging ins nächste Zimmer. Auch im Büro herrschte große Ordnung. Sämtliche wichtige Unterlagen waren fein säuberlich in Ordner abgeheftet worden. Franzi nahm drei Ordner, auf denen die letzten drei Jahre vermerkt waren, aus dem Regal und legte sie auf den Schreibtisch. Die würde sie später einpacken. Anschließend durchsuchte sie die Schubladen, wo sie neben Briefpapier, Briefmarken, Umschläge und jede Menge Stifte fand. Auch im Büro hingen keine Bilder an den Wänden. Nur ein Kalender, der Alpenmotive zeigte, hing vor dem Schreibtisch. Franzi blätterte ihn durch, fand jedoch nirgendwo Eintragungen. Vermutlich gehörte Sarah Liebinger zu der Sorte moderner Frau, die sämtliche Termine mit ihrem Handy verwaltete. Franzi machte im Wohnzimmer weiter. Staunend betrachtete sie den großen Wandschrank, in dem unzählige Bücher in allen Größen und Farben standen. Wie gemütlich das in Kombination mit dem grünen Ohrensessel wirkte, der vor dem Schrank auf einem flauschigen Teppich stand. Franzi trat näher heran und musterte die Titel. Hauptsächlich Liebesromane, stellte sie fest, aber auch ein paar Krimis befanden sich darunter. Mit Liebesromanen konnte Franzi nicht so viel anfangen. Aber zu einem guten Krimi sagte sie nie Nein.

Eine gute Stunde später musste Franzi einsehen, dass sich in der Wohnung keine Hinweise auf den Verbleib von Frau Liebinger befanden. Weder Handy noch Geldbeutel waren auffindbar, was wiederum dafür sprechen könnte, dass sich Sarah Liebinger freiwillig eine Auszeit nahm. Wer verließ heutzutage schon seine Wohnung ohne diese lebenswichtigen Utensilien? Franzi machte noch ein paar Aufnahmen von allem, bevor sie mit den Ordnern unterm Arm die Wohnung verließ. Sie beschloss, die Nachbarn zu befragen. Vielleicht wussten die ja etwas, was mit Frau Liebingers Verschwinden zu tun hatte. Zunächst klingelte sie an der Tür direkt gegenüber, doch leider war offenbar niemand zu Hause. Dann stieg sie in den zweiten Stock hoch und klingelte dort. Eine müde aussehende, junge Frau mit einem rotbackigen Kleinkind auf dem Arm öffnete ihr. Franzi wies sich aus und berichtete von ihrem Anliegen.

„Die Sarah hab ich schon ein paar Tage nimmer gesehen", sagte die junge Frau nach kurzem Nachdenken. „Ich glaub, das letzte Mal, als ich den Müll rausgebracht habe." Das Kind quengelte, woraufhin es die Frau beruhigend auf der Hüfte wiegte.

„Und wann war des?"

„Das muss am Sonntag gewesen sein." Die Frau verlagerte das Kind auf die andere Seite. Der kleine Bub steckte sich den Daumen in den Mund und lehnte seinen Kopf an die Mutter.

„Ham Sie vielleicht irgendwas Ungewöhnliches mitbekommen?"

„Eigentlich net wirklich."

„Dann dank i Ihnen recht schön." Franzi wandte sich ab, um zu gehen.

„Halt, warten Sie", rief die Frau ihr nach. Interessiert kam Franzi zurück. „Neulich hab ich ziemlich laute Stimmen gehört", erzählte sie. „Ich könnte jetzt net beschwören, dass die aus Sarahs Wohnung kamen, aber möglich wär's."

„Können Sie mir sagen, wann des war?"

„Net genau", sagte die Frau bedauernd. „Ist schon einige Tage her ... Fünf, sechs Tage vielleicht."

„Sie haben die Stimmen nicht erkannt?", fragte Franzi.

„Leider nicht. Der Kleine war net gut drauf an dem Tag und hat dauernd rumgekräht." Sie drückte dem Baby ein Küsschen auf den flaumigen Kopf.

„Ham Sie irgendwas verstehen können?"

„Ich bin mir net sicher ..." Die Frau zögerte.

„Bitte sagen'S mir, wenn'S was wissen. Die Frau Liebinger isch vielleicht in Gefahr und benötigt möglicherweise Hilfe."

Die Frau schluckte und sah sich im Treppenhaus um. Sie legte eine Hand auf das Ohr ihres Kindes und beugte sich zu Franzi vor. „Ich hab nur das Wort *Schlampe* verstanden", flüsterte sie ihr zu.

Franzi bedankte sich und gab der Nachbarin ihre Karte. „Bitte rufen' S mi an, wenn Ihne no was einfällt."

Die nächste halbe Stunde sprach sie noch mit diversen anderen Nachbarn im Haus. Niemand hatte was gesehen oder gehört. Nicht zum ersten Mal wunderte sich Franzi darüber, wie wenig Anteil die Menschen am Leben ihrer unmittelbaren Nachbarn nahmen. Natürlich gab es auch die besonders neugierige Sorte Nachbar, die einem ganz gewaltig auf den Keks gehen konnte, aber wesentlich häufiger gingen sich die Menschen doch aus dem Weg.

Sie seufzte und bestellte einen Wagen, der sie abholen kam.

Als sie auf den Parkplatz des Präsidiums einbogen, schlug die Kirchenuhr der nahe gelegenen St.-Anton-Kirche laut und deutlich. Franzi beschloss, nur noch schnell die Ordner hochzubringen, ihre Sachen zu holen und anschließend gleich heimzuradeln. Es war fünf Uhr und ihre Lieblinge würden sicher schon ungeduldig auf sie warten.

Am nächsten Morgen wachte Franzi mit stechenden Kopfschmerzen auf. Sie öffnete das Fenster ihres Schlafzimmers weit. Kühle Luft schlug ihr entgegen. Der Himmel war grau in grau, und die nasse Straße zeugte vom nächtlichen Regen. Franzi seufzte und massierte ihre Schläfen. Anschließend begab sie sich ins Bad und versorgte danach ihre Hunde.

Als sie dick eingepackt im Präsidium ankam, waren die Kopfschmerzen schon besser geworden. Das Radeln an der frischen Luft hatte ihr gutgetan. Im Büro erstellte sie zunächst eine Liste von Aufgaben, die sie am heutigen Tag angehen wollte. Zuerst stand ein Besuch im rechtsmedizinischen Institut an. Dazu musste sie nach Ulm fahren, da Autopsien nicht in Augsburg, sondern in Ulm oder München erfolgten. Franzi wollte dabei sein, wenn der Pathologe sich das Skelett von der Baustelle ansah. Wenn der dabei feststellen sollte, dass bei der Ausgrabung Spuren vernichtet worden waren, dann würde sie dem Professor so richtig Feuer unterm

Hintern machen. Das nahm sich Franzi fest vor, egal, ob der Prof mit ihrem Chef gut bekannt war. Das war ihr wirklich schnuppe! Am Nachmittag würde Franzi dem Verlag, in dem Sarah Liebinger gearbeitet hatte, einen Besuch abstatten. Sie telefonierte kurz mit Herrn Hasenreiter und verabredete sich mit ihm für fünfzehn Uhr.

In einer halben Stunde würde ein Wagen nach Ulm fahren. Bis dahin schrieb Franzi den Bericht über die gestrige Wohnungsdurchsuchung bei der Vermissten und lud ihn anschließend hoch. Dann schnappte sie sich ihre Tasche und machte sich auf den Weg nach Ulm. Im Auto beantwortete sie auf ihrem iPad diverse E-Mails und las anschließend den Bericht, den die SpuSi über die Ausgrabung eingestellt hatte. Als sie damit fertig war, sah sie aus dem Fenster und seufzte. Sie hoffte sehr, dass irgendwann in naher Zukunft Obduktionen in Augsburg stattfinden konnten, damit sie nicht immer so viel Zeit verschwendete, um nach Ulm zu fahren. Sie legte diesbezüglich große Hoffnungen auf den Neubau des Augsburger Uniklinikums, auch wenn darüber noch nichts Näheres bekannt war.

Um kurz vor zehn fuhren sie endlich vor dem Gebäude des Universitätsklinikums Ulm vor, in dem das Institut für Rechtsmedizin verankert war. Sie betrat das alte, gelbe Haus und nahm nach kurzer Überlegung den Aufzug in den fünften Stock, da sie spät dran war. Als sie aus dem Aufzug trat, erwartete sie schon Dr. Ursula Neumann.

„Ich grüße Sie, Frau Danner. Schon länger nicht mehr gesehen in unseren heiligen Hallen", sagte die kleingewachsene, schmächtige Rechtsmedizinerin herzlich und reichte ihr die Hand. Sie trug ihren üblichen langen, weißen Laborkittel.

„Sie werden verstehen, dass i des net ganz so bedauerlich finde, Frau Dr. Neumann", erwiderte Franzi augenzwinkernd. Sie versuchte, zu vermeiden, bei Obduktionen dabei zu sein, aber manchmal war das nicht möglich. In diesem speziellen Fall heute hatte sie das Skelett ja schon teilweise gesehen und musste nicht befürchten, der Medizinerin dabei zusehen zu müssen, wie diese ein Organ nach dem anderen aus der Bauchhöhle eines Leichnams holte.

Sie betraten gemeinsam den Seziersaal. In so gut wie allen Fernsehkrimis, die Franzi kannte, befand sich dieser in einem düsteren Keller irgendeiner Klinik. Hier am Institut für Rechtsmedizin sah es komplett anders aus. Der lichtdurchflutete Saal befand sich im obersten Stockwerk des Gebäudes. Lediglich der Metalltisch in der Mitte des Raumes ähnelte der Darstellung im Fernsehen. Auf einem Sideboard lagen Zollstöcke, Kameras und Spritzen für die nächste Untersuchung bereit. Franzi wusste, dass die Präparatorin das Skelett bereits vor ihrem Besuch vermessen und die nötigen Aufnahmen gemacht hatte.

Frau Dr. Neumann wusch sich die Hände, bevor sie die bereitliegenden Handschuhe überstreifte. Dann wandte sie sich dem Skelett zu. Franzi stand hinter dem Tisch und beobachtete interessiert das Geschehen.

„Die Knochen weisen allesamt Brandspuren auf", sagte die Ärztin. Sie nahm ein Skalpell zur Hand und versuchte, etwas von der schwarzen Schicht vom Schädelknochen zu entfernen, was ihr allerdings nicht richtig gelang. Sie stieß zwar auf eine hellere Schicht, die jedoch kleine dunkle Punkte aufwies.

„Wie kommt es, dass die Knochen nicht mitverbrannt sind?", fragte Franzi nach.

„Knochen verändern ihre Struktur erst, wenn sie über mehrere Stunden einer Hitze von achthundert bis tausend Grad Celsius ausgesetzt werden", erläuterte Frau Dr. Neumann, während sie vorsichtig den Schädel in beide Hände nahm und ihn von allen Seiten betrachtete. „Bei einer normalen Kremation werden Knochen anschließend gemahlen und in die Urne gefüllt."

Das war Franzi neu. Sie hatte bisher angenommen, dass man im Krematorium den ganzen Menschen verbrannte und anschließend die Asche abfüllte.

„Können'S scho was zur Todesursache sagen?", fragte Franzi nach. „Und vor allem, wie alt dieses Skelett isch? Für römische Leichen bin i nämlich net zuständig."

Die Pathologin lachte. „Die Frau Danner, wie sie leibt und lebt ... Sie wollen immer alles sofort wissen, nicht wahr?"

Franzi zuckte mit den Schultern. „Des isch halt mein Job", erwiderte sie grinsend.

„Tja, meine liebe Frau Kommissarin, und meiner ist es, die Untersuchung so sorgfältig wie möglich durchzuführen und keine voreiligen Schlüsse zu ziehen, wie Sie wissen." Sie zwinkerte Franzi über den Rand ihrer Brille hinweg zu.

„Einen Versuch war's wert."

Die Medizinerin schüttelte amüsiert den Kopf und widmete sich wieder der Untersuchung.

„Was ich bisher sagen kann, ist, dass die Frau keine offensichtlichen Frakturen aufweist", sagte Frau Dr. Neumann nach einer Weile. „Allerdings muss ich erst die Rußschicht entfernen, um auf mögliche Haarrisse schließen zu können."

„Frau?", fragte Franzi.

„Ja, so viel ist sicher", sagte die Ärztin. Sie deutete auf die Beckenknochen. „Sehen Sie, die Knochen sind an dieser Stelle breiter als bei einem männlichen Skelett." Sie wandte sich dem Schädel zu. „Auch der schmale Kiefer und die Form der Augenhöhlen gibt Aufschluss über das Geschlecht der Verstorbenen."

„Kann man was über des Alter der Verstorbenen sagen?"

Die Ärztin schüttelte den Kopf. „Dazu werden wir Vergleiche der linken Hand mit Menschen aus verschiedenen Altersgruppen anstellen müssen. Erst dann können wir in etwa schätzen, wie alt die Frau bei ihrem Tod war. Wenn ich allerdings schätzen müsste, und Sie wissen, dass ich das eigentlich gar nicht gern mache ..."

Franzi beugte sich interessiert vor. „I bin ganz Ohr ..."

„Dann würde ich davon ausgehen, dass die Verstorbene noch nicht besonders alt gewesen ist. Die Verschleißerscheinungen der Knochen an beiden Knien sind nur gering ausgeprägt, sodass man eher nicht von einer betagten Dame ausgehen kann."

„Interessant ..." Franzi machte sich ein paar Notizen in ihr Heft.

„Zu Ihrer anderen Frage, wie alt die Knochen sind und ob sie überhaupt in Ihren Zuständigkeitsbereich fallen, muss ich Sie leider vertrösten. Das kann man nur im Labor herausfinden."

„Ham Sie 'ne Ahnung, wie die des machen?", fragte Franzi neugierig.

„Natürlich. Dazu wird die Radiokarbonmethode, auch C14-Methode genannt, angewandt. In einem Teilchenbeschleuniger kann man durch diese Methode das Alter von Knochen relativ genau bestimmen. Die Dendrochronologie ermöglicht uns, sehr genau zu erforschen, wie alt ein Skelett wirklich ist. Sie ist ein Verfahren zur radiometrischen Datierung kohlenstoffhaltiger, organischer Materialien." Sie schmunzelte, als sie Franzis ratlosen Gesichtsausdruck sah. „Das ist in etwa so, als würden Sie die Baumringe zählen, um auf das Alter des Baumes schließen zu können."

„Und wie lang wird diese C-Dingsbums-Methode dauern?"

„C14-Methode … Die wird schon einige Zeit in Anspruch nehmen, Frau Danner. Ich melde mich bei Ihnen, sobald wir was wissen."

„In Ordnung, vielen Dank. No 'ne letzschte Frage: Halten Sie's wirklich für möglich, dass des Skelett seit zweitausend Jahren dort g'legen isch?"

„Durchaus, werte Frau Danner. Möglich ist es. Soweit ich weiß, war eine Feuerbestattung bei den Römern nicht ungewöhnlich. Was verwunderlich wäre, wäre eine Datierung der Überbleibsel auf, sagen wir mal, das Mittelalter."

„Wieso jetzt des?"

„Na ja, im Mittelalter haben die Menschen fest daran geglaubt, dass man nur in den Himmel kommt, wenn man normal, also in der Erde bestattet wird. Man hat aus der Bibel herausinterpretiert, dass Menschen, die verbrannt werden, automatisch in die Hölle kommen."

Franzi schüttelte den Kopf. „Was für einen Schmarrn die geglaubt ham ...“

„Damals hat man sich eben ausschließlich an der Bibel orientiert“, erwiderte die Ärztin schulterzuckend.

Franzi kam ein Gedanke. „Hat man deswegen Hexen verbrannt? Um sie in die Hölle zu schicken?“

„Genau, richtig. Für die Menschen im Mittelalter war das die allerhöchste Strafe überhaupt. Keine Chance auf das ewige Leben ...“

„Was Sie alles wissen“, sagte Franzi bewundernd.

Frau Dr. Neumann lachte. „Ich habe mich schon immer für Geschichte interessiert.“

„Des erklärt einiges“, antwortete Franzi grinsend. Dann schlug sie sich mit der Hand vor den Kopf. „Bevor ich’s vergesse, darf i Ihnen no ’ne andere Frage stellen, die mit meinem anderen Fall zu tun hat?“

Frau Dr. Neumann nickte.

„I hab in der Wohnung einer Vermissten eine Medizinpackung gefunden. Warten’S kurz ...“ Umständlich nestelte sie ihr Handy aus der Hosentasche und öffnete die Fotoapp. „Hier isch es.“ Sie zeigte der Pathologin das Bild, das sie am Vortag in der Wohnung von Sarah Liebinger gemacht hat.

Die Pathologin sah sich das Bild an und nickte. „L-Thyroxin. Das ist ein Schilddrüsenhormon.“

„Aha, und warum würde jemand so was zu sich nehmen?“

„Bei einer Hypothyreose oder einer Struma müssen Patienten dieses Hormon ein Leben lang zu sich nehmen“, erklärte die Ärztin.

„Auf Deutsch bitte“, sagte Franzi augenrollend.

Frau Dr. Neumann grinste. „Ich spreche von einer Schilddrüsenunterfunktion oder einem Kropf, Frau Danner."

„Aha, und was würde passieren, wenn der Patient dieses Medikament nicht zu sich nimmt?"

„Zunächst würde nicht viel passieren, aber nach einiger Zeit würde der Patient unter den Folgen des Mangels leiden, was einen verlangsamten Stoffwechsel und eine geringere Leistungsfähigkeit zur Folge hätte. Symptome des Hormonmangels können Müdigkeit, erhöhter Schlafbedarf, Antriebslosigkeit oder Konzentrationsstörungen sein. Zudem klagen Betroffene häufig über Verstopfung und eine deutliche Gewichtszunahme. Alles in allem würde sich der Patient sehr unwohl fühlen und er riskiert außerdem kardiovaskuläre Folgeerkrankungen."

Franzi bedankte sich und verabschiedete sich von der Pathologin, nachdem sie ihr nochmals das Versprechen abgenommen hatte, sich schnellstmöglich bei ihr zu melden, wenn die Radiokarbonmessung abgeschlossen war.

Auf dem Heimweg nach Augsburg googelte sie über Schilddrüsenprobleme und überlegte, ob ein Mensch, der auf ein solches Medikament angewiesen war, es bei einer gewollten Auszeit zu Hause lassen würde. Möglicherweise hatte Frau Liebinger mehrere Packungen gehabt und eine davon eingesteckt und die andere dagelassen. Franzi las, dass viele Patienten das Medikament in ihrem Nachtkästchen aufbewahrten, allein aus dem Grund, da man es mindestens eine halbe Stunde vor dem Frühstück einnehmen sollte. Frau Liebinger stellte da keine Ausnahme dar.

Als sie in Augsburg ankamen, regnete es in Strömen. Franzi rannte vom Parkdeck ins Präsidium und war dennoch pudelnass, als sie in ihrem Büro ankam. Sie nahm das kleine Handtuch neben dem Waschbecken, das eigentlich zum Händetrocknen gedacht war, und fuhr sich damit ein paar Mal durch ihre Locken. Anschließend machte sie sich eine große Tasse Milchkaffee und aß dazu eine Butterbreze, die sie in der Kantine erstanden hatte. Bei dem Sauwetter hatte sie wirklich keine Lust, das Präsidium in ihrer Mittagspause zu verlassen.

Am frühen Nachmittag schrieb sie einen kurzen Bericht über den vormittäglichen Besuch in Ulm und bereitete sich anschließend auf ihren Termin im Zeitungsverlag vor. Sie klickte sich durch etliche Artikel und entdeckte einige, die von Sarah Liebinger geschrieben worden waren. Die meisten davon fand sie im Bereich „Lokales". Frau Liebinger hatte einen angenehmen, treffenden Schreibstil, wie Franzi fand. In einem Artikel über die Schließung einer über Generationen hinweg betriebenen Gaststätte brachte Sarah Liebinger deutlich ihr Missfallen über den Verlust „Ur-Augsburger-Kultur" zum Ausdruck. Franzi stimmte der Journalistin uneingeschränkt zu. Auch ihr bereitete der zunehmende Rückgang der alteingesessenen Gastronomie Bauchschmerzen. Wie viele Asia-Schnellimbisse oder Dönerläden konnte die Stadt noch vertragen? Klar, auch sie gönnte sich ab und zu einen solchen Imbiss, aber dennoch tat es ihr in der Seele weh, wenn wieder eines der alten Restaurants die Schotten für immer dicht machte.

Ein Blick aus dem Fenster machte deutlich, dass Franzi überhaupt nicht darüber nachdenken musste, mit dem Fahrrad zum Zeitungsverlag zu fahren. Nach wie vor goss es in Strömen und sie hatte kein großes Bedürfnis, eine halbe Stunde durch die Stadt zu radeln und anschließend pitschnass anzukommen. Also bestellte sie sich seufzend erneut einen Wagen und machte sich auf den Weg nach Lechhausen.

Am Empfang wurde sie bereits von einer jungen Brünetten in einem eleganten, grauen Hosenanzug erwartet, die sich als Herrn Hasenreiters Assistentin vorstellte. Sie begleitete Franzi ins Büro ihres Chefs und bot ihr einen Platz vor dessen Schreibtisch an. „Herr Hasenreiter ist noch in einer Besprechung. Er wird in Kürze für Sie da sein. Darf ich Ihnen in der Zwischenzeit etwas anbieten?"

Franzi überlegte kurz. „Einen Espresso vielleicht?"

Die Assistentin nickte und verschwand aus dem Büro. Während sie wartete, betrachtete Franzi interessiert die vielen Urkunden an den Wänden. Der Verlag hatte jede Menge Auszeichnungen gewonnen, auf die man hier offensichtlich richtig stolz war.

„So, hier bitte." Die Assistentin kam mit einem kleinen Tablett ins Büro und stellte es auf dem Schreibtisch ab. Zufrieden bemerkte Franzi den kleinen Keks, der auf dem Unterteller lag, und an ein Glas Wasser hatte die Assistentin ebenfalls gedacht. Sie bedankte sich höflich und war gleich darauf wieder allein im Büro. Genüsslich trank sie den vollmundigen Espresso und steckte sich anschließend den Keks zwischen die Lippen. Hmmm ... Schokoladig!

Plötzlich öffnete sich die Tür, und Herr Hasenreiter eilte herein.

„Entschuldigen Sie bitte vielmals die Verspätung." Er ergriff ihre Hand und schüttelte sie mit kräftigem Händedruck. „Probleme mit der Druckerpresse", murmelte er, bevor er sich hinter seinem mächtigen Schreibtisch niederließ.

„Wie ich sehe, hat meine Assistentin sie bereits versorgt", sagte er mit Blick auf die leere Tasse.

Franzi nickte. „Ja, vielen Dank. Ihre Assistentin isch wirklich sehr freundlich."

Herr Hasenreiter verschränkte die Hände vor sich auf dem Schreibtisch und sah sie aufmerksam an. „Was kann ich für Sie tun? Gibt es schon Neuigkeiten vom Verbleib unserer Frau Liebinger?"

Bedauernd schüttelte Franzi den Kopf. „Leider nein. Doch was des angeht, hätt i no a paar Fragen an Sie, wenn's recht isch."

„Natürlich. Fragen Sie ruhig. Meine Mitarbeiter sind zu Recht mehr als beunruhigt. Frau Liebinger ist eine überaus geschätzte Mitarbeiterin in unserem Haus."

Franzi kruschtelte in ihrer Tasche, da sie sich Notizen machen wollte.

„Prima, dann fang mer einfach mal an", sagte sie, als sie das Gesuchte gefunden hatte, und schlug ihr Notizbuch auf. „Am meischten würd mi interessieren, woran die Frau Liebinger so gearbeitet hat." Franzi klickte auf den Kugelschreiber und sah Herrn Hasenreiter aufmerksam an.

„Sie hat eigentlich in so gut wie allen Ressorts gearbeitet. Am liebsten hat sie über lokale Belange geschrieben. Ihr liegt die Stadt sehr am Herzen, müssen Sie wissen.“

„Des hat sie mit mir gemeinsam.“ Franzi lächelte.

„Sie hat sich für alles interessiert, was mit der Stadt Augsburg zu tun hat.“ Er überlegte kurz. „Kultur, Kunst, Geschichte, egal was.“

„Hat’s jemals Ärger gegeben im Zusammenhang mit ihren Artikeln?“

Hasenreiter lachte. „Natürlich! Wo denken Sie hin? Haben Sie eine Ahnung, wie viele Leute sich tagtäglich bei mir beschweren, weil sie sich nicht richtig dargestellt fühlen von uns?“ Er strich mit der Hand sein Sakko glatt. „Das passiert wirklich andauernd.“

Franzi hob verblüfft eine Augenbraue. „Ach wirklich?“

„Ja, wirklich. Sie wären überrascht, wenn Sie sehen würden, wie unverschämt manche Leute sind. Die schicken richtige Drohbriefe, um eine Gegendarstellung zu bewirken.“

„Und wie reagieren Sie darauf? Erstatten Sie Anzeige?“

Hasenreiter lachte erneut. „Dann könnte ich gleich bei Ihnen im Präsidium mein Büro aufmachen. Da würden wir nicht mehr fertig werden, glauben Sie mir. Im Normalfall beruhigen sich die Leute von selbst wieder. Sie lassen Dampf ab und gut ist’s.“

Franzi wiegte nachdenklich den Kopf hin und her.

„Gab es solche Drohungen auch gegen Frau Liebinger?“

„Da bin ich mir sicher", antwortete Herr Hasenreiter nickend, „aber genaue Vorkommnisse hab ich jetzt nicht im Kopf. Nichts Außergewöhnliches jedenfalls. Solche Briefe bekommt jeder von uns mal. Meistens machen wir da gar nichts und warten einfach ab. Sollte sich das wiederholen, trete ich in Kontakt mit den betreffenden Personen, das reicht so gut wie immer aus. Die wollen halt Aufmerksamkeit. Mehr ist nicht dahinter."

„Wo bewahren Sie diese Briefe auf?"

„Na, Sie sind gut", sagte Hasenreiter erstaunt. „Wozu soll ich die denn aufbewahren? Die wandern dahin, wo sie hingehören: in den Müll."

Franzi stöhnte innerlich auf. Das hatte sie befürchtet. So würde sie hier nicht weiterkommen.

„Herr Hasenreiter, i bräuchte eine Aufstellung aller Artikel, an denen Frau Liebinger in den letzten drei, besser vier Monaten gearbeitet hat." Sie überlegte einen Moment. „Au die Projekte, an denen sie grad gearbeitet hat, bitte."

„Natürlich." Er nickte eifrig. „Meine Assistentin wird sich sofort darum kümmern."

„Wenn i mir in der Zwischenzeit vielleicht mal Frau Liebingers Arbeitsplatz ansehen dürfte?"

„Selbstverständlich." Herr Hasenreiter erhob sich und lief voraus zur Tür. „Wenn Sie mir bitte folgen würden."

Im Vorzimmer gab Herr Hasenreiter Franzis Wunsch an seine Assistentin weiter, die daraufhin eifrig ans Werk ging und ihren PC bemühte. Anschließend betraten sie einen langen Gang, von dem mehrere Türen abgingen. Der Beschilderung entnahm Franzi, dass hier die gesamte Geschäftsleitung des Verlags ihren Sitz hatte. Vor einem Aufzug am Ende des Flurs blieben sie stehen und fuhren zwei Stockwerke nach oben. Der Gang, den sie anschließend betraten, sah dem anderen ähnlich. Der größte Unterschied bestand darin, dass hier die meisten Türen offen standen und Geplapper zu hören war. Als Franzi im Schlepptau von Herrn Hasenreiter den Gang entlanglief, nahm sie viele neugierige Blicke aus den Büros wahr. Vor dem vorletzten Zimmer blieben sie schließlich stehen.

„So, bitte sehr. Dies ist das Büro von Frau Liebinger." Galant überließ er Franzi den Vortritt.

Das Büro war etwa halb so groß wie das ihres Chefs. Zwei Schreibtische standen sich direkt gegenüber, was Franzi sofort an ihr eigenes Büro erinnerte.

„Wem gehört denn der andere Arbeitsplatz?"

„Der gehörte einer Mitarbeiterin, die uns vor Kurzem verlassen hat. Sie wollte zu einem größeren Verlag und ist nach München gezogen."

Franzi nickte und drehte sich im Kreis, um alles in sich aufzunehmen. Herr Hasenreiter sah auf seine teure Armbanduhr.

„Wenn es Ihnen nichts ausmacht, würde ich mich jetzt zurückziehen, da ich gleich noch einen dringenden Termin habe. Meine Assistentin wird in Kürze mit den geforderten Unterlagen hier sein."

Franzi nickte und verabschiedete sich von Herrn Hasenreiter. Insgeheim war sie froh, den Ort allein in Augenschein nehmen zu können. Auf andere Leute wirkte es oft befremdlich, wenn sie anfing, in fremden Sachen herumzuwühlen. Sie setzte sich an den rechten Schreibtisch, der offenbar Frau Liebinger gehörte, und ließ den Blick schweifen. Das Büro war in einem angenehmen Lindgrün gestrichen. Die würde ihr auch gefallen. Ihr eigenes Büro war einfach nur langweilig weiß gestrichen, wie alle anderen Wände im Präsidium.

An der Wand befand sich ein deckenhohes Regal, in dem jede Menge Bücher und Ordner standen. Eine Kameratasche baumelte an einem Haken, der an der Wand angebracht war.

Franzi schaltete den PC an. Während er hochfuhr, durchsuchte sie die Schubladen des Schreibtischs. Als sie ein unangenehmes Kribbeln im Nacken spürte, sah sie auf. Eine hagere, dunkelhaarige Frau stand im Türrahmen und beobachtete sie.

„Kann i Ihnen helfen?", fragte Franzi freundlich.

„Was machen Sie an Sarahs Schreibtisch?", fragte die Frau.

„Mein Name isch Danner", antwortete Franzi. „I bin von der Kriminalpolizei und ermittle im Vermisstenfall Sarah Liebinger."

Die Dunkelhaarige schlug erschrocken eine Hand vor den Mund. „Kripo? Ist der Sarah am Ende ernsthaft was passiert?" Ihre Augen füllten sich mit Tränen.

„Nun machen Sie sich bitte erscht mal keine Sorgen, Frau ...?" Fragend sah Franzi die Frau an.

„Dohlert, Nina Dohlert", antwortete sie mit piepsiger Stimme.

„Frau Dohlert, es isch völlig normal, dass wir bei einer Vermisstenanzeige ermitteln." Franzi lächelte, um die Frau zu beruhigen. „In den allermeischten Fällen taucht die vermisste Person von selbscht wieder auf. Trotzdem müss mer so eine Anzeige ernscht nehmen, verschtehn'S?"

Nina Dohlert nickte. Sie kramte ein zerknülltes Taschentuch aus ihrer Rocktasche und wischte sich hektisch über die Augen.

„Sind Sie mit der Frau Liebinger befreundet?“, fragte Franzi nach.

„Befreundet wäre zu viel gesagt“, antwortete Dohlert zaghaft. „Wir sind halt Kolleginnen und da sieht man sich nun mal tagein, tagaus. Wir haben auch an manchen Artikeln zusammengearbeitet. Sarah schrieb die Artikel, ich lieferte die Fotos dazu.“

„Ham Sie kürzlich au mit der Frau Liebinger z’samg’arbeitet?“

Nina Dohlert schüttelte den Kopf. „Nein, das letzte Mal war irgendwann letztes Jahr. Aktuell stand nichts an.“

„Sagen Sie, wie isch denn die Frau Liebinger so?“

Verwirrt kratzte sich Frau Dohlert am Kopf. „Wie meinen Sie des jetzt?“

„Na, ganz einfach. I muss rauskriegen, was mit der Frau Liebinger passiert isch, wo sie abgeblieben isch. Das fällt mir wesentlich leichter, wenn i ein Gefühl für die Persönlichkeit der Vermissten habe, verschtehn’S?“

„Ja, ich verstehe.“ Frau Dohlert nickte eifrig. „Sarah ist hier im Verlag eine sehr geschätzte Kollegin.“

Franzi winkte ab. „Des hat mir ihr Chef scho g’sagt. Aber was für ein Typ Mensch isch sie?“

„Ach so ... Die Sarah ist eine ganz liebe. Wir mögen sie eigentlich alle, zumindest würde mir jetzt niemand einfallen, der mit ihr Stress hatte.“ Sie überlegte einen Moment. „Nein, wirklich nicht. Bis auf ...“

Interessiert beugte sich Franzi nach vorne.

Frau Dohlert winkte ab. „Ach, nicht so wichtig. Die Rosa hat nicht so gut mit der Sarah können, aber das ist ja Schnee von gestern."

„Wer isch jetzt die Rosa?"

„Rosa Müller. Ihr hat der andere Schreibtisch gehört. Sarah und Rosa haben sich oft gekabbelt, aber wie gesagt, das hat wirklich keine Bedeutung."

„Inwiefern gekabbelt?"

„Es ist albern, wirklich … Die Sarah und die Rosa haben sich immer wieder drüber gestritten, welche Stadt die schönere sei, Augsburg oder München. Die Rosa war gebürtig aus München und ist kürzlich wieder rübergezogen."

„Das schönste an München isch immer no die Autobahn in unser scheenes Augschburg", sagte Franzi trocken.

Frau Dohlert lachte. „Ich seh schon, Sie würden sich prima mit der Sarah verstehen."

Franzi notierte sich den Namen Rosa Müller in ihr Notizbuch, auch wenn sie davon ausging, dass das keine ernst zu nehmende Spur war.

„I dank Ihnen recht schön für die Infos", sagte sie zu der kleinen Frau, die immer noch im Türrahmen stand.

„Kein Problem." Sie wandte sich zum Gehen. Nach einem kurzen Innehalten drehte sie sich noch mal zu Franzi um.

„Bitte finden Sie die Sarah", sagte sie leise.

Franzi nickte. „I geb mein Möglichschtes", erwiderte sie ernst.

Als Franzi einige Zeit später aus dem mehrstöckigen Gebäude des Zeitungsverlages heraustrat, hatte es aufgeklart. Graue Wolken zogen über den Himmel, aber der Regen hatte zum Glück aufgehört. Die Mappe mit den gewünschten Artikeln, die ihr Herrn Hasenreiters Assistentin in die Hand gedrückt hatte, hatte sie unter einen Arm geklemmt. Der Streifenwagen wartete bereits auf sie. Nach einer guten Viertelstunde erreichten sie das Präsidium, wo Franzi die Mappe ins Büro brachte. Sie legte sie zu den Ordnern, die sie aus Frau Liebingers Wohnung mitgenommen hatte, und seufzte. So viel Arbeit! Wenn Lena da wäre, würde alles doppelt so schnell gehen!

Beim Blick auf die Uhr erschrak Franzi. Beinahe halb sechs! Ihre Lieblinge waren es gewohnt, um spätestens sechs ihr Abendessen zu bekommen. Sie schnappte sich ihren Fahrradhelm vom Garderobenständer und beeilte sich, nach Hause zu kommen.

Natürlich hatte es wieder zu regnen begonnen, in der Sekunde, als Franzi das Präsidium verließ. So schnell sie konnte, radelte sie heim, doch als sie nach zwanzig Minuten endlich in ihre Straße abbog, war sie völlig durchnässt. Sie zog den Helm vom Kopf und schüttelte ihre Locken, dass die Tropfen nach allen Seiten flogen. Dann kümmerte sie sich um ihre Hunde, die überglücklich um sie herumsprangen. Franzi hatte ihren Tieren gegenüber ein unglaublich schlechtes Gewissen, wenn sie so lange fort war, auch wenn sie wusste, dass ihre Nachbarin immer wieder nach ihnen sah, wenn sie weg war. Sie hatte auch einen Hund und nahm Waschtl und Herrn Guschtav täglich auf einen ausgedehnten Spaziergang mit. Franzi war eben alleinstehend und hatte daher keine Alternative. Immerhin hatten die Hunde viel Auslauf in ihrem großen Garten.

Nachdem die Hunde gefüttert waren, stellte sich Franzi gleich unter die Dusche, um sich aufzuwärmen. Dann schlüpfte sie in bequeme Klamotten und kümmerte sich um ihr eigenes Abendessen. Anschließend telefonierte sie noch länger mit Lena. Nach einem seichten Krimi im Fernsehen fiel sie todmüde ins Bett.

4

Als Franzi am Freitagmorgen im Büro aufschlug, wartete bereits ihr Chef auf sie im Büro. Wie immer trug er einen grauen Anzug und eine bunt gemusterte Krawatte über einem weißen Hemd. Er taxierte sie über die Ränder seiner Brille hinweg.

„Herr Meier ... So früh am Morgen ..." Flink lief Franzi zum Garderobenständer, entledigte sich ihrer Jacke und hängte auch ihren Fahrradhelm sorgfältig auf. „Was kann i denn für Sie tun?" Sie drückte sich an ihm vorbei und setzte sich auf ihren Schreibtischsessel, von wo aus sie ihn abwartend ansah.

„Frau Danner, ein gewisser Herr Wiebert hat sich bei mir gemeldet. Das sagt Ihnen sicher etwas?"

Franzi nickte und runzelte die Stirn. „Sicher. Was will er denn?"

„Er ist etwas, nun ... sagen wir mal, *besorgt* über Ihre Bemühungen, seine Verlobte aufzuspüren."

„So ...? Isch er das?", antwortete Franzi gedehnt. Was bildete sich dieser Fatzke eigentlich ein? Sich bei ihrem Chef über sie zu beschweren! Der hatte sie doch nicht mehr alle.

„Er meinte, Sie hätten *ihn* beschuldigt, etwas mit dem Verschwinden von der Frau ... von der Frau ..." Er zog die Stirn in Falten.

„Liebinger", sagte Franzi.

„Ja, genau, Sie wissen schon. Also er meinte, Sie hätten ihn beschuldigt, etwas mit dem Verschwinden seiner Verlobten zu tun zu haben. Das fand er gelinde gesagt nicht gerade die feine Art, mit besorgten Angehörigen umzugehen.“

Franzi zog die Augenbrauen hoch. „So, hat er das gesagt ...“

Hauptkommissar Meier seufzte. „Frau Danner, wir wissen doch beide, dass Sie manchmal etwas ... na ja, nennen wir es mal *unkonventionell* vorgehen.“

„So, tu ich das?“ Franzi fand es kurios, wie ihr Chef sich wand und sich scheute, das auszusprechen, was er eigentlich meinte.

„Jetzt hören Sie schon auf mit dem Getue“, sagte er in strengem Tonfall. „Der Ex der Frau ist ein Gewaltverbrecher, aber der Verlobte wird von Ihnen angegangen? Das ist doch nicht Ihr Ernst!“

„Herr Meier ...“, erwiderte Franzi gedehnt. Sie faltete die Hände auf dem Schreibtisch zusammen und zwang sich, ruhig zu atmen. „Erschtens, hab i den Herrn Wiebert mitnichten verdächtigt. I hab ihm lediglich gezeigt, dass man ohne Beweise besser keine haltlosen Verdächtigungen aussprechen sollte.“

Herr Meier rollte mit den Augen.

Franzi ließ sich davon nicht beeindrucken. „Zweitens isch der Herr Sokolow zwar ein verurteilter Straftäter, aber des macht ihn net automatisch verdächtig, sobald was passiert.“

„Frau Danner, ich erwarte von Ihnen lediglich etwas mehr Fingerspitzengefühl im Umgang mit den Leuten. Das wird doch nicht zu viel verlangt sein!“ Er blickte sie über seine randlose Brille hinweg streng an.

„Im Fingerspitzengefühl bin i richtig gut", erwiderte Franzi, ohne mit der Wimper zu zucken. „Der Herr Wiebert isch vielleicht a bissle arg empfindlich, aber i werd selbschtverschtändlich mehr Rücksicht drauf nehmen, Chef."

Mit einem gemurmelten „Das will ich hoffen" wandte sich Herr Meier zum Gehen.

„Übrigens", konnte sich Franzi nicht verkneifen, ihm hinterherzurufen, „Wenn'S mal wieder Golf spielen mit ihrem Kumpel Professor Doofmann, dann richten'S ihm doch bittschee viele Grüße von mir aus."

Herr Meier fuhr mit erbostem Gesichtsausdruck herum. Er hob einen Finger. „Treiben Sie es nicht zu weit, Frau Danner. Meine Bekanntschaft mit Professor *Gutmann* hat Sie überhaupt nicht zu interessieren! Auf Wiedersehen." Er schlug die Tür hinter sich zu.

Franzi lehnte sich in ihrem Stuhl zurück und schloss die Augen. Wieder einmal wurde ihr schmerzlich bewusst, wie sehr sie Lena vermisste und brauchte. Lena war es, die meistens die Kommunikation mit Herrn Meier übernahm, da sie wusste, dass Franzi und ihr Chef nicht unbedingt auf derselben Wellenlänge lagen.

Franzi seufzte und schlug die Augen wieder auf. Sie beschloss, sich erst mal eine große Tasse Milchkaffee zu gönnen und anschließend zu überlegen, wie sie weiter vorgehen würde. Es wurmte sie zwar tierisch, dass der Wiebert sie bei ihrem Chef angeschwärzt hatte, aber das würde sie nicht davon abhalten, weiterhin nach seiner Verlobten zu suchen.

Der Duft der dampfenden Tasse, die kurz darauf vor ihr stand, beruhigte ihr aufgewühltes Gemüt wieder.

Ihr Blick fiel auf die Ordner aus Frau Liebingers Wohnung und auf die Mappe aus dem Verlag. Sie beschloss, heute noch mit der Durchsicht der Ordner zu beginnen. Nach kurzem Überlegen rief sie jedoch zuerst in der JVA Gabligen an und machte dort einen Termin für zehn Uhr aus, um Sokolows Kumpel Mikail Orlow befragen zu können. Sie wollte den Besuch vor dem Wochenende hinter sich bringen. Die Ordner konnte sie hinterher noch durchsehen. Wenn sie ehrlich war, war sie sowieso nicht besonders scharf auf diese Arbeit. Aber leider war aufgeschoben nicht aufgehoben ...

Pünktlich um zehn Uhr saß Franzi im Vernehmungsraum der JVA und wartete auf Orlow. Sie nutzte die Zeit, um noch einmal ihre Notizen durchzugehen und sich ein paar Fragen zurechtzulegen. Wenn sie die Unterlagen zu dem Raubüberfall richtig deutete, war Orlow der führende Kopf hinter dem Verbrechen gewesen.

Endlich öffnete sich die Tür, und ein Gefängniswärter schob einen bullig aussehenden Mann mit Glatze in Handschellen zur Tür herein, der die übliche braune Insassenuniform trug, die über seinem gewaltigen Bizeps spannte. Der Wärter deutete auf den Stuhl, der Franzi gegenüberstand.

„Setzen!", bellte er in rauem Ton.

Orlow kam seinem Befehl nach und setzte sich. Anschließend öffnete der Wärter eine Handschelle und befestigte sie an einer dafür vorgesehenen Metallstrebe am Tisch.

„Isch des wirklich nötig?", fragte Franzi.

„Wenn'S Wert auf Ihre Gesundheit legen, schon", brummte der Wärter. Kurz darauf verließ er den Raum.

Orlow musterte die ihm gegenübersitzende Kommissarin aus zusammengekniffenen Augen.

„Was willst du?" Seine Aussprache klang hart, abgehackt.

„Nur reden", antwortete Franzi knapp. „Wollen'S vielleicht was trinken?"

Orlow schüttelte den Kopf. Plötzlich breitete sich ein schmutziges Grinsen in seinem Gesicht aus. „Mir würde noch was anderes einfallen als reden ...", sagte er anzüglich und betrachtete Franzi von Kopf bis Fuß. „Eigentlich bevorzug ich sie ja blond, aber hier drin darf man nicht wählerisch sein, nicht wahr?"

Franzi beugte sich nach vorne und sah ihm in die Augen.

„Lassen Sie den Scheiß, Orlow! Oder soll ich den freundlichen Kollegen von gerade eben rufen und ihm sagen, dass Sie net artig waren?"

Abwehrend schüttelte er den Kopf. „Nee, lass mal. Jetzt sag schon, warum du hier bist?"

Franzi dachte kurz darüber nach, ihn wegen seiner respektlosen Anrede zurechtzuweisen, überlegte es sich jedoch anders. Sie wollte den Besuch nicht unnötig ausdehnen.

„I würd gern mit Ihnen über Ihren Kumpel Sokolow sprechen."

Orlow lehnte sich zurück und lachte. „Soso ... Kaum ist der Artur aus dem Bau raus, hat er schon wieder was angestellt! Was hat er denn gemacht?" Er kratzte sich an seiner Wampe, die seine Gefangenenuniform arg strapazierte.

„I stell hier die Fragen", erwiderte Franzi scharf.

„Jawoll, Frau Lehrerin." Orlow grinste. Er schien sich sehr in seiner Rolle zu gefallen.

Franzi rollte mit den Augen. „I würd gern wissen, was für ein Typ der Sokolow ist?"

„Normal, würde ich sagen." Orlow zuckte mit den Schultern.

Franzi hob eine Augenbraue. „Aha ... Und was bitt-schee isch denn bei Ihne *normal*?"

„Was schon? Artur ist ein guter Kumpel. Ein bisschen soft für meinen Geschmack, aber zuverlässig."

„Was genau meinen'S jetzt mit *soft*?", fragte Franzi.

„Na ja, er ist hier nicht so gut zurechtgekommen wie ich, verstehen Sie? Es ist ganz einfach: Entweder du dominierst oder du wirst dominiert. Das ist die einzige Regel, die es hier gibt. Und ich ... Ich würde mich niemals dominieren lassen, so viel steht fest!"

„Und Sokolow war da anders?"

Orlow nickte. „Der Artur hat großes Glück gehabt, dass wir im selben Knast gelandet sind, sag ich dir. Ohne mich wär der hier untergegangen!"

Franzi machte sich ein paar Notizen, dann sah sie wieder auf. „Sie haben ihn also beschützt?"

„Hab ich doch grad gesagt. Hast du was an den Ohren?"

„Meinen Ohren geht's ausgezeichnet, danke der Nachfrage", bemerkte Franzi trocken. „Wie muss i mir des konkret vorstellen?"

Orlow rollte mit den Augen. „Ein bisschen schwer von Begriff bist du schon ... Und ich hab gedacht, man muss schlau sein, wenn man Bulle ist ... Das ist doch offensichtlich, Prinzessin. Wenn jemand dem Artur blöd kam, gab's von mir auf die Fresse. Dann war schnell Ruhe." Ein zufriedenes Grinsen breitete sich auf seinem Gesicht aus. „Keiner legt sich mit Mikail Orlow an!"

„Sie sind echt voll der Held!", sagte Franzi mit sarkastischem Unterton. „Und deswegen sind *Sie* jetzt no im Knascht und der Sokolow isch draußen ..."

Wütend zerrte Orlow an seiner Handschelle, dass es klirrte.

„Jetzt beruhigen Sie sich mal, dann könn mer des Ganze hier schnell hinter uns bringen."

Orlow schnaubte, schien sich aber wieder im Griff zu haben.

„Mi würd no interessieren, ob der Sokolow mal über Frauen gesprochen hat?"

„Bist du scharf auf den, oder was?"

Franzi antwortete nichts darauf. Sie taxierte ihn mit festem Blick, den er kurz erwiderte, bevor er wegsah.

Nach kurzer Zeit scharrte er unruhig mit den Füßen. „Natürlich hat der Artur Weiber am Start gehabt!", sagte er schließlich. „Du hättest mal die Poster sehen sollen, die er in seiner Zelle gehabt hat. Ui, ui, ui ..." Er lachte dreckig.

„Gab es da jemand Konkreten?", fragte Franzi.

Orlow kratzte sich mit einer Hand an der Glatze. „Woher soll ich das wissen? Frag ihn halt selbst."

Franzi packte ihren Block weg. „I seh scho, mit Ihnen wird des nix."

„Ja, was soll ich denn sagen? Der Artur ist doch keine Schwuchtel, natürlich hatte der Tussis am Start!", rief Orlow aufgebracht. „Der hat doch sogar im Knast Besuch von denen bekommen!"

Das war interessant.

„Wissen Sie, von wem?"

Orlow schüttelte den Kopf. „Das ist mir doch scheißegal, wenn dem Artur seine Flittchen kommen."

„Alles klar." Franzi erhob sich. Ihr war klar, dass sie
hier nicht weiterkam. Sie klopfte an die Tür zum Zei-
chen, dass der Gefangene abgeholt werden konnte.

„Wenn i Ihnen einen guten Rat geben kann, Orlow",
sagte sie und wandte sich noch mal zu ihrem Gesprächspartner um. „Vielleicht schneiden'S sich mal
'ne Scheibe vom guten Benehmen ihres Kumpels ab,
dann müssen'S hier au net für alle Ewigkeit versauern."

Die Tür öffnete sich und Franzi schlüpfte hinaus, bevor Orlow antworten konnte. Wenn sie ehrlich war, in-
teressierte sie seine Antwort auch nicht. Typen wie Orlow machten sich das Leben selbst schwer. Ihm schien
jegliche Empathie zu fehlen. Wahrscheinlich würde er
nie engere Beziehungen zu Menschen aufbauen können.

Sie erkundigte sich bei einem Beamten nach den Be-
suchsprotokollen und durchkämmte diese kurz darauf
in einem kleinen Raum, der ihr hinter dem Eingangs-
bereich zur Verfügung gestellt worden war. Sokolow
hatte in der ganzen Zeit nur wenig Besuch erhalten.
Dreimal war ein Familienangehöriger da gewesen, der
denselben Nachnamen trug. Ein paar Mal tauchten Namen auf, die Franzi sich notierte, die ihr jedoch nichts
sagten. Inzwischen war sie im Januar dieses Jahres angekommen. Sie fuhr mit dem Finger die Zeilen entlang
und stockte plötzlich.

21. Januar 2024 Sarah Liebinger

Bingo! Franzi notierte sich den Termin und blätterte weiter.

13. Februar 2024 Sarah Liebinger

Sie stellte fest, dass noch mehr Besuche von Frau Liebinger vermerkt waren. Sie war relativ regelmäßig etwa alle zwei Wochen im Knast aufgetaucht, um Sokolow zu besuchen. Das war interessant. Wieso suchte Sarah Liebinger ihren Ex-Freund im Gefängnis auf? Welche Verbindung hatten die beiden miteinander? Sokolow hatte erwähnt, dass er immer in Kontakt mit ihr gestanden hatte. Ganz so konnte das nicht stimmen, da die Besuche ja erst dieses Jahr angefangen hatten. Möglicherweise hatten sie auf andere Weise Kontakt gehalten.

Franzi packte ihre Sachen zusammen und ließ sich zurück ins Präsidium fahren. Dort verfasste sie einen kurzen Bericht über ihren Besuch in der JVA. Er war auf alle Fälle aufschlussreich gewesen, was die Besuche von Frau Liebinger anging. Sie würde an der Stelle noch mal bei Sokolow und Wiebert nachhaken müssen. Hatte Wiebert tatsächlich nichts davon gewusst, dass seine Verlobte regelmäßig ihren Ex im Knast besuchte? Oder hatte er es gewusst und es war ihm einfach nur egal gewesen? Von Sokolow hoffte sie zu erfahren, weshalb ihn Sarah Liebinger so häufig besucht hatte und in welcher Beziehung die beiden zueinanderstanden. Vielleicht hatte es der Frau einfach nur leidgetan, dass ihr Ex auf die schiefe Bahn geraten war, und sie wollte ihn dabei unterstützen, sich wieder im Leben zurechtzufinden …

Ein Blick auf die Uhr zeigte, dass schon beinahe Mittag durch war. Franzi hatte nur wenig Hunger. Sie holte sich ein Sandwich aus der Kantine und trank eine Cola dazu. Allein Mittag zu machen, war superlangweilig, also saß sie bereits kurze Zeit später wieder an ihrem Schreibtisch und zog den ersten Ordner mit dem neuesten Datum heran, den sie aus Sarah Liebingers Wohnung mitgenommen hatte. Aufmerksam blätterte sie ihn durch. Kontoauszüge, Rechnungen, Steuerunterlagen, alles akribisch und fein säuberlich abgeheftet. Frau Liebinger verdiente ordentlich, wie sie den Kontoauszügen entnahm. Die Miete für ihre Wohnung war mit neunhundert Euro relativ hoch und stellte einen großen Posten ihrer Gesamtausgaben dar. Telefon, Versicherungen und so weiter waren ebenfalls Fixkosten. Am Ende blieb ihr noch ein angemessener Betrag übrig, der ihr ein komfortables Leben ermöglichte.

Franzi machte sich Notizen und arbeitete sich weiter durch den Ordner. Sie fand keinerlei ungewöhnliche Ausgaben, nichts. Keine Abbuchungen von Reiseunternehmen oder Ähnlichem. Keine Anhaltspunkte für ihr Verschwinden.

Frustriert schlug Franzi den Ordner wieder zu und nahm den nächsten zur Hand. Auch hier fand sich nichts, was ihre Aufmerksamkeit erregte. Ein leises Ping verriet ihr den Eingang einer Nachricht. Froh um die Ablenkung öffnete Franzi ihr Mail-Programm.

„Na also!", rief sie erfreut, als sie sah, dass sie eine Mail von Lisa Renner mit dem Betreff *„Hab sie!"* bekommen hatte. Sie klickte auf die Nachricht.

Franzi schickte ihrer Kollegin eine kurze Dankesmail, bevor sie den Anhang öffnete und sich die Daten notierte. Sarah Liebingers Freundin hieß Agnes Schmidt und wohnte in der Augsburger Innenstadt. Sie arbeitete in einem Friseursalon. Adressdaten und Telefonnummer waren auch dabei.

Kurz entschlossen nahm Franzi den Telefonhörer zur Hand und wählte die angegebene Mobilfunknummer. Nach kurzem Läuten knackte es in der Leitung.

„Schmidt?"

„Danner von der Kriminalpolizei Augsburg", sagte Franzi. „Ham Sie vielleicht 'nen Moment Zeit für mi?"

„Geht's um Sarah?" Die Frau in der Leitung war sehr aufgeregt, wie das Zittern in ihrer Stimme verriet.

„Wie kommen'S jetzt da drauf?", fragte Franzi erstaunt.

„Ich kann die Sarah seit Tagen nicht mehr erreichen. Das ist so gar nicht ihre Art! Ich wollte heute Abend die Polizei verständigen, wenn ich bis dahin nichts von ihr gehört hätte."

„Es geht tatsächlich um Ihre Freundin, Frau Schmidt", sagte Franzi. „Hätten Sie vielleicht Zeit, sich mit mir zu treffen?"

„Natürlich! Wann und wo?"

„Am besten wär's, wenn Sie aufs Präsidium kommen könnten", antwortete Franzi. „I weiß, heut isch es scho arg spät ..." Ein kurzer Blick auf die Uhr zeigte ihr, dass es bereits kurz vor sechzehn Uhr war.

„Das macht nichts", sagte Frau Schmidt. „Ich wohne ja nicht weit entfernt. Ich bin in einer halben Stunde da, in Ordnung?"

„Super", sagte Franzi erleichtert. „I geb unten Bescheid. Sagen'S einfach, dass Sie 'nen Termin mit Kommissarin Danner haben, dann schicken die Sie hoch."

„Mach ich. Dann bis gleich."

Kurz vor halb fünf klopfte es an der Tür.

„Herein!", rief Franzi und blickte gespannt auf.

Eine zierliche, dunkelhaarige Frau Mitte bis Ende zwanzig betrat den Raum. Sie trug ihre langen, glatten Haare offen und war dezent geschminkt. Die schwarze Hose und die hübsche, dunkelgrüne Bluse, die sie trug, standen ihr ausgezeichnet.

Franzi bat sie zum Besprechungstisch. „Schön, dass Sie's heut no g'schafft ham. Woll'n Sie vielleicht was trinken?"

Agnes Schmidt schüttelte den Kopf. „Nein, vielen Dank." Sie setzte sich auf einen freien Stuhl und ließ ihren Blick durch das Büro schweifen. Unwillkürlich bemerkte sie das Whiteboard. Ihre Augen weiteten sich, als sie ihren eigenen Namen mit dem großen Fragezeichen dahinter erblickte.

Franzi deutete mit einer Hand darauf. „Wissen'S, am Anfang hab i noch nix über Sie gewusst. Nur dass Sie Agnes heißen, hat mir der Herr Wiebert sagen können."

Die Augen ihres Gegenübers verengten sich. „Das wundert mich nicht", erwiderte Agnes Schmidt schnaubend. „Dieser Trottel interessiert sich doch für niemanden, außer für sich selbst!"

„Ach so? I hab schon den Eindruck gehabt, dass er sehr unter dem Verschwinden seiner Verlobten leidet."

Agnes Schmidt winkte ab. „Mag ja sein, aber ich halte ihn trotzdem für einen egozentrischen Aufschneider."

„Können'S mir des vielleicht näher erläutern?" Franzi beugte sich interessiert nach vorne.

Ihr Gegenüber strich sich mit einer Hand eine Haarsträhne hinter das Ohr und seufzte.

„Ich hab den Anton noch nie ausstehen können", sagte sie. „Kennen Sie das, wenn man eine Person einfach so nicht mag, auch wenn man denjenigen gerade erst kennengelernt hat? So ein Gefühl tief in einem drin, wie ein ..." Sie zog die Stirn in Falten. „Ja, wie ein Instinkt, würde ich sagen. Der Anton war eigentlich immer korrekt zu mir, aber trotzdem mag ich ihn nicht."

Franzi nickte. „I weiß scho, was Sie meinen. Des isch mir au scho a paar Mal im Leben passiert. Manchmal harmonieren Menschen einfach net mitanand, da kann ma nix machen."

Agnes Schmidt grinste. „Ja, genau. Und so war's halt bei mir und dem Anton."

„Wie ist denn die Beziehung zwischen dem Anton und der Sarah?", fragte Franzi.

„Gut, würde ich sagen. Sarah beklagt sich manchmal, dass der Anton sie immer wieder mal zu sehr einengt. Das gefällt ihr natürlich nicht besonders gut, wie Sie sich sicher vorstellen können."

„Wie genau hat er sie denn eingeengt?"

„Na ja, wenn's nach ihm ginge, würde er am liebsten den ganzen Tag mit Sarah zusammen verbringen. Das findet sie anstrengend."

„Also, irgendwie isch des doch au romantisch, wenn man immer z'sam sein will, oder etwa net?"

„Ja, klar. Vor allem wenn man frisch verliebt ist, gerade zu Beginn einer Beziehung", erwiderte Frau Schmidt.

„Aber ...?"

„Wissen Sie, der Anton will halt immer wissen, wo die Sarah gerade ist. Wenn wir zu zweit in der Stadt bummeln, ruft er mindestens einmal an und fragt nach, wann sie kommt. Er sieht es auch überhaupt nicht gern, wenn wir abends mal alleine ausgehen. Aber auch Freundinnen haben doch das Recht, sich zu sehen!"

Franzi nickte. Unwillkürlich musste sie an Lena denken. Der Gedanke, dass ihr jemand nicht erlauben würde, sie zu treffen, war einfach absurd. Das würde sie niemals zulassen!

„Letztes Jahr wollten Sarah und ich gemeinsam in den Urlaub fliegen." Agnes Schmidt lächelte leicht bei der Erinnerung daran. „Nur für ein paar Tage ... Wir wollten nach Istanbul, keine große Sache." Sie seufzte. „Als Sarah dem Anton davon erzählt hat, ist er ausgeflippt. Er fand das viel zu gefährlich und hat so ein Theater gemacht, dass wir die Reise letzten Endes stornieren mussten."

Franzi machte sich ein paar Notizen, kommentierte die Aussage von Agnes Schmidt aber nicht.

„Würden Sie sagen, dass die Beziehung trotzdem harmonisch war?"

Die Zeugin hob hilflos die Hände. „Schwer zu sagen. Ich glaube schon, dass die beiden glücklich waren miteinander. Sarah hat oft gesagt, dass der Anton ihr Sicherheit gibt.“

„Sicherheit? Was meint sie denn damit?“ Franzi runzelte die Stirn. Die Wortwahl fand sie sehr seltsam im Zusammenhang mit einer Beziehung.

„Ich weiß auch nicht genau“, erwiderte Agnes Schmidt. „Der Anton hat einen guten Job, ein ruhiges Leben, keine Probleme ... Ganz anders als der Artur, zum Beispiel.“

Franzi horchte auf. „Artur Sokolow?“

Agnes Schmidt nickte. „Ja, genau. Artur war Sarahs erste Liebe. Sie hat sich damals Hals über Kopf in ihn verknallt. Da sind einfach alle Sicherungen bei ihr durchgebrannt.“ Sie schüttelte verständnislos den Kopf. „Ich hab ihr so oft gesagt, dass sie die Finger von ihm lassen soll, aber sie hat einfach nicht auf mich gehört. Sie hat mich damals immer mehr aus ihrem Leben ausgeschlossen, weil es sie genervt hat, dass ich immer gegen den Artur geschossen habe.“ Ihr Blick schweifte in die Ferne. „Das war richtig schlimm für mich damals.“ Sie verstummte abrupt und senkte den Blick.

„Des isch verständlicherweise sehr schwer für Sie gewesen ... Wie isch es dann weitergegangen?“

„Artur hat Scheiße gebaut, verzeihen Sie den Ausdruck.“

Franzi winkte ab.

„Also, so richtig große Scheiße!“

„Sie spielen auf den Überfall an?“

Die Zeugin nickte heftig. „Ja, genau. Der hat sich da in was richtig Schlimmes verwickeln lassen, der Artur. Danach war er von einem Tag auf den anderen weg. Weggesperrt.“

Franzi nickte. „Wie ging es Sarah damit?“

„Sarah war außer sich. Ich kann mich noch genau erinnern, wie überrascht ich war, dass sie mich angerufen hat. Zu dem Zeitpunkt war schon eine ganze Weile Funkstille zwischen uns, wissen Sie? Als ich den Anruf annahm, hab ich sie schluchzen hören. Ich bin sofort zu ihr gefahren und hab sie in den Arm genommen. Die ganze Sache hat ihr fürchterlich zugesetzt.“

„I find des richtig toll, dass Sie für Ihre Freundin da waren, als sie Sie gebraucht hat“, sagte Franzi.

„Aber das ist doch selbstverständlich“, erwiderte Agnes Schmidt mit traurigem Lächeln. „Sarah und ich waren so lange miteinander befreundet, da wirft man doch nicht alles über einen Haufen, nur weil man sich mal eine Weile aus den Augen verliert!“

„I nehm an, dass Sie sich danach wieder häufiger gesehen haben?“

Agnes Schmidt nickte. „Ja, es war eigentlich wie früher. Wir sind shoppen gegangen, ins Kino, zum Essen ... Es war richtig schön!“

„Wie hat Sarah den Anton Wiebert kennengelernt?“

„Ein Arbeitskollege von mir wollte mit mir ausgehen. Er meinte, er hätte noch einen Freund, der Single sei, und schlug ein Double Date vor. Ich fand die Sache witzig und hab Sarah überredet, mit mir hinzugehen.“ Sie schüttelte den Kopf über sich. „Aus mir und dem Kollegen ist nie was geworden, aber zwischen der Sarah und dem Anton hat es gleich gefunkt." Sie verdrehte die Augen.

Franzi schmunzelte. „I seh scho, so richtig glücklich sind Sie darüber net wirklich."

Agnes Schmidt lachte leise. „Nein, das stimmt. Vielleicht bin ich da auch ein wenig ego, was das angeht."

„Wieso ego?"

„Liegt das nicht auf der Hand? Sarah war in einer neuen Beziehung, weswegen sie natürlich auch weniger Zeit für mich hatte. Und die wenige Zeit, die wir uns nehmen wollen, gönnt uns der Anton nicht."

Ihr Blick fiel wieder auf das Whiteboard. „Weshalb steht Artur eigentlich auf dem Board?", fragte sie neugierig. „Sie glauben doch nicht, dass er mit Sarahs Verschwinden zu tun hat?"

„Wir ermitteln in alle Richtungen. Machen Sie sich keine Gedanken. Wir klopfen immer des gesamte persönliche Umfeld der verschwundenen Person ab, um sicherzugehen, dass wir nix übersehen."

„Der Artur könnte der Sarah niemals was zuleide tun", erklärte die Zeugin mit fester Stimme. „Der hat sie abgöttisch geliebt!" Sie sah Franzi in die Augen und schluckte. „Glauben Sie, dass der Sarah was Schlimmes passiert ist?"

„Es isch no net mal eine Woche vergangen, seit Frau Liebinger verschwunden isch ..."

„Das stimmt so nicht", rief Frau Schmidt aufgeregt.

Irritiert sah Franzi auf. „Herr Wiebert hat gesagt, dass er Sarah seit Montag vermisst."

Agnes Schmidt schüttelte den Kopf.

„Die Sarah und ich wollten am Freitagabend zusammen ins Kino. Ich hab ewig auf sie gewartet, doch sie ist nie aufgetaucht. Ich hab versucht, sie anzurufen, doch ihr Handy ging immer auf die Mailbox. Wir wollten uns ein richtiges Mädelswochenende machen, das erste seit Langem." Sie strich sich erneut eine Strähne hinter das Ohr. „Sie wollte bei mir übernachten und am Samstag hatten wir vor, mit dem Zug nach München zum Shoppen zu fahren. Das haben wir schon ewig nicht mehr gemacht!"

Franzi blätterte irritiert in ihren Notizen. „Herr Wiebert sagte, dass Sarah am Montag nicht aus der Arbeit zurückgekommen ist. Am Dienstag war er hier auf der Polizeidienststelle."

Agnes zuckte mit den Schultern. „Ich versteh das auch nicht. Vielleicht hat er gedacht, dass sie das ganze Wochenende bei mir war."

„Ham Sie denn keinen Kontakt zu ihm aufgenommen, als Sarah nicht zu Ihrer Verabredung erschienen ist?"

Agnes schüttelte den Kopf. „Erstens hab ich seine Nummer gar nicht. Zweitens hab ich gedacht, dass er halt mal wieder nicht wollte, dass wir uns sehen, und dazwischengefunkt hat. Ich war sauer auf Sarah, weil sie mir nicht Bescheid gegeben hat, mehr aber auch nicht."

Franzi kaute nachdenklich auf ihrem Stift herum. „Es isch also möglich, dass die Frau Liebinger scho seit letztem Freitag verschwunden isch ..."

Frau Schmidt schlug die Hände vor das Gesicht und schluchzte. „Hätte ich doch gleich die Polizei benachrichtigt!"

Franzi beugte sich vor und legte ihr eine Hand auf die Schulter. „Sie ham doch net gewusst, dass die Sarah verschwunden ischt." Sie wartete kurz, bis die Zeugin sich etwas beruhigt hatte. „I hätt no eine Frage, wenn des möglich isch …"

Frau Schmidt zog ein Taschentuch aus ihrer Hosentasche und wischte sich über die feuchten Augen. „Fragen Sie", sagte sie tapfer.

„Halten Sie's für möglich, dass die Sarah sich eine Auszeit genommen hat?"

„Wie meinen Sie das?", fragte Frau Schmidt erstaunt.

„Vielleicht isch ihr alles zu viel geworden und sie hat beschlossen, sich eine Auszeit zu gönnen", erklärte Franzi ihren Gedankengang. „Da wär sie net die Einzige, die so handelt. Wir ham des immer wieder, dass Leute verschwinden, weil ihnen alles über den Kopf wächst."

„Hmmm … Ich kann mir das irgendwie nur schwer vorstellen", sagte Agnes Schmidt. „Aber ganz ausschließen kann ich das auch nicht. Die Sarah war in letzter Zeit ziemlich durch den Wind. Warum, kann ich allerdings nicht sagen. Sie hat immer gesagt, dass sie überarbeitet ist, aber so ganz hab ich ihr das nicht abgenommen."

„Vielleicht hat sie die Entlassung von Herrn Sokolow beschäftigt?", fragte Franzi.

Erstaunt sah Agnes Schmidt hoch. „Artur ist aus dem Gefängnis raus?"

Franzi nickte. „Hat Sarah Ihnen das gar nicht erzählt?"

Agnes Schmidt schüttelte den Kopf. „Nein, ich glaube auch nicht, dass sie davon wusste."

„Ihre Freundin hat Herrn Sokolow regelmäßig in der JVA besucht", berichtete Franzi.

Die Augen ihrer Gesprächspartnerin weiteten sich erstaunt.

„Also wussten Sie nichts davon ...“

Frau Schmidt schluckte. „Nein, das hab ich wirklich nicht gewusst. Warum hatte Sarah solche Geheimnisse vor mir?“

„Vielleicht hat sie befürchtet, dass Sie ihren Kontakt zu Herrn Sokolow nicht gern sehen?“

Agnes Schmidt nickte. „Damit hätte sie vollkommen recht gehabt. Ich hätte ihr ganz schön den Kopf gewaschen, wenn sie mir das erzählt hätte.“ Sie ließ den Kopf hängen. „Ich befürchte, ich war ihr keine besonders gute Freundin ...“

„Sagen’s des net. I bin mir sicher, dass Sie so gehandelt ham, weil Sie nur des Beschte für Ihre Freundin g’wollt ham.“

„Meinen Sie wirklich?“

Franzi entdeckte einen leichten Hoffnungsschimmer in Frau Schmidts Augen. „Wirklich!“ Ihr fiel noch etwas ein. „Sagen Sie mal, ham Sie ihrer Freundin vielleicht mal eine Postkarte geschrieben? Auf der Vorderseite war ein Vogel zu sehen.“ Frau Schmidt schüttelte den Kopf. „Ich kann mich nicht mal erinnern, wann ich das letzte Mal eine Postkarte geschrieben habe.“

Franzi nickte, stand auf und wartete, bis ihr Besuch sich ebenfalls erhob. Dann streckte sie ihr die Hand hin und schüttelte die ihre kräftig.

„I geb mein Beschtes, Ihre Freundin zu finden, Frau Schmidt“, sagte Franzi und lächelte ihren Besuch aufmunternd an.

„Ich danke Ihnen von Herzen, Frau Kommissarin. Bitte sagen Sie mir, wenn ich Ihnen irgendwie helfen kann.“

Franzi nickte. „Versprochen. Am meischten helfen Sie mir, wenn Sie sich glei bei mir melden, wenn die Sarah Sie kontaktiert.“

Agnes Schmidt nickte eifrig. „Das mache ich natürlich.“ Sie ging zur Tür. „Auf Wiedersehen, Frau Danner. Und ... viel Glück!“

Als die Tür ins Schloss fiel, blieb Franzi noch eine Weile stehen. Sie musste erneut an Helena denken. Wenn Lena einfach so verschwinden würde ... Nicht auszudenken! Ihr tat Agnes Schmidt von Herzen leid. Sie musste fürchterlich unter der Ungewissheit leiden. Das Gespräch mit ihr hatte viele neue Fragen aufgeworfen. Wann war Sarah Liebinger nun tatsächlich verschwunden? Sie musste unbedingt noch einmal mit Herrn Wiebert sprechen, ob er seine Verlobte am Wochenende gesehen hatte.

Sie sah auf die Uhr. Schon halb sechs durch! Sie hatte längst Feierabend. Franzi schrieb sich noch eine Notiz, wo sie am Montag weitermachen wollte, bevor sie sich auf schnellstem Weg nach Hause begab. Sie fühlte sich ausgelaugt und frustriert, weil sie immer noch keinen Hinweis auf Sarah Liebingers Aufenthaltsort gefunden hatte. Am liebsten hätte sie am Wochenende weitergearbeitet, aber sie wusste, dass sie nur dann effektiv arbeiten konnte, wenn sie sich ausruhte. Ansonsten lief man schnell Gefahr, sich zu überarbeiten und Wichtiges zu übersehen.

Franzi liebte es, Zeit mit ihren Hunden zu verbringen und genoss es sehr, mit ihnen einen unaufgeregten, entspannten Abend zu Hause zu haben.

Am Samstag schlief sie aus. Franzi war zwar keine Langschläferin, aber sie genoss es, morgens im warmen Bett noch ein paar Seiten zu lesen, bevor sie aufstand. Sie versorgte die Hunde und anschließend ging sie zum Bäcker, weil sie Lust auf frische Brezen hatte. Nach einem ausgiebigen Frühstück mit Frühstücksei und leckerem Kräuterquark machte sich Franzi mit den Hunden auf zu Helenas Baustelle, im Gepäck eine große Tüte selbst geschmierter Butterbrezen. Heute hatte sie vor, den Garten auszumessen und mit der Planung zu beginnen. Sie hatte schon etliche Skizzen entworfen, aber vor Ort ließ es sich doch leichter planen.

Als sie auf das Grundstück zulief, sah sie ihre Freundin Helena, die gerade die Gartentür aufsperrte.

„Morgen, Lena!", rief sie erfreut und winkte, als Helena sich zu ihr umdrehte.

„Guten Morgen, Franzi", erwiderte Helena strahlend. Sie lief auf ihre Freundin zu und umarmte sie zur Begrüßung. „Schön, dass du da bist!"

Sie hielt Franzi und den Hunden die Tür auf und verschloss sie hinter ihnen wieder sorgfältig.

„Ist Nick noch nicht da?" Suchend sah Franzi sich um.

„Er ist heute Vormittag in seinem Geschäft auf dem Stadtmarkt. Die Aushilfe ist krank geworden, und er wollte den Laden nicht schließen."

Franzi nickte. „Verstehe. Dann sind wir zwei Hübschen heute zu zweit. Auch gut!" Sie zwinkerte Helena zu.

Ein lautes Räuspern erklang hinter ihr. Franzi fuhr herum und sah Mo, der lässig am Zaun lehnte.

„Zu dritt!", rief er fröhlich. „Oder wollt ihr eure Hochbeete selbst bauen?"

„Hasch du heut net frei?", fragte Franzi erstaunt, während Helena ihm die Gartentür öffnete.

„Freilich", antwortete Mo grinsend. „Aber Helena hat mir erzählt, dass du heute kommst und was ihr vorhabt, und da hab ich mir gedacht, dass ihr sicher Hilfe brauchen könnt."

„Wow!", rief Helena strahlend. „Das ist aber richtig stark von dir! Du hast die ganze Woche so hart geschuftet, da hättest du dir ein freies Wochenende redlich verdient."

Mo winkte ab und ging in die Knie, um die wild um ihn herumspringenden Hunde ausgiebig zu begrüßen.

„Mir macht die Arbeit doch Spaß. Wenn's anders wäre, würd ich mir einen neuen Job suchen." Er streckte seine Hand aus und lachte, als Waschtl diese erst ausgiebig beschnupperte und sie dann abschleckte. Er stand auf und wischte seine Hand an seiner Jeans ab. Sein Blick fiel auf die Tüte in Franzis Hand.

„Hmmm, Frühstück!", rief er begeistert und langte nach der Tüte.

„Pfoten weg!", sagte Franzi und entzog sie ihm im letzten Moment. „Z'erscht wird g'arbeitet, dann gegessen."

Mo lachte. „Zu Befehl!" Er imitierte einen Soldatengruß und stand halbwegs stramm. „Womit fangen wir an?"

Franzi ging mit den beiden in den noch brachliegenden Garten und erklärte anhand ihrer Pläne, was ihr vorschwebte. Helena war von Franzis Idee mit einer Feuerstelle ganz begeistert.

„Au ja!" Sie klatschte in die Hände. „Dann können wir abends noch lange draußen sitzen und quatschen."

„So hab i mir des au vorgestellt", erwiderte Franzi schmunzelnd.

„Wo genau willst du die Hochbeete hinhaben?", fragte Mo.

Franzi zeigte ihm die Stelle an der Seite des Hauses.

„Die Wand speichert Wärme und gibt sie den ganzen Tag über an die Pflanzen ab. Des find i super wichtig, weil man dann früher ansäen kann. Was meinsch du?" Sie wandte sich an Helena.

„Auf alle Fälle", sagte diese. „Du bist die Gartenexpertin. Wir machen es genau so, wie du das geplant hast."

„An was für eine Art Hochbeet hast du denn gedacht?", fragte Mo.

Franzi zeigte ihm auf ihrem Smartphone ein paar Bilder von Hochbeeten, die sie im Internet gesehen hatte. Sie waren allesamt aus Holz und verfügten über ein verschließbares Dach aus Hartplastik oder anderen Materialien.

Gemeinsam mit Helena einigten sie sich schließlich auf ein bestimmtes Modell.

„Davon würd i gern zwei nebeneinander stellen", sagte Franzi. Sie deutete auf die Stelle. „Eins hier und eins da drüben."

Mo nickte. „Kein Problem. Ich setz mich mal an die Pläne, dann kann ich nachher noch zum Baumarkt fahren und die benötigten Materialien kaufen."

„Super, danke", erwiderte Franzi lächelnd. „Mir treffen uns dann um zehn Uhr wieder zum Brezen essen, okay?"

„So machen wir's." Mo zwinkerte ihr verschmitzt zu, bevor er kehrtmachte und sich vor dem Haus auf die Stufen zur Eingangstür setzte und in sein Notizheft kritzelte.

„Das ist schon ein toller Mann", flüsterte Helena.

Franzi drehte sich schnell weg, als sie Wärme in den Wangen aufsteigen spürte. „Du hast doch schon 'nen tollen Mann", flüsterte sie zurück.

Helena lachte. „*Ich* schon ..."

Franzi verdrehte die Augen. „Komm, lass uns anfangen, die Fläche zu vermessen, bevor du noch auf blöde Gedanken kommst."

Die nächste Stunde wurde gemessen, gelacht und geplant. Die Zeit verging wie im Flug und auch die Brezenpause verlief äußerst fröhlich und gemütlich. Als Franzi am Abend nach Hause kam, war sie erschöpft, aber zufrieden. Sie hatte den ganzen Tag nicht an ihre Arbeit gedacht. Genau so sollte es sein! In Kürze würde sie die Pflanzen besorgen und mit dem Einpflanzen beginnen können. Darauf freute sie sich schon sehr. Den größten Teil des Grundes rund um das Haus würden sie mit Rollrasen belegen. Der war stabil und wuchs gut an. Vor dem Haus würde Franzi Blumenbeete anlegen, die leicht zu pflegen waren. Helena hatte zwar versichert, dass sie gern gärtnerte, allerdings fehlte ihr oft die Zeit, sich um anspruchsvolle Pflanzen zu kümmern.

Am Sonntag regnete es wieder leicht. Franzi packte sich warm ein und machte mit den Hunden einen langen Spaziergang. Anschließend musste sie Waschtl zwar eine Ewigkeit trocken rubbeln, aber das war es allemal wert gewesen. Sonntagabend fühlte sie sich gut erholt und entspannt. Sie würde morgen wieder voller Elan an die Arbeit gehen können.

5

Als Franzi Montagmorgen aufwachte, vernahm sie gleichmäßige Klopfgeräusche. Sie seufzte und streckte sich im Bett. Schon wieder Regen! Natürlich war ihr bewusst, dass Regen der Natur guttat, aber dieses ständige Grau in Grau war ihr langsam, aber sicher zuwider. Franzi quälte sich aus dem Bett und gönnte sich erst mal eine lange, warme Dusche. Sie spürte, wie sich ihre Lebensgeister regten, und beschloss, sich von dem Regen nicht den Tag versauen zu lassen. Ihr Vater hatte immer gesagt: „Es gibt kein schlechtes Wetter. Es gibt nur schlechte Kleidung!", womit er natürlich recht hatte. Franzi besaß Jacken für jedes Wetter, was ja auch wichtig war, wenn man hauptsächlich mit dem Fahrrad unterwegs war.

Den Hunden machte das Wetter zum Glück nichts aus. Als Franzi Waschtl und seinem Freund die Tür zum Garten öffnete, stürmten die beiden voller Tatendrang hinaus. Eine Weile sah Franzi ihnen dabei zu, wie sie durch den Garten tollten. Sie schmunzelte, als sie sah, wie Herr Guschtav sein Bestes gab, auf seinen drei Beinchen dem großen Waschtl hinterherzukommen.

Auf der Fahrt ins Präsidium hatte der Regen glücklicherweise etwas nachgelassen. Franzi zog ihre Regenjacke und -hose aus und hängte die quietschgelben

Teile an den Kleiderständer in ihrem Büro. Anschließend fuhr sie ihren PC hoch, machte sich eine Tasse Milchkaffee und setzte sich an ihren Schreibtisch, wie jeden Tag. Kaum dass sie saß, ertönte das charakteristische Ping, das eine Nachricht ankündigte. Franzi öffnete den Posteingang. Sie hatte zwei neue Mails. Die erste war leider wenig hilfreich. Der Mobilfunkanbieter hatte geschrieben, dass Sarah Liebingers Mobiltelefon nicht geortet werden konnte. Das bedeutete, dass das Handy entweder ausgeschaltet oder zerstört war. Das wäre ja auch zu schön gewesen, wenn da was rausgekommen wäre, dachte Franzi resigniert. Leute, die nicht gefunden werden wollten, dachten meistens auch daran, ihr Handy auszuschalten oder sich ein neues Prepaidhandy zu besorgen, von dem niemand wusste. Natürlich könnte das auch auf ein Verbrechen hinweisen, aber man wusste es schlicht und ergreifend nicht. Franzi seufzte. Sackgasse! Sie klickte die nächste Mail an. Sie war von der Rechtsmedizin in Ulm. „Endlich!", rief Franzi erfreut. Frau Dr. Neumann schrieb, dass sie sich inzwischen sicher war, dass die Tote einen gewaltsamen Tod gestorben war. Franzi setzte sich gespannt auf und las interessiert weiter. Mikrofrakturen am Schädelknochen deuteten darauf hin, dass die Frau durch einen oder mehrere Schläge auf den Kopf zu Tode gekommen war. „Also tatsächlich Mord!", murmelte Franzi, während sie weiterlas. Frau Dr. Neumann schrieb, dass an dem Skelett zahlreiche Spuren zu finden waren, die den Archäologiestudenten zugeordnet werden konnten. Franzi verdrehte die Augen. Genau das hatte sie befürchtet! Hinz und Kunz hatten das Skelett betatscht und damit möglicherweise wichtige Spuren zerstört. Eine Spur am Schädel selbst stammte von Professor Gutmann. Franzi grinste. Hoffentlich würde sie die Gelegenheit bekommen, ihm dies unter die Nase zu reiben.

Nun wurde es interessant. Frau Dr. Neumann schrieb, dass die erste Messung nach der Radiokarbonmethode erfolgt war. „Des gibt's doch net!", rief Franzi erstaunt aus. Wie es aussah, stammte das Skelett wohl tatsächlich aus der Römerzeit. Das genaue Alter konnte allerdings noch nicht bestimmt werden. Eine zweite Messung würde in Kürze erfolgen, um die erste zu überprüfen. Dann würde hoffentlich auch eine genauere Datierung möglich sein. Franzi lehnte sich zurück und schüttelte den Kopf. So was hatte sie noch nie erlebt.

Sie kramte ihr Notizbuch aus ihrer Tasche, sah ihre Notizen durch und nahm anschließend seufzend den Telefonhörer in die Hand. Sie wählte eine Nummer und wartete.

„Gutmann?"

„Guten Morgen, Professor Gutmann", sagte Franzi. „Hier spricht Kommissarin Danner von der Kriminalpolizei."

„Aha …"

Franzi verdrehte die Augen.

„I wollt Sie nur über die aktuelle Entwicklung im Fall des gefundenen Skeletts informieren", sagte sie. „Die Rechtsmedizin geht nach einer ersten Messung davon aus, dass das Skelett möglicherweise aus der Römerzeit stammen könnte."

„Na also!", rief der Professor triumphierend. „Ich hab es Ihnen doch gleich gesagt! Aber Sie haben ja gleich Mord und Totschlag gewittert und dafür gesorgt, dass dieses wertvolle Artefakt möglicherweise zu Schaden kommt."

„I glaub, es hackt!", rief Franzi erbost. „Erschtens, isch die Frau wirklich ermordet worden. Zweitens, wenn überhaupt ham *Sie* und *Ihre* Studenten wertvolle Spuren durch Ihr Herumgetatsche an der Toten beseitigt. Ham Sie eigentlich keine Handschuhe net?"

Ein empörtes Schnauben drang aus dem Telefon. „Das ist ja wohl die Höhe! Ich werde mich über Sie beschweren!"

Franzi lachte auf. „Tun'S, was Sie net lassen können", erwiderte sie. „Jetzt wissen Sie jedenfalls, wie die momentane Ergebnislage aussieht."

„Wann bekommen wir das Skelett endlich zurück?", fragte der Archäologe verschnupft.

„Wenn die Rechtsmedizin endgültig fertig damit isch. So lang werden'S scho no warten können. Die Messung bezüglich des Alters wird noch mal wiederholt, um Fehler auszuschließen."

„So werden Staatsgelder verschleudert", knurrte der Professor. „Hätten Sie gleich auf mich gehört, wäre dem Steuerzahler viel erspart worden."

„Wissen Sie was, des nächschte Mal ruf i *Sie* glei an, wenn wir wieder mal 'ne Leiche entdecken. Vielleicht können'S mir dann au glei sagen, wer der Mörder isch und ersparen mir dadurch viel Arbeit. Ach, noch was, halten'S bitte die Information über das Skelett zurück, bis wir die endgültige Bestätigung haben, was des Alter betrifft. Auf Wiederschaun." Franzi knallte den Hörer auf die Gabel, atmete tief durch und nahm einen großen Schluck aus ihrer Tasse. Dieser Doofmann! Sie musste unwillkürlich an ihr Gespräch mit Agnes Schmidt denken und wie diese ihr gesagt hatte, dass es manchmal Leute gab, die man einfach nicht riechen könne. Franzi ging es mit diesem arroganten Schnösel nicht viel anders.

Sie schüttelte irritiert den Kopf und streckte sich ausgiebig. Am besten hakte sie die Sache mit dem Skelett schnell ab und konzentrierte sich auf die Suche nach Sarah Liebinger. Zunächst einmal galt es rauszufinden, wann sie nun eigentlich genau verschwunden war. Sie nahm abermals den Telefonhörer in die Hand und wählte Anton Wieberts Nummer.

„Hallo?"

„Danner von der Kripo", sagte sie knapp. „Herr Wiebert, können'S mir bitte sagen, wann Sie ihre Verlobte zum letzschten Mal gesehen ham?"

„Hatten wir das nicht schon? Sie ist, wie gesagt, Montag nicht von der Arbeit gekommen", antwortete Wiebert.

„Ja, des weiß i au. Jetzt will i aber wissen, *wann genau* Sie zum letzschten Mal Kontakt mit Ihrer Verlobten hatten."

„Hmmm, da muss ich überlegen. Einen Moment, ich seh schnell auf dem Handy nach."

Es knackte in der Leitung.

„Hören Sie?"

„Ja, i hör Sie", erwiderte Franzi genervt.

„Also, am Freitag hab ich von Sarah eine WhatsApp bekommen, dass sie am Abend mit der Agnes ins Kino gehen wollte. Sie meinte, dass sie dann wahrscheinlich dort übernachtet. Danach hab ich nichts mehr von ihr gehört.“

„Warum sind Sie dann davon ausgegangen, dass Sarah erscht am Montag verschwunden isch?“, fragte Franzi ehrlich verwundert.

„Na, ich bin natürlich davon ausgegangen, dass die beiden Frauen das Wochenende zusammen verbracht haben“, erwiderte Wiebert aufgebracht. „Das war ja nicht das erste Mal, dass sie so was geplant haben.“

„Und Sie ham nix dagegen?“, fragte Franzi.

Wiebert räusperte sich. „Na ja, gefallen hat mir das natürlich nicht“, antwortete er zögernd. „Man will das Wochenende ja mit seiner Liebsten verbringen, oder etwa nicht?“

Franzi schwante Übles. „Herr Wiebert, hatten Sie mit Sarah Streit vor ihrem Verschwinden?“

„Streit würde ich das nicht gerade nennen“, erwiderte Wiebert patzig. „Ich hab ihr halt geschrieben, dass ich das nicht gerade toll finde, dass sie das Wochenende ohne mich verbringen will. Das ist alles.“

„Und wie hat sie darauf reagiert?“

„Gar nicht. Ich hab darauf keine Antwort mehr erhalten und bin davon ausgegangen, dass sie halt beleidigt war und mich gerade mit Fleiß am Wochenende nicht sehen will. Das war mir dann auch zu blöd und deshalb hab ich sie auch nicht mehr kontaktiert. Ich war mir sicher, dass die Agnes sie darin bestärkt hat, mir die kalte Schulter zu zeigen.“

„Warum hätte sie des denn tun sollen?“

„Die Agnes ist schon immer eifersüchtig auf uns gewesen. Sie würde gern mehr Zeit mit Sarah verbringen.“

„Und Sie sind net auf die Idee gekommen, mir zu sagen, dass Sie Streit mit Sarah hatten?" Franzi hatte große Mühe, ihre Ungeduld zu verbergen.

„Wieso denn? Das war doch keine große Sache", sagte Wiebert. „Wir hatten ja keinen Megastreit oder so was. Eine kleine Meinungsverschiedenheit, mehr nicht. Fragen Sie halt die Agnes, wann Sarah sie verlassen hat."

„Herr Wiebert, meinen Sie net, dass i des scho lang gemacht hab?", rief Franzi aufgebracht. „Die Sarah war net bei der Agnes! Das heißt, dass sie möglicherweise schon am Freitag vor einer Woche verschwunden isch!"

Herr Wiebert blieb stumm. Nur sein lautes Atmen verriet, dass er noch in der Leitung war.

„I hab no 'ne andere Frage. Ham Sie g'wusst, dass die Sarah mit dem Sokolow Kontakt hatte?"

„Wie bitte?", rief Wiebert erbost. „Das kann nicht sein! Sarah wollte mit diesem Typen nichts mehr zu tun haben."

„Tja, manchmal kommt es andersch, als man denkt", sagte Franzi. „Eine letzschte Frage hab i no. Ham Sie eigentlich einen Kosenamen für Ihre Verlobte?"

„Hä?"

„Na, Schatz, Liebling oder so was?"

„Nein", erwiderte Wiebert. „Ich finde so was albern und Sarah sieht das genauso."

Auf der Postkarte hatte *Spatz* gestanden. Offenbar war sie auch nicht von Wiebert geschrieben worden.

„Alles klar. Des wär erscht mal alles. I meld mi wieder." Sie legte auf und fuhr sich mit der Hand durch die Locken. Mann, war das alles verworren! Sie dachte nach und hatte plötzlich einen Gedanken. Erneut nahm sie den Hörer in die Hand und wählte eine Nummer. Nur die Mailbox!

„Grüß Sie, Herr Sokolow. Hier spricht Danner von der Kripo. I hätt no a paar Fragen an Sie. Wenn Sie also bitte zurückrufen würden. Meine Nummer sehen'S ja auf dem Display. Wiederschaun."

Seufzend legte Franzi auf. Sie hasste es, warten zu müssen. Möglicherweise hatte Sarah Liebinger ihre Pläne am Wochenende über den Haufen geworfen, weil sie sich mit ihrem Verlobten gestritten hatte. Franzi kaute auf ihrem Stift herum, während sie nachdachte. Eine dumme Angewohnheit, die Lena ihr oft vorhielt, aber heute war sie ja nicht da ...

Es wäre doch naheliegend, dass Sarah bei ihrem Ex Zuflucht gesucht hatte, um sich von ihm trösten zu lassen, zumal der ja erst seit Kurzem wieder aus dem Knast draußen war. Vielleicht hatte sie dadurch auch ihre Verabredung mit ihrer Freundin Agnes vergessen. Andererseits hatte ihr Sokolow glaubwürdig versichert, Sarah nicht gesehen zu haben ... Möglicherweise wollte er seine Ex schützen und hatte deshalb nichts gesagt? Wenn ja, wovor? Zugegeben, Sokolow würde in seinem Leben nicht die besten Erfahrungen mit der Polizei gemacht haben und war daher von Grund auf misstrauisch. Franzi hoffte, dass diese einfache Erklärung hinter Sarah Liebingers plötzlichem Verschwinden steckte. Hoffentlich meldete sich Sokolow bald!

Ihr Blick fiel auf den Stapel auf ihrem Schreibtisch. Die grobe Durchsicht der Ordner hatte nichts ergeben. Sie öffnete die Mappe, die der Verlag ihr überlassen hatte. Eine ansehnliche Anzahl ausgedruckter Artikel fand sich darin. Franzi nahm den ersten in die Hand und las.

Als ihr Magen vernehmlich knurrte, sah sie auf die Uhr. Erstaunt stellte sie fest, dass es bereits mittags war. Sie gönnte sich eine schnelle Mahlzeit in der Kantine, bevor sie sich wieder an den Schreibtisch begab. Ein Spaziergang hätte ihr sicherlich gutgetan, aber es regnete noch immer in Strömen, weswegen Franzi wenig Lust verspürte, rauszugehen.

Die Artikel waren ihrer Meinung nach durchweg gut geschrieben. Sie hatten Spannung, Witz, eben alles, was einen ansprechenden Artikel ausmachte. Frau Liebinger hatte viel von lokalen Veranstaltungen berichtet. Neue Ausstellungen in den Augsburger Museen waren von ihr vorgestellt und bewertet worden. Franzi fand außerdem einen gepfefferten Artikel über eine Statue, die man vor Jahren in der Maximilianstraße hatte aufstellen wollen. Die Journalistin hatte sich darüber ereifert, dass die „abgrundtiefe Hässlichkeit der Statue die Augsburger Prachtstraße nachhaltig verschandeln würde". Franzi erinnerte sich an den Vorfall. Eine Augsburger Verlegerin hatte der Stadt anlässlich des hundertsten Geburtstags ihres Vaters eine Bronzeskulptur des deutschen Künstlers Markus Lüpertz geschenkt. Der Oberbürgermeister war davon sehr angetan gewesen. Die Statue stellte die Aphrodite dar und sollte einen zentralen Platz in der Maxstraße vor der großen Basilika St. Ulrich und Afra einnehmen. Es gab wohl schon ein paar Augsburgerinnen und Augsburger, denen die Statue gefallen haben soll, wie zum Beispiel dem Oberbürgermeister, doch die Mehrheit der Bevölkerung zeigte sich äußerst skeptisch. Also einigte man sich darauf, die Statue im Foyer des Augsburger Rathauses aufzustellen, damit sich die Skeptiker selbst ein Bild von der Statue machen konnten. Man hoffte wohl, dass sich die Gemüter beruhigen würden und die Statue danach an ihren vorgesehenen Ort gebracht werden konnte. Franzi googelte nach einem Foto der Aphrodite. Auch sie hatte sich damals die Statue im Rathaus angeschaut, weil sie neugierig gewesen war, worüber sich die Leute so maßlos aufregten. Allerdings musste sie zugeben, dass auch sie von der Figur entsetzt gewesen war. Sie hatte sich unter einer Statue der Aphrodite etwas ganz anderes vorgestellt als eine mollige Frau, die schamhaft die Hand vor ihren Schritt hielt und mit schamrotem Gesicht so gar nicht der sinnlichen, schönen Göttin entsprach, die man mit dem Namen verband. Damals hatte man sogar eigens einen Bürgerentscheid abgehalten, um die Meinung der Bevölkerung zu eruieren. Das Ergebnis war eindeutig gewesen. Neunzig Prozent der abstimmenden Bürger hatten gegen das Aufstellen der Statue vor der prominenten Kirche gestimmt. Daraufhin wurde die Aphrodite vor dem Verlagsgebäude der edlen Spenderin aufgestellt, weit weg vom Schuss.

Franzi schmunzelte. Die Augsburger liebten nun mal ihre Stadt und achteten sehr darauf, dass deren Pracht erhalten blieb. Auch Sarah Liebinger dachte offenbar ähnlich. In ihrem Artikel hatte sie zahlreiche Bürger zu der Statue befragt und anschließend ein hartes Urteil über den Geschmack der edlen Spenderin und des Augsburger Oberbürgermeisters gefällt. Franzi konnte sich schon vorstellen, dass sie mit ihrer direkten Art bei einigen Personen angeeckt war. Andererseits fand sie es gut, wenn jemand für seine Meinung einstand. Vor allem im Journalismus war das nicht mehr allzu häufig der Fall. Allerdings würde ihr der Artikel bei diesem Fall nicht weiterhelfen können. Dazu war der Aphrodite-Skandal zu lange her gewesen.

In anderen Artikeln hatten einige Lokalpolitiker ihr Fett wegbekommen. Sarah Liebinger war jemand, der geschickt Schwachstellen aufdeckte, um dann mit dem Finger in der Wunde zu bohren. Mit Sicherheit hatte es da hin und wieder Ärger gegeben, aber um jemanden verschwinden zu lassen, reichte das bei Weitem nicht aus.

Franzi wandte sich als Nächstes den geplanten Projekten der Journalistin zu. Woran hatte Frau Liebinger kurz vor ihrem Verschwinden gearbeitet? Möglicherweise fand sich ja hier ein vielversprechender Anhaltspunkt. Erneut vertiefte sie sich in die Unterlagen. Als es plötzlich an der Tür klopfte, fuhr sie hoch. Streifenpolizist Schorsch streckte seinen Kopf zur Tür herein.

„Servus, Franzi." Er grinste über beide Backen, die wie immer einen starken Rotton aufwiesen.

„Griaß di, Schorsch", erwiderte Franzi erfreut. „Schön, dich zu sehen!" Sie mochte den kräftigen Polizisten gern, vor allem seit er ihrer Partnerin Lena in einer überaus gefährlichen Lage zur Hilfe gekommen war.

„I woll di bloß fragen, ob i di mit heimnehmen soll", sagte Schorsch und deutete zum Fenster. Franzi hatte gar nicht mitbekommen, dass es immer noch in Strömen regnete. „I könnt dei Radl in mein Kofferraum nei tun. Koi Problem!"

„Mei, des isch aber voll liab, dass du an mi denksch, Schorsch", erwiderte Franzi lächelnd. „Aber i hab leider no alle Hände voll zu tun." Sie deutete auf den vor ihr liegenden Stapel Papiere. „Des wird bei mir no dauern."

„Alles klar", antwortete Schorsch. „Du, wann kommt denn die Lena wieder? Die hab i ja scho ewig nimmer gesehen."

„Zum Glück nächschte Woche. Mir fehlt sie au ganz schön, des kann i dir sagen!"

„Des glaub i dir. Aber jetzt hasch es ja bald g'schafft. Dann seh mer uns die Tage. Pfiat di, Franzi!"

„Pfiat di!"

Franzi sah auf die Wanduhr. Bereits nach 16:30 Uhr. Sie hatte gar nicht gemerkt, wie die Zeit vergangen war, so vertieft war sie in ihre Lektüre gewesen. Die Journalistin hatte sich offenbar für Neubauten interessiert, genauer gesagt, Neubauten im Prestigeobjekt der Stadt Augsburg, dem sogenannten Innovationspark. Unter den Unterlagen hatte Franzi zig Bauanträge, Genehmigungsverfahren und Weiteres entdeckt. Ihr war noch nicht klar, worum es Frau Liebinger bei ihrer Recherche ging. Ein paar Namen, die immer wieder aufgetaucht waren, waren von der Journalistin markiert worden. Neben einem Namen, *Hubert Loisl*, hatte sie sogar ein Ausrufezeichen gemacht. Franzi sagte der Name nichts. Sie gab ihn in die Suchmaschine ein und wurde schnell fündig. Loisl war Architekt, ansässig in der Augsburger Innenstadt. Er betreute gleich mehrere Großprojekte im Innovationspark, von denen er sicherlich kräftig profitierte.

Franzi googelte den Innovationspark, um ein paar allgemeine Fakten zu dem Projekt zu bekommen. Natürlich hatte sie immer wieder in der Zeitung über das zukunftsweisende Konzept gelesen, aber ihr Interesse dazu hatte sich ehrlich gesagt in Grenzen gehalten. Erstaunt las sie, dass die Fläche, auf der gebaut wurde, in etwa so groß wie hundert Fußballfelder war. Wahnsinn! Der Park entstand in unmittelbarer Nähe der Uni Augsburg und sollte einer der größten Innovationsparks in Europa werden. Franzi war beeindruckt. Das war ja wirklich eine Riesensache! Hier würden einmal Tausende von Fachkräften arbeiten und sich miteinander vernetzen können. Vorrangig ging es um Projekte im Rahmen von Mechatronik, Leichtbau und Faserverbund, natürlich auch der IT und Umwelttechnik, ja sogar von Luft- und Raumfahrt. Das klang wirklich vielversprechend und würde die Stadt Augsburg sicherlich auch als Wissenschafts- und Unternehmensstandort voranbringen.

Franzi blätterte gähnend die Unterlagen ein weiteres Mal durch. Das lange Lesen hatte sie müde gemacht. Frau Liebinger hatte sich offenbar für mehrere bestimmte Objekte im Innovationspark interessiert. Sie machte sich ein paar Notizen dazu und schrieb einen kurzen Bericht über ihre Recherchen. Als sie so heftig gähnen musste, dass sie befürchtete, sich gleich den Kiefer auszurenken, beschloss sie, es für heute gut sein zu lassen. Sie fuhr den Computer runter und machte sich auf den Nachhauseweg.

Pitschnass kam sie zu Hause an. Nachdem sie die Hunde versorgt und eine ganze Weile mit ihnen gespielt hatte, ließ sie sich ein Bad ein und verbrachte den Abend mit einer guten Lektüre im Schaumbad.

Am nächsten Morgen fiel ihr das Aufstehen überraschend leicht. Sonnenstrahlen kitzelten sie im Gesicht, was Franzi ein zufriedenes Lächeln entlockte. Endlich war es draußen mal wieder richtig hell! Da ging es einem doch gleich viel besser!

Ihre gute Laune verging, als sie wie jeden Morgen die Zeitung aufschlug. Ein großes Bild des strahlenden Professors Gutmann stach ihr sofort ins Auge. Die dazugehörige Schlagzeile lautete:

„Sensationsfund! Römisches Skelett bei Ausgrabungen entdeckt".

Franzi schüttelte erbost den Kopf. Erst gestern hatte sie den Professor gebeten, die Ermittlungsergebnisse noch für sich zu behalten. Immerhin stand die zweite Radiokarbondatierung noch aus. Aber was machte dieser Volldepp? Wahrscheinlich hatte er gleich nach ihrem Telefonat die Presse verständigt. Franzi überflog den Artikel. Natürlich wurde ausschließlich die großartige Leistung des Archäologen gepriesen, die Studenten und Hilfskräfte wurden nicht mal ansatzweise erwähnt. Ein Satz stieß ihr besonders auf. Professor Gutmann sagte in seinem Interview, dass die Polizei versucht habe, ihm die Arbeit zu erschweren, und dass sie ihm das Skelett abspenstig machen wollte. Die Stadt könne sich aber darauf verlassen, dass er, der Experte, genau wisse, was er tue, und dass er über diesen „Zwischenfall" inzwischen belustigt hinwegsehe.

Franzi warf die Zeitung auf den Tisch. Von diesem Kerl hatte sie die Nase gestrichen voll. Blieb nur zu hoffen, dass sie in Zukunft nichts mehr mit ihm zu tun hatte. Sie konnte nicht garantieren, dass das zivilisiert ablaufen würde ...

Ihre Laune erreichte ihren Tiefpunkt, als sie im Aufzug des Präsidiums auf ihren Chef, Kriminalhauptkommissar Meier, traf. Seine gewitterumwölkte Miene verhieß nichts Gutes. Da andere Beamte im Aufzug waren, hoffte Franzi, dass er sie ignorieren würde. Als er aber im ersten Stock ausstieg, drehte er sich zu ihr um. „In einer halben Stunde in meinem Büro", zischte er ihr zu.

Franzi schluckte. Sie ignorierte das Feixen ihrer Kollegen um sie herum, denen die Szene natürlich nicht verborgen geblieben war. Sicher hatte sich sein Freund, der Prof, mal wieder über sie beschwert, was denn sonst. Langsam wurde es echt unangenehm. Herr Meier hatte schon immer Schwierigkeiten mit ihrer direkten Art gehabt, aber ihrer Partnerin Helena fiel es meistens leicht, die Wogen zu glätten und ihn um den Finger zu wickeln. Jetzt war Lena aber nicht da, und sie würde allein sehen müssen, wie sie zurechtkam.

Kurz nachdem sie ihre Sachen in ihr Büro gebracht hatte, machte sie sich auf den Weg zu Herrn Meier. Sie wollte die Sache so schnell wie möglich hinter sich bringen. Im Vorzimmer bedeutete ihr seine Sekretärin, auf einem Stuhl Platz zu nehmen, da sie zu früh kam. Zerknirscht saß Franzi da. Sie kam sich wie ein unartiges Schulmädchen vor, das auf den Direktor wartete. Langsam verspürte sie Wut in ihrem Bauch aufsteigen.

Was bitte schön hatte sie denn so Schlimmes verbrochen? Sie hatte einem eitlen Fatzke die Meinung gegeigt, na und? Das hatte er sich in ihren Augen redlich verdient!

„Frau Danner", sagte in dem Moment die Sekretärin und unterbrach Franzis Gedanken. „Sie können jetzt reingehen. Herr Meier erwartet Sie."

Franzi nickte ihr zu und stand auf. Sie atmete einmal tief durch, bevor sie die Tür zu Meiers Büro öffnete. Ihr Chef thronte hinter seinem Schreibtisch und blickte ihr entgegen. Wortlos deutete er auf den Stuhl vor sich. Mit festen Schritten lief sie dorthin und setzte sich. Mutig sah sie ihrem Chef in die Augen. „I weiß scho, dass sich der Gutmann wieder mal über mi beschwert hat, Herr Meier, aber seine Art isch wirklich grenzwertig, des müssen'S mir glauben!"

Ihr Gegenüber hob die Augenbraue. „Professor Gutmann soll sich über Sie beschwert haben? Schon wieder?" Er musterte sie genau. „Soso ... Und wieso das denn?"

Franzi schluckte. Sie und ihr vermaledeites Großmaul! Hatte sie sich mal wieder um Kopf und Kragen geredet ...

„I hab ... I hab ja nur g'meint ..." Sie stoppte, als Herr Meier seine Hand hob.

„Lassen Sie mal, Frau Danner. Dafür hab ich heute echt keinen Nerv. Erst springt mein Auto nicht an, dann hat der Wagen meiner Frau auch noch einen Platten. Ich bin echt bedient heute. Gutmann bekommt sein Skelett zurück und damit ist diese vermaledeite Angelegenheit hoffentlich ein für alle Mal beendet."

Franzi seufzte erleichtert. Seine schlechte Laune hatte also gar nichts mit ihr zu tun!

„Sie wirken erstaunlich zufrieden mit dem, was mir heute widerfahren ist", sagte Herr Meier, dem ihre Erleichterung natürlich nicht verborgen geblieben war.

„Nein, nein!", sagte Franzi schnell. „Des isch natürlich wirklich doof mit den Autos. I kann Ihnen da nur den Tipp geben, wie ich mit dem Rad zu fahren. Des isch gut für die Gesundheit und außerdem au no für die Umwelt, ge?"

Ihr Chef rollte mit den Augen. „Wie ich in die Arbeit fahre, ist ja wohl immer noch meine Sache, nicht wahr, Frau Danner?"

„Klar, Chef", flötete sie freundlich. Ihr war's doch völlig wurscht, wie ihr Chef zur Arbeit kam.

„Wieso ich Sie herbestellt habe ..." Er rückte ein paar Dokumente auf seinem Schreibtisch zurecht und nahm ein ausgedrucktes Blatt von dem Stapel. „Ich hab Ihren Bericht über den Vermisstenfall Liebinger gelesen. Sie sind ja momentan unterbesetzt, und daher wollte ich nachfragen, ob Ihnen jemand von einer anderen Abteilung zur Hand gehen soll?"

Erstaunt blickte Franzi ihn an. Damit hatte sie jetzt nicht gerechnet! Sie überlegte kurz, ob sie auf sein Angebot eingehen sollte, entschied sich dann aber dagegen.

„Danke, aber i hab alles im Griff", antwortete sie daher. „Bis sich jemand Neues in den Sachverhalt eingearbeitet hat, isch die Frau Liebinger wahrscheinlich eh scho wieder aufgetaucht."

Herr Meier schob mit einem Finger seine Brille wieder hoch, die ihm von der Nase gerutscht war. „Also gut, dann machen wir das so. Ich möchte allerdings bald Ergebnisse sehen. Die Frau ist immerhin seit eineinhalb Wochen vermisst."

Franzi nickte und stand auf. Dass die Zeit drängte, war ihr auch klar. Das musste er ihr wirklich nicht sagen. Sie verabschiedete sich von ihrem Chef und begab sich auf direktem Weg in ihr Büro. Als sie auf die Uhr sah, ärgerte sie sich. Die Zeit hätte sie auch für wertvollere Dinge verwenden können! Wenigstens war der Besuch bei ihrem Chef nicht so schlimm gewesen wie befürchtet ...

Franzi wandte sich ihren Notizen zu. Sokolow hatte sich auf ihre Mailbox-Nachricht immer noch nicht gemeldet. Erneut versuchte sie, ihn zu erreichen. Wieder ohne Erfolg. Sie hinterließ eine zweite Nachricht, in der sie ihn ausdrücklich dazu aufforderte, sich endlich zu melden. Dann widmete sie sich abermals den Unterlagen über den Innovationspark, die Sarah Liebinger zusammengetragen hatte. Obwohl sie eine Nacht drüber geschlafen hatte, waren ihr die Zusammenhänge immer noch nicht klar. Weshalb hatte die Journalistin ein so großes Interesse an dem Projekt? Sie beschloss, im Verlag nachzufragen. Herr Hasenreiter war zum Glück telefonisch erreichbar.

„Was kann ich für Sie tun?"

„I hab in den Unterlagen, die Sie mir mitgegeben ham, gesehen, dass sich die Frau Liebinger sehr für den Innovationspark interessiert hat. Können Sie mir vielleicht Näheres dazu sagen?"

„Hmmm ... Das ist schwierig. Normalerweise sprechen meine Mitarbeiter ihre Projekte mit mir ab, *bevor* sie an die Recherche gehen. Frau Liebinger ist da anders. Sie recherchiert zuerst, ob sich eine Story lohnt, bevor sie damit zu mir kommt. Das ist zwar ungewöhnlich, aber ihr Erfolg gibt ihr recht. Ihre Artikel sind durchweg fundiert und kommen bei den Lesern gut an."

Franzi seufzte. „Also ham Sie keine Ahnung, wofür sich die Frau Liebinger da genau interessiert hat?"

„Leider nicht", antwortete Herr Hasenreiter. „Aber ich finde an dem Thema nichts Ungewöhnliches. Der Innovationspark ist ein extrem prestigeträchtiges Projekt der Stadt Augsburg. Dass Frau Liebinger in dem Umfeld recherchiert hat, spricht nur für ihren guten Riecher, was eine interessante Story angeht."

Franzi dankte und verabschiedete sich von ihm. Hier würde sie nicht weiterkommen.

Erneut blätterte sie durch die Unterlagen. Ihr Blick fiel auf die markierten Namen. Sie beschloss, mit Herrn Loisl, dessen Name am meisten ins Auge stach, Kontakt aufzunehmen. Vielleicht konnte er ihr mehr über die Recherchen sagen und mit etwas Glück hatte Frau Liebinger bereits selbst Kontakt mit ihm aufgenommen.

Franzi suchte seine Nummer aus dem Internet heraus. Heutzutage war es einfach, herauszufinden, wie man mit jemandem Kontakt aufnehmen konnte. Loisls Firma hatte natürlich eine Website, auf der neben der Adresse des Firmensitzes auch E-Mail-Adresse und Telefonnummer angegeben waren. Franzi wählte die Nummer.

„Loisl und Partner. Was kann ich für Sie tun?", flötete eine hohe Stimme.

„Franziska Danner, Kriminalpolizei Augsburg“, sagte Franzi. „I hätt gern mit dem Herrn Loisl gesprochen.“

„Haben Sie einen Termin?“

Franzi lachte. „Einen Termin? Ham Sie mi grad net verstanden? I bin von der Kripo.“

„Herr Loisl ist ein viel beschäftigter Mann“, erwiderte die Sekretärin verschnupft. „Ohne Termin ist es so gut wie unmöglich, mit ihm zu sprechen.“

„Also gut“, brummte Franzi grantig. Sie wurde langsam ungeduldig. „Wenn er kei Zeit für mi hat, bestell i ihn halt zur Vernehmung aufs Revier. I kann au gern ’nen Streifenwagen schicken, der ihn abholt. Wie finden Sie des? Wär Ihnen des vielleicht lieber?“

Das empörte Schnauben der Sekretärin zeigte Franzi deutlich, was diese von ihrem Vorschlag hielt.

„Ich werde sehen, wann Herr Loisl Zeit für Sie hätte. Einen Moment bitte.“ Das übliche Gedudel ertönte aus der Leitung. Franzi verdrehte die Augen. Dann knackte es leise und die Musik verstummte abrupt.

„Hören Sie? Herr Loisl hat heute den ganzen Tag einen Auswärtstermin in München. Morgen nachmittags um fünfzehn Uhr wird er wieder zurückerwartet.“

„Dann bin i morgen um drei bei Ihnen. Wiederhör’n.“ Franzi legte auf und machte sich eine Notiz im Terminkalender. Es war wirklich ärgerlich, wenn sie den Leuten immer hinterherrennen musste, aber das war nun mal ihr Job.

Sie schrieb sich die anderen markierten Namen aus den Unterlagen heraus und beschloss, die besagten Herren direkt aufzusuchen, damit sie ihr nicht ausweichen konnten. Sie packte ihre Sachen, bestellte einen

Wagen und ging nach unten, wo sie auf den Fahrer wartete.

Kurze Zeit später hielt der Streifenwagen vor einem unscheinbaren Gebäude im Augsburger Stadtteil Haunstetten. An der Türklingel las Franzi den Aufdruck *Andreas Huber, Architekt*. Sie betätigte die Klingel und drückte die Tür auf, als der Öffner brummte.

Das Büro befand sich im ersten Stock. Da die Tür offen stand, trat Franzi ein. Der Raum, den sie betrat, war wesentlich größer, als sie von außen vermutet hätte. Offenbar hatte man hier einige Zwischenwände entfernt, um einen großzügigen Büroraum zu erzeugen. An mehreren Stellen standen moderne Schreibtische, an denen Leute teils im Sitzen, teils im Stehen arbeiteten. Eine junge Frau, deren Arbeitsplatz Franzi am nächsten war und die gerade dabei war, ihre Jacke auszuziehen, sah Franzi auffordernd an. „Kann ich Ihnen helfen?"

Franzi nickte. „Ich würd gern mit dem Herrn Huber sprechen. Mein Name ist Danner von der Kripo Augsburg." Sie hielt der Frau ihren Ausweis hin. Deren Augen weiteten sich erstaunt. Offenbar fragte sie sich, was die Polizei von ihrem Chef wollte.

Sie rief über ihre Schulter ins Büro. „Timo, ist der Andreas schon da?"

„Seit einer Viertelstunde", bekam sie zur Antwort.

Franzi sah erstaunt auf die Uhr. Es war bereits nach zehn. Sie hatte schon davon gehört, dass manche Firmen sehr großzügig mit ihren Arbeitszeiten umgingen und sich die Mitarbeiter aussuchen konnten, wann sie in der Firma aufschlugen. Vielleicht hielt es dieses Architekturbüro nicht anders. Oder der Chef kam halt einfach später als alle anderen. Sollte es auch schon gegeben haben ...

Die junge Architektin deutete auf eine Glastür. „Dort ist sein Büro.“ Anschließend beugte sie sich wieder über ihren Plan und beachtete Franzi nicht weiter.

Franzi durchquerte das Büro, bis sie die Glastür erreichte. Die Tür war undurchsichtig. Mit weißen Lettern war der Name des Büroleiters aufgedruckt. Sie klopfte mit den Knöcheln an und betrat das Büro.

Ein ungefähr fünfzigjähriger Mann saß hinter einem wuchtigen Schreibtisch. Er war eher klein, was durch den gewaltigen Schreibtisch noch unterstrichen wurde, und hatte offensichtlich braun gefärbte, kinnlange Haare. Möglicherweise trug er auch ein Toupet, so genau konnte Franzi das nicht erkennen. Seinen Bart trug er im Gegensatz zu seinen Haaren kurz. Sein Anzug war leicht zerknittert und hätte ein Bügeleisen gut vertragen können.

Franzi stellte sich vor und präsentierte auch ihm ihren Ausweis.

„Kripo?“, sagte Herr Huber erstaunt, nachdem er ihr einen Platz vor seinem Schreibtisch zugewiesen hatte. „Was hab ich denn verbrochen?“ Er lachte gekünstelt.

„So genau weiß i des no net“, erwiderte Franzi trocken. Wie oft sie diesen Spruch schon gehört hatte ... Die Leute hielten sich für irre komisch.

Huber schluckte. Er füllte Wasser in ein Glas und nahm einen Schluck. Franzi fiel auf, dass seine Hände dabei leicht zitterten.

„Entschuldigen Sie bitte!“, rief Herr Huber, als er ihren Blick bemerkte. „Wo sind nur meine Manieren geblieben? Darf ich Ihnen etwas zu trinken anbieten?“

Franzi schüttelte den Kopf. „Nein, danke. I hätt nur ein paar Fragen an Sie, dann sind Sie mi au scho wieder los."

Gespannt sah der Architekt sie an. „Schießen Sie los."

Franzi öffnete ihr Notizbuch. „Sagt Ihnen der Name Hubert Loisl was?"

Herr Huber nickte eifrig. „Natürlich. Mit der Firma *Loisl und Partner* haben wir schon oft zusammengearbeitet."

„Auch im Innovationspark?", fragte Franzi.

„Natürlich", sagte der Architekt und fuhr sich durch die Haare. Inzwischen war Franzi sich sicher, dass er ein Toupet trug, da seine Haare unnatürlich vom Kragen seines Anzugs abstanden.

„Können'S da bitte etwas genauer sein?"

„Tja, was genau wollen Sie denn hören? Der Innovationspark ist ein Riesenprojekt, bei dem viele Firmen zusammenarbeiten. So ein gewaltiges Projekt kann eine Firma nicht allein stemmen, verstehen Sie? Da muss Etliches koordiniert werden, unzählige Mitarbeiter werden benötigt, Architekten, Statiker, Bauunternehmen, Handwerksbetriebe ..."

Franzi machte sich Notizen und blickte dann wieder auf.

„Sagt Ihnen der Name Sarah Liebinger was?"

„Sarah wie?" Ein nervöses Zucken des Augenlids verriet jedoch, dass ihm der Name nicht unbekannt war. Er drehte sein Glas in der Hand, was ein schabendes Geräusch verursachte, das Franzi schnell auf die Nerven ging. Kurz entschlossen langte sie über den Tisch, nahm ihm das Glas aus der Hand und stellte es in einiger Entfernung wieder ab. Problem gelöst. Hubers verblüfften Gesichtsausdruck ignorierte sie.

„Sarah Liebinger", wiederholte Franzi geduldig. Sie ließ den Mann nicht aus den Augen. Die Frage war ihm unangenehm, das war nicht zu übersehen. Kleine Schweißperlen bildeten sich auf seiner Stirn.

Entschuldigend hob er beide Hände. „Also so auf Anhieb …" Er langte erneut nach seinem Glas, ließ seine Hand jedoch sofort wieder sinken, als er Franzis strengen Blick bemerkte.

„Kennen'S jetzt die Sarah Liebinger oder net?" Franzis Stimme wurde laut. Das Herumgeeiere des Mannes nervte sie gewaltig.

„Also, im Moment sagt mir der Name leider nichts", antwortete der Architekt mit fester Stimme. Er schien sich wieder besser im Griff zu haben. „Auf Baustellen schwirren, wie bereits gesagt, Hunderte, wenn nicht Tausende Menschen herum, da kann es schon mal vorkommen, dass man sich nicht alle Namen merkt, mit denen man möglicherweise zu tun hatte."

„Frau Liebinger ist Journalistin", sagte Franzi gedehnt. „*Ihr* Name, Herr Huber, taucht in ihren Recherchen auf. Fällt Ihnen vielleicht dazu was ein?"

Erneut schluckte der Architekt. Dann hob er abwehrend die Hände. „Nein, tut mir leid. Dazu kann ich Ihnen leider nichts sagen."

„Na gut." Franzi erhob sich. „Dann dank i Ihnen für die Auskunft."

Der erleichterte Gesichtsausdruck ihres Gegenübers sprach Bände. Augenscheinlich war er mehr als erfreut, dass ihr Besuch vorbei war. Kurz bevor sie bei der Tür ankam, drehte sich Franzi noch einmal um.

„Wissen'S, Herr Huber, Gott sei Dank leb mer ja im digitalen Zeitalter, net wahr? I erwart jeden Moment die Handydaten von der Frau Liebinger, und da kann man dann eh schnell nachvollziehen, wann sie wo war und mit wem sie telefonischen Kontakt hatte."

Herr Huber erbleichte.

„Pfiat Ihne, Herr Huber. Man sieht sich", flötete Franzi und verließ das Büro. Sie schritt durch das Großraumbüro, in dem alle Blicke auf sie gerichtet waren. Offenbar hatte die junge Frau am Eingang allen erzählt, wer die ungewöhnliche Besucherin war. Franzi drehte sich am Ausgang um. „Immer schee langsam fahren, ge?", rief sie fröhlich und winkte zum Abschied in die Runde.

Sie beschloss, unmittelbar den Nächsten auf der Liste aufzusuchen. Das würde sie vor dem Mittag noch schaffen. Das Büro von Norbert Schiefert lag in Königsbrunn, nicht weit von Haunstetten entfernt. Die Fahrt dorthin dauerte nur zehn Minuten. Obwohl Königsbrunn kein Stadtteil von Augsburg war, grenzte es nahtlos an die schwäbische Hauptstadt an und wurde dadurch kaum als eigenständige Stadt wahrgenommen, vor allem seit die Straßenbahn die beiden Städte miteinander verband.

Der Besuch bei Herrn Schiefert war leider auch nur wenig aufschlussreich. Er gab sich wortkarg und behauptete ebenfalls, die Journalistin nicht zu kennen. Die Namen seiner Architektenkollegen waren ihm natürlich geläufig. Auch er gab an, des Öfteren mit ihnen zusammenzuarbeiten, vor allem beim prestigeträchtigen Innovationspark, dessen Dimensionen laut ihm alles Vorherige sprengten.

Frustriert fuhr Franzi ins Präsidium zurück. Obwohl sie davon überzeugt war, dass zumindest Andreas Huber der Name der Journalistin durchaus geläufig war, hatte sie dennoch keinen neuen Anhaltspunkt für ihre Recherchen. Sie hoffte, dass das Gespräch mit Hubert Loisl am nächsten Tag aufschlussreicher werden würde.

Da die Sonne immer noch von einem blauen, wolkenlosen Himmel strahlte, beschloss Franzi, ihre Mittagspause im Wittelsbacherpark zu verbringen. Wer wusste schon, wie lange das gute Wetter anhielt? Das musste ausgenutzt werden.

Als sie eine Stunde später satt und gut erholt ins Büro zurückkehrte, überprüfte Franzi ihre Nachrichten und stellte verärgert fest, dass Artur Sokolow sich immer noch nicht gemeldet hatte. Kurzerhand beauftragte Franzi eine Streife, Sokolow zu Hause aufzusuchen und ihn zur Vernehmung ins Präsidium zu bringen. Sie hatte die Schnauze gewaltig voll. Mit welchem Recht machten ihr manche Leute die Arbeit nur so schwer? Alles, was sie wollte, war, eine junge Frau zu finden, die spurlos verschwunden war!

Sie grummelte vor sich hin. Ihre gute Laune von eben war hinüber. Sie tippte einen Bericht über die Vernehmung der Architekten und war gerade damit fertig, als es an der Tür klopfte.

„Ihr Besuch wär dann da, Kommissarin Danner“, sagte ein Uniformierter und schob den sichtbar verärgerten Artur Sokolow zur Tür herein.

Franzi bedankte sich und schloss die Tür hinter dem Polizisten. Sie wandte sich an ihren Besuch.

„Bitte setzen Sie sich", sagte sie freundlich und deutete auf die Sitzgruppe.

„Was wollen Sie denn schon wieder von mir?", rief Sokolow. Seine Augen waren zu Schlitzen verengt. Er trug eine viel zu große Jogginghose und einen schwarzen Hoodie, der einige undefinierbare Flecken auf der Vorderseite aufwies.

Franzi setzte sich und sah ihn ruhig an.

Nach einer Weile gab Sokolow nach und lümmelte sich in den Stuhl ihr gegenüber. „Also?" Er sah sie mit hochgezogener Augenbraue an.

„Herr Sokolow, warum antworten Sie net auf meine Nachrichten?"

Er lachte rau. „Ich hab nicht gewusst, dass es neuerdings Gesetz ist, dass man auf jeden Schmarrn antworten muss."

Franzi sah ihn ernst an. „Sie finden's also einen Schmarrn, dass i alles dafür tu, Ihre Ex wiederzufinden?"

Sokolow schluckte und senkte den Blick. Franzi wartete einen Augenblick, bevor sie mit der Befragung fortfuhr.

„Ham Sie des scho mal g'sehen?", fragte sie und hielt ihm das Foto der Postkarte, die sie bei Frau Liebinger gefunden hatte, unter die Nase. Sokolow riss die Augen auf.

„Wo haben Sie das her?", rief er aufgeregt.

„Bitte beantworten'S meine Frage. Sie kennen die Poschtkarte?"

Sokolow fuhr sich mit der Hand über das Gesicht. Schließlich fiel sein Blick wieder auf das Foto.

„Die ist von mir", sagte er leise. Er schluckte und brauchte einen Moment, bevor er weitersprechen konnte. „Die hab ich Sarah geschickt, kurz nachdem ich eingebuchtet worden bin. Sie hat nie darauf geantwortet. Damals ist mir klar geworden, dass ich sie endgültig verloren habe."

„Herr Sokolow, hatten Sie in den letzten zehn Tagen Kontakt zu Sarah?"

Er sah auf. „Das hatten wir doch schon!", erwiderte er wieder deutlich aufgebrachter. „Ich hab die Sarah zum letzten Mal im Knast gesehen, kurz vor meiner Freilassung!"

„Sie war also vorletzschtes Wochenende net bei Ihnen?", fragte Franzi. „Des isch wirklich wichtig, Herr Sokolow. Bitte seien Sie ehrlich zu mir. Es geht um Sarahs Wohlergehen!"

„Das weiß ich doch!", rief er. „Glauben Sie, ich mache mir keine Sorgen um Sarah? Ich wünschte, sie wäre bei mir gewesen! Dann wär sie jetzt nicht verschwunden."

Er schlug mit der Faust auf den Tisch. Franzi ließ ihn gewähren. Sie glaubte ihm, dass er Sarah Liebinger nicht gesehen hatte. Immerhin wusste sie nun, von wem die ominöse Postkarte war. Aber warum hatte die Journalistin sie all die Jahre aufgehoben?

„Eine letzschte Frage no, bevor Sie gehen können … Hat Frau Liebinger jemals mit Ihnen über ihre Arbeit gesprochen? Über was sie geschrieben hat und so."

Sokolow lachte auf. „Frau Kommissarin, seh ich so aus, als ob ich Zeitung lesen würde?" Er schüttelte den Kopf, als könnte er nicht fassen, dass ihm jemand eine solche Frage stellt. „Im Ernst, die Sarah ist doch viel schlauer als ich. Das sieht doch ein Blinder mit Krückstock. Wir kommen aus völlig unterschiedlichen Welten, aber der Sarah hat das nichts ausgemacht. Sie hat mich immer so akzeptiert, wie ich bin, obwohl sie studiert hat und ich grad so die Hauptschule geschafft habe." Er stand auf. „War's das?"

Franzi nickte und erhob sich ebenfalls. „Danke für's Kommen."

Sokolow lachte verächtlich. „Ist ja nicht so, als ob ich eine Wahl gehabt hätte." Er wandte sich zur Tür, drehte sich nach kurzem Zögern aber wieder um. „Wenn die Sarah auftaucht, geben Sie mir doch Bescheid, oder?"

„Versprochen."

Sokolow nickte Franzi kurz zu, bevor er das Büro verließ.

Franzi ging zu ihrem Schreibtisch zurück und ließ sich auf den Sessel fallen. Sokolow hatte Sarah Liebinger seit seiner Freilassung nicht mehr gesehen. Sie war überzeugt davon, dass er die Wahrheit sagte. Ihr Gefühl sagte ihr, dass Sokolow ehrlich besorgt über das Verschwinden seiner Ex-Freundin war. Sie seufzte. Wo war die Journalistin? War es wirklich vorstellbar, dass sie alle Zelte einfach so hinter sich abgebrochen hatte? Angenommen, sie hätte etwas Abstand von ihrem Verlobten haben wollen, hätte sie dann ihre Freundin Agnes einfach so im Stich gelassen? Und was war mit Sokolow? Familie hatte die Journalistin keine mehr, das hatte Franzi längst recherchiert. Ihre Eltern waren vor Jahren bei einem Autounfall ums Leben gekommen und die Großmutter, bei der sie aufgewachsen war, lebte ebenfalls nicht mehr. Mehr an Familie gab es leider nicht. Hier fand sich definitiv auch kein Anhaltspunkt. Wie sie es auch drehte und wendete, sie hatte immer noch keine Ahnung, wo Sarah Liebinger abgeblieben war! Sie überlegte kurz, ob sie Herrn Meiers Angebot, ihr einen Kollegen zur Seite zu stellen, vielleicht doch noch annehmen sollte, entschied sich aber dagegen. Es würde sie wertvolle Zeit kosten, jemand Neuen einzuarbeiten. Sollte Frau Liebinger bis zum Wochenende nicht aufgefunden werden, würde sowieso Lena vom Urlaub zurück sein und sie unterstützen. Mit jedem weiteren Tag wurde die Chance, sie zu finden, geringer.

Sie schrieb ihren Bericht über Sokolows Befragung und beschloss, heute früher Schluss zu machen, da sie in den letzten Tagen eh zu viele Überstunden angehäuft hatte und ihre Tiere unbedingt mal einen längeren Auslauf brauchten. Ihre Nachbarin hatte die beiden zwar mit Sicherheit wieder mit auf einen langen Spaziergang genommen, wie jeden Mittag, aber trotzdem war Franzi davon überzeugt, dass die Hunde es genossen, wenn sie für ihre Lieblinge selbst da war.

Tatsächlich waren die beiden Fellknäuel ganz aus dem Häuschen, als Franzi auftauchte. Sie sprangen wild um sie herum und bellten, dass es eine Freude war. Schnell zog Franzi sich um und schnappte sich die Leinen. Das letzte bisschen Sonne heute wollte sie noch mitnehmen, daher plante sie einen langen Spaziergang an der Wertach entlang in Richtung Inningen. Das kleine Dorf lag zwischen der Stadt Augsburg und Bobingen und war ein guter Anlaufpunkt für ihren

Spaziergang, da dort eine Brücke über die Wertach ging, auf der sie den Fluss überqueren konnte. Dann musste sie nicht denselben Weg zurücknehmen und die Hunde hatten ausreichend Auslauf.

Zwei Stunden später kehrte sie erschöpft, aber glücklich vom Spaziergang zurück. Sie machte sich einen Nudelauflauf mit Gemüse und schob ihn in den Ofen, als das Telefon klingelte. Sie nahm ab, ohne auf das Display zu schauen. „Hallo?“

„Hallo, Franzi, ich bin es, Helena“, erklang eine fröhliche Stimme aus der Leitung.

„Lena!“, rief Franzi erfreut. „Des isch aber schön, deine Stimme zu hören.“

Helena lachte. „Ich freu mich auch. Alles gut bei dir?“

„Basst scho. I komm grad von ’nem langen Spaziergang zurück. Herr Guschtav isch so fertig, der musst sich erscht mal hinlegen.“

Helena lachte. „Überfordere den Kleinen mal nicht.“

„I wo. Der hat so viel Power und des mit seinen drei kurzen Beinchen. Der wuselt hier im Nullkommanix wieder rum.“

„Wie läuft’s im Büro?“, fragte Helena.

Franzi winkte ab. „Frag lieber net.“ Sie berichtete ihrer Partnerin ausführlich über ihre Ermittlung und hielt nicht damit hinter dem Berg, dass sie sehr frustriert war.

„Das ist allerdings keine einfache Sache“, meinte Helena nachdenklich. „Aber dass ihr tatsächlich ein Skelett aus der Römerzeit gefunden habt, ist schon der Hammer! Schade, dass ich da nicht dabei war.“

Franzi schnaubte. „Dieser Professor ... I sag's dir, der hat Glück, dass der net da unten in der Grube liegt, wo mir des Skelett rauszogen ham."

Helena lachte. „So schlimm?"

„Schlimmer!" Franzi stöhnte.

„Du, weswegen ich anrufe ... Stell dir vor, Moritz hat mir heute gesagt, dass das Dachgerüst noch diese Woche fertig ist. Eine Woche früher als geplant! Er ist echt der Wahnsinn!"

Franzi grinste. „Das heißt dann wohl ..."

„Richtfest!", rief Helena fröhlich.

„Mensch, des isch ja großartig! Wann soll die Sause denn steigen?"

„Kommendes Wochenende haben wir uns gedacht. Vielleicht am Sonntag, dann haben wir am Samstag noch Zeit, alles für das Fest herzurichten? Passt dir das?"

„Ob mir des passt? Natürlich! Was net passt, wird passend gemacht, net wahr?" Franzi kicherte. „Was habt's ihr euch denn vorgestellt?"

„Nichts Großes ... Ich dachte an ein kleines Büfett mit Fingerfood", erwiderte Helena. „Wir haben uns überlegt, die neuen Nachbarn einzuladen und natürlich Schorsch und ein paar Kollegen."

„Und mich!", rief Franzi fröhlich.

„Du bist selbstverständlich der Ehrengast!" Helena lachte.

„Darf der Ehrengascht au was für's Büfett mitbringen?"

„Aber natürlich!"

„Prima! I freu mi drauf! Endlich mal wieder was Schönes!"

„Wir freuen uns auch! Es ist so aufregend, dabei zuzusehen, wie das eigene Haus langsam Gestalt annimmt. Es wird genau so, wie ich mir das vorgestellt habe, Franzi! Nein, eigentlich noch viel schöner! Ich kann es gar nicht abwarten, dort einzuziehen!“

Franzi freute sich aufrichtig für ihre Freundin. Sie konnte hören, wie glücklich diese war. Eine Weile unterhielten sie sich noch über alles Mögliche, bis sie sich schließlich voneinander verabschiedeten. Franzi hatte den Ofen ausgeschaltet und nahm ihren Nudelauflauf nun heraus. Er war noch warm. Sie lud sich eine großzügige Portion auf den Teller und nahm ihn mit ins Wohnzimmer. Heute wurde mal wieder vor der Glotze gegessen. Das musste ab und zu einfach mal sein.

6

Am nächsten Morgen stand erneut ein Artikel über den „sensationellen Römerfund in Augsburg" in der Zeitung. Franzi beschloss, ihn nicht zu lesen, um sich nicht schon wieder aufregen zu müssen. Sie fand es zugegebenermaßen ja selbst spannend, wenn man Dinge aus der Römerzeit ausbuddelte, aber alles im Zusammenhang mit dem Professor triggerte sie einfach. Um sich abzulenken, entschied Franzi, vor der Arbeit mit dem Fahrrad durch den Innovationspark zu radeln. Dieser war ja nicht weit von ihr entfernt. Er befand sich auf einem großen Areal zwischen der Schnellstraße B17, der Uni Augsburg und der WWK Arena, dem Stadion des 1. FC Augsburg, dem heimischen Bundesligaverein. Franzi war schon oft im Stadion gewesen, da sie ein großer Fußballfan war. Meistens ging sie mit Schorsch oder anderen Kollegen hin und feuerte eifrig ihren Lieblingsverein an. Zum direkt daneben gelegenen Innovationspark kam sie hingegen nur selten, daher staunte sie sehr, als sie die lange Forschungsallee entlangfuhr. Große, moderne Gebäude mit viel Glas standen überall auf dem Gebiet verteilt. Es wirkte richtig großstädtisch. Allerdings war noch viel Platz zwischen den Bauten, sodass man sich unschwer vorstellen konnte, dass hier in den kommenden Jahren eifrig weitergebaut werden würde. Bekannte Namen wie Fraunhofer, Technologiezentrum, Baramundi und andere waren auf den Gebäuden zu lesen.

Sie radelte auf einem spektakulären Bau zu, dessen Dach an einen gepflegten Golfrasen erinnerte. Mit offenem Mund hielt Franzi davor an. Dies musste der berühmte Innovationsbogen sein, von dem sie schon so viel gelesen hatte. Das ungewöhnliche Gebäude war von einem Stararchitekten entworfen worden und beherbergte luxuriöse Büroräume auf sechs Etagen. Beim Entwurf des Gebäudes war sehr auf Energieeffizienz geachtet worden, was sicher auch durch das begrünte Dach zum Ausdruck gebracht werden sollte. Das Gebäude selbst stellte eine aufgehende Sonne dar. Eine fesselnde Konstruktion, die Franzi so noch nie gesehen hatte. Irgendwo hatte sie gelesen, dass die Fassade des Gebäudes komplett aus recyceltem Aluminium gebaut worden war, was wohl auf der ganzen Welt einzigartig war.

Franzi stieg wieder auf und radelte weiter. Die Architekten, mit denen sie gesprochen hatte, hatten recht gehabt, als sie von einem Projekt nie dagewesener Ausmaße berichtet hatten. Es würde den Standort Augsburg für Unternehmen sicher attraktiver machen und Fachpersonal anlocken. Das Konzept war durchaus beeindruckend. Sie fand es toll, wenn ihre Heimatstadt mit der Zeit ging und sich weiterentwickelte. Es war schon schlimm genug, dass in der Innenstadt immer mehr Geschäftsräume leer standen. Aber hier im Innovationspark hatte man irgendwie das Gefühl, die Zukunft mit Händen greifen zu können.

Franzi musste lächeln, als sie an einer lärmenden Kindergartengruppe vorbeifuhr, die hier gerade spazieren ging. Eine Betreuerin schob einen ulkigen Wagen, in dem sechs Kinder Platz fanden. Richtig praktisch für Kleinkindergruppen! Eine weitere Betreuerin hielt an jeder Hand ein Kind, andere liefen hinter dem Wagen her. Franzi fiel ein, dass hier ganz in der Nähe der Kindergarten der Uni Augsburg war. Dort konnten Studierende ihre Kinder hinbringen, wenn sie Vorlesungen oder Kurse hatten. Darüber hatte mal ein Bericht in der Zeitung gestanden, wie Franzi sich erinnerte. Sie hatte es großartig gefunden, dass studierenden Eltern auf diese Weise unter die Arme gegriffen wurde.

Eine Viertelstunde später kam Franzi leicht erhitzt am Präsidium an. Die Radtour hatte ihr gutgetan. Sie fühlte sich beschwingt und tatkräftig, als sie sich mit ihrer Tasse Milchkaffee an den Schreibtisch setzte. Zunächst las sie eine neue E-Mail aus Ulm, die sie darüber informierte, dass die zweite Radiokarbonmessung vermutlich im Laufe des Tages stattfinden würde.

Sie bedankte sich für die Info und beantwortete noch zwei weitere Mails aus ihrem Posteingang, bevor sie sich wieder dem Fall Liebinger widmete. Obwohl sie das Gefühl hatte, die Akten bereits in- und auswendig zu kennen, durchkämmte sie abermals die Unterlagen über die Recherchen der Journalistin über den Innovationspark. Franzi markierte die Namen der Architekten, mit denen sie bereits gesprochen hatte. Offenbar waren all diese Herren groß am Bau des Parks beteiligt.

Beim Gespräch mit Architekt Huber hatte Franzi das Gefühl nicht abschütteln können, dass ihm die Situation nicht gerade angenehm war. Sie war sich sicher gewesen, dass ihm der Name Sarah Liebinger bekannt war. Ihr Besuch bei Norbert Schiefert in Königsbrunn hatte diesbezüglich wenig Anhaltspunkte ergeben. Schiefert hatte ein klassisches Pokerface, das sich nichts anmerken ließ. Besonders mitteilungsfreudig hatte er sich nicht gerade gezeigt. Mehr war deshalb leider nicht dabei herausgekommen.

Franzi stellte sich vor ihr Whiteboard und ergänzte es um weitere Informationen. Sie entfernte das Fragezeichen unter dem Namen Agnes und notierte ein paar Stichpunkte, zum Beispiel über das beabsichtigte Treffen am Freitag, das nicht zustande gekommen war. Auch die Architekten fanden ihren Platz auf dem Whiteboard. In der Mitte eingekreist stand nach wie vor der Name der Vermissten, unter dem ihr Foto hängte. Links und rechts fanden sich Wiebert und Sokolow wieder, darunter waren Infos über Agnes und Herrn Hasenreiter gesammelt. Die Architekten hatte sie in die Mitte zwischen die beiden Letztgenannten gequetscht, sodass jetzt jede Menge Namen wie Satelliten um den Namen Sarah Liebinger in der Mitte schwirrten.

Franzi trat einen Schritt zurück und kratzte sich am Kopf. Lena war so überzeugt von der Idee gewesen, ein Whiteboard zu haben, dass sie da mitgegangen war. Aber jetzt, als sie davorstand, war sie sich nicht so sicher, wie hilfreich das wirklich war. Vermutlich würde das Ganze bei Lena weitaus strukturierter aussehen, dachte sie. Aber wenigstens hatte sie so einen visuellen Überblick über all die Leute, die möglicherweise etwas mit dem Verschwinden von der Journalistin zu tun hatten oder die direkt davon betroffen waren.

Plötzlich zerriss das Klingeln des Telefons die Stille. Franzi ging ran und lauschte kurz. Die Kollegin vom Empfang meldete einen Besucher an, Anton Wiebert. Erstaunt riss Franzi die Augen auf. Was wollte der denn? Wollte er sich womöglich erneut über irgendwas beschweren?

„Soll hochkommen", sagte sie kurz angebunden.

Kurze Zeit später klopfte es an der Tür.

„Herein!"

Anton Wiebert betrat das Büro. Er trug einen blauen Anzug und ein kariertes Hemd, das am Hals viel zu eng war.

„Hätten Sie vielleicht ein Minütchen Zeit für mich?" Er drehte einen Hut zwischen den Händen und sah sie mit großen Augen an.

Franzi nickte stumm und deutete auf die Sitzgruppe.

„Was kann i für Sie tun, Herr Wiebert?", fragte Franzi, als sie sich ihm gegenübersetzte.

„Zunächst einmal möchte ich mich bei Ihnen in aller Form entschuldigen", erklärte Wiebert.

Erstaunt hob Franzi eine Augenbraue. „So ...?"

„Na ja, ich ... Ich hab mich da zu einer Beschwerde über Sie hinreißen lassen, was mir wirklich leidtut. Aber wissen Sie, ich war einfach so durcheinander, wegen all der Fragen, die Sie mir gestellt haben! Ich hab wirklich gedacht, Sie beschuldigen ausgerechnet *mich*, etwas mit Sarahs Verschwinden zu tun zu haben!"

„Es isch nun mal mein Job, in *alle* Richtungen zu ermitteln, Herr Wiebert", erwiderte Franzi. „Das isch manchmal unangenehm, des versteh i scho, aber es muss halt sein. Wir wollen doch nix übersehen und am

Ende kommen wir dann mit den Ermittlungen net weiter.“

Wiebert nickte zerknirscht. „So was hab ich mir inzwischen schon zusammengereimt. Sie tun ja nur Ihren Job und können es dann nicht brauchen, dass Beschwerden Sie von der Arbeit abhalten ...“

„Des stimmt natürlich“, antwortete Franzi. „Aber abhalten lass i mi von so was fei net, Herr Wiebert, des können’S mir glauben.“

„Da bin ich aber froh.“ Er atmete erleichtert aus. „Ich werde mich natürlich auch noch bei Herrn Kriminalhauptkommissar Meier melden und meine Beschwerde zurücknehmen.“ Er zerrte an dem engen Hemdkragen, dabei fiel Franzi auf, dass er wieder die Kette trug, die ihr so gefallen hatte. Die kleine Zirbelnuss. Wirklich hübsch.

Franzi sah ihn aufmerksam an. „Derf i Sie was fragen?“

Herr Wiebert nickte eifrig.

„Woher kommt die Einsicht?“

Er runzelte die Stirn. „Wie meinen Sie?“

„Na ja, woher kommt denn auf einmal die Einsicht, dass Ihre Beschwerde unangemessen war?“

Wiebert senkte den Kopf. „Ich bin manchmal etwas ungestüm, Frau Kommissarin. Da kann es schon passieren, dass ich handle, bevor ich nachdenke. Ihre Fragen haben mich sehr irritiert.“ Er sah ihr in die Augen. „Das hat mich zornig gemacht. Ich hatte das Gefühl, Sie ermitteln in die völlig falsche Richtung.“ Er hob die Hände und ließ sie wieder in seinen Schoß fallen.

„Was wär denn in Ihren Augen die *richtige* Richtung?“, fragte Franzi.

„Sokolow", rief Wiebert wie aus der Pistole geschossen.

„Wieso ausgerechnet er?" Franzi sah ihn fragend an.

Wiebert zuckte mit den Schultern. „Er ist ein verurteilter Verbrecher, und er kannte Sarah ..." Er zuckte erneut mit den Schultern und schwieg einen Moment. „Ich kann mir einfach nicht erklären, wo Sarah sein könnte!" Er wischte sich mit einer Hand über die Augen.

„I versteh Ihre Angscht, Herr Wiebert. Wirklich!" Franzi beugte sich nach vorne und legte kurz ihre Hand auf seinen Unterarm. „Aber es hilft nix, haltlose Anschuldigungen vorzubringen. Fakt isch, mir wissen einfach net, wo sich die Sarah momentan aufhält." Sie lehnte sich wieder zurück und sah ihn ernst an.

„Ich bin mir sicher, dass die Sarah nicht einfach so verschwunden ist", rief Wiebert. „Wo soll sie denn hin sein?"

„Wissen'S, Herr Wiebert, es kommt wirklich öfter vor, als man denkt, dass Menschen sich eine Auszeit nehmen. Wenn einem alles über den Kopf wächst, dann muss man vielleicht einfach mal aus seiner Routine ausbrechen."

Er schüttelte den Kopf. „Das passt so gar nicht zu Sarah."

Franzi sah ihn eindringlich an. „I sag Ihne jetzt mal was ... I hab scho mit einigen Menschen zu tun g'habt, die geschworen haben, dass sie sich zu hundert Prozent sicher sind, dass was passiert sein musste, weil jemand, den sie kannten oder liebten, net heimkommen isch. I kann mi da zum Beispiel an einen Mann erinnern, der völlig verzweifelt seine Frau vermisst gemeldet hat. Die beiden waren über zwanzig Jahre verheiratet. Er war sich ganz sicher, dass ihr was Schlimmes passiert sein musste, weil sie ihn niemals verlassen hätte, seine Worte. Er beschrieb sie als aufopferungsvolle Ehefrau, pflichtbewusst, verantwortungsvoll. Zwei Wochen später stellt sich heraus, dass die Frau es einfach nimmer ausg'halten hat, immer den gleichen Trott, jeden Tag, nie was Neues, tagein, tagaus immer das Gleiche. Da hat sie dann einfach ihre Sachen gepackt und ist auf und davon. Sie hat später gesagt, sie hätte so ein Engegefühl verspürt, als ob sie nimmer atmen könnte und dann isch sie ohne groß nachzudenken zum Bahnhof gefahren, hat sich irgendein Ticket gekauft und isch weggefahren. Nach zwei Wochen hat sie sich bei ihrem Mann gemeldet und sich entschuldigt. Er war so erleichtert, dass er ihr den Ausflug schnell verziehen hat."

Herr Wiebert sah sie skeptisch an. „Und jetzt meinen Sie, die Sarah wär auch einfach auf und davon ...?"

„I mein gar nix, Herr Wiebert", sagte Franzi sachlich. „I hab Ihnen die Geschichte nur erzählt, um Ihnen zu zeigen, dass es nix gibt, was unmöglich isch. I hätt damals au schwören können, dass der Frau was Schreckliches zugestoßen sein musste, daweil war sie einfach nur zwei Wochen in einer kleinen Pension in der Eifel und hat dort die Seele baumeln lassen."

Er sah sie immer noch skeptisch an.

„Fakt isch, wir wissen net, warum die Sarah verschwunden isch. Deshalb muss i in alle Richtungen ermitteln, verstehn'S? Vielleicht hat sie sich au bloß 'ne Auszeit g'nommen, vielleicht isch aber au was passiert, was wir no net wissen. Sie ham doch selbscht g'sagt, dass Sie mit der Sarah einen Streit hatten, bevor sie verschwand. Wer weiß ...“

„Das war wirklich keine große Sache!“ Er winkte ab.

„Ja, vielleicht war des für *Sie* keine große Sache, für Ihre Verlobte möglicherweise schon. Sie kennen doch sicher des Sprichwort mit dem Tröpfchen, das das Fass zum Überlaufen bringt. Da braucht’S manchmal net viel!“

Wiebert wischte sich erneut über die Augen. „Ich kann mir das einfach nicht vorstellen ...“

„Lassen’S uns einfach an der Hoffnung feschthalten, dass die Sarah in Kürze vor Ihrer Tür steht und sich dafür entschuldigt, dass sie einfach so verschwunden isch.“

Er sah auf und nickte langsam. „Das wünsche ich mir mehr als alles andere.“

„Sehen Sie! Und solang mir nix anderes wissen, hoff mer einfach, dass es genau so kommt.“

„Sie ermitteln also weiter?“

Franzi nickte. „Aber sicher!“

„Da bin ich aber erleichtert. Ich dachte schon, durch meine dumme Beschwerde alles durcheinandergebracht zu haben.“

„I wo! Da braucht’s scho mehr, um mi durchanand zu bringen“, erwiderte Franzi lächelnd.

Herr Wiebert erhob sich. „Dann danke ich Ihnen vielmals, und ich bitte nochmals um Verzeihung für die dumme Beschwerde.“

Franzi winkte ab. „Schnee von geschtern.“

Wiebert verabschiedete sich und verließ das Büro.

Franzi ließ sich das Gespräch noch eine Weile durch den Kopf gehen. Sie konnte Wieberts Angst, dass seine

Beschwerde ihre Ermittlungen durcheinanderbringen würde, absolut nachvollziehen. Möglicherweise gab es sogar Kollegen, die tatsächlich weniger genau hinsehen würden, wenn sie beleidigt waren oder keine große Motivation verspürten, dem Beschwerdeträger weiterhin zu helfen. Aber für sie war das keine Frage. Natürlich hatte sie sich über die Beschwerde geärgert, wenn sie ehrlich war, sogar sehr. Aber die Frau Liebinger konnte ja nichts für das Verhalten ihres Verlobten, und um *sie* ging es schließlich bei der ganzen Sache! Trotzdem freute sich Franzi, dass Herr Wiebert sich für sein Verhalten entschuldigt hatte. Es war wesentlich leichter, zu ermitteln, wenn man kein gestörtes Verhältnis zu den beteiligten Personen hatte. Ihr fiel ein, dass Wiebert gar nicht nachgehakt hatte, was Sarahs Verhältnis zu Sokolow betraf. Immerhin hatte Franzi ihm bei ihrem letzten Gespräch gesteckt, dass die beiden weiterhin in Kontakt standen. Sie konnte sich allerdings auch gut vorstellen, dass das kein einfaches Thema für ihn war, immerhin war er mit Sarah verlobt. Dass sie Geheimnisse vor ihm hatte, war sicherlich schmerzhaft für ihn.

Franzi schrieb ein kurzes Gedächtnisprotokoll des Gesprächs und beschloss, anschließend Mittag zu machen. Es war zwar schon nach dreizehn Uhr und damit ziemlich spät, aber sie wollte für ihr Gespräch mit Hubert Loisl am Nachmittag ausgeruht sein. Sie erhoffte sich viel davon. Immerhin war sein Name bei Weitem am häufigsten angestrichen worden in den Unterlagen der Journalistin.

Auf dem Gang traf sie zufällig Schorsch.

„Griaß di, Franzi. Hasch au grad Mittag?"

Franzi nickte.

„Hasch scho was vor?", fragte er.

„Nein, i bin mir no net ganz sicher, ob i in die Kantine geh ..."

„Hasch vielleicht Luscht, mit mir 'nen Döner zu essen?"

Franzi überlegte kurz. „Prima Idee! I hab scho ewig kein Döner mehr gegessen!"

Der dicke Streifenpolizist strahlte über beide Backen. „Mei, des g'freit mi aber! Na, dann auf!"

Schorsch fuhr mit Franzi in die Innenstadt zu seinem Lieblingsdönerladen. Sie verbrachten eine vergnügliche Stunde miteinander und unterhielten sich über Gott und die Welt.

„Bevor i's vergess, Franzi, die Lena hat mir erzählt, dass am Wochenende Richtfescht isch bei ihr am Haus."

Franzi nickte. „Ja, echt unglaublich, wie schnell des mit dem Hausbau geht."

„Du, was i di fragen wollt, was bringt man da so mit zu einem Richtfescht?"

„Wie meinsch jetzt?"

„Ja, halt so als Geschenk ..." Er kratzte sich unter seiner Dienstmütze. „I hab da wirklich so gar koi Ahnung net."

Franzi lachte. „I glaub net, dass es der Lena wichtig isch, ob du was mitbringsch. Die Lena will di einfach nur dabei ham, weißsch?"

Schorsch bekam rote Backen und strahlte. „I freu mi ja au sehr für unsre Lena! Dass alles so gut läuft mit ihrem Nick, des isch wirklich toll! Aber i will ihr wirklich 'ne Freude machen, Franzi. Hasch wirklich koi Idee net?"

Franzi überlegte. „Hmmm ... Lass mal nachdenken ... Weißsch was, i glaub, i weiß wirklich was."

„Echt jetzt?" Schorsch strahlte. „Was denn?"

„Du hasch doch damals des Büfett organisiert, als der Polizeipräsident aus München da war, weißsch no?"

Schorsch lachte. „Wie könnt i des vergessen? Die Lena hätt ja fasch 'nen Herzinfarkt kriegt, als sie die türkischen Delikatessen g'sehen hat, die i bestellt hab."

„Aber dann fanden's alle voll lecker, ge?"

Schorsch nickte eifrig.

„Wie wär's, wenn du für des Richtfescht einfach ein paar türkische Leckereien als Fingerfood fürs Büfett mitbringsch?" Franzi betrachtete ihre verklebten Finger und wischte sich mit einer Serviette Reste der Dönersoße weg.

„Mei, Franzi, du bisch echt genial!" Schorsch strahlte. „Des mach i. I red glei mal mit dem Hassan, der stellt mir da sicher was z'sam."

Er erhob sich und sprach mit einem Mann, der gerade aus der Küche kam. Kurze Zeit später kam er strahlend zurück. „Isch gebongt. Der Hassan bringt die Sachen sogar direkt zur Lena nach Hause."

„Da wird sie sich sicher freuen!", sagte Franzi lächelnd. „Die Lena hat mit dem Haus so viel zu tun, dass sie sicher glücklich isch, wenn sie sich net groß ums Büfett kümmern muss."

Sie fuhren ins Präsidium zurück und gingen dort getrennte Wege. Schorsch machte sich auf den Weg, seinen Partner zu treffen, mit dem er gleich auf Streife fahren würde. Franzi ging in ihr Büro und machte sich bereit für ihr Treffen mit dem Architekten Hubert Loisl.

Pünktlich um drei Uhr betrat Franzi die Büroräume des Architekturbüros. Das Büro lag im Erdgeschoss eines aufwendig restaurierten Patriziergebäudes in der Augsburger Innenstadt. Große Fenster nach außen sorgten für volles Tageslicht. Die Einrichtung war stylisch, luxuriös. Ein glänzender, sicherlich sündhaft teurer Kaffeeautomat stand in der Mitte des Büros auf einer schwarzen Kommode direkt vor einer Säule, die entweder aus Marmor war oder im Marmorlook gebaut worden war. Im Raum verteilt arbeiteten Menschen an ihren Schreibtischen, ähnlich wie im Architekturbüro Huber, nur war hier alles viel, viel größer.

Neben dem Eingang stand ein Empfangstresen, hinter dem ihr eine zierliche Frau, mit streng nach hinten gegeltem blondem Dutt, entgegensah. Sie trug ein rosafarbenes Kostüm und ihre auffällige Brille hatte einen Goldrand.

„Guten Tag", flötete die Empfangsdame. „Was kann ich für Sie tun?" Sie lächelte, doch das Lächeln erreichte ihre stark geschminkten Augen nicht.

„Grüß Gott", sagte Franzi freundlich und suchte in ihrer Tasche umständlich nach ihrem Polizeiausweis. Endlich hatte sie ihn gefunden und präsentierte ihn der Dame.

„Was kann ich für Sie tun?", wiederholte diese mit unbewegter Miene.

Kurz überlegte Franzi, ob sie es mit einem Avatar zu tun hatte, der darauf programmiert war, immer wieder das Gleiche zu sagen. Das wäre natürlich cool. Und irgendwie würde das perfekt in diese Umgebung passen ... Sie wedelte mit der Hand dicht vor dem Kopf der Empfangsdame hin und her.

Irritiert hob die ihre Augenbrauen. „Was genau machen Sie denn da?"

Franzi ließ die Hand wieder sinken. Also doch kein Roboter, schade.

„Da war 'ne Fliege. Ich hab sie verscheucht. Gern geschehen", erklärte sie, ohne eine Miene zu verziehen.

Ihr Gegenüber sah sie ungerührt an. „Was kann ich für Sie tun?"

Echt jetzt? Zum dritten Mal dieselbe Frage? Franzi hob nun ihrerseits eine Augenbraue. „I sag Ihnen, was Sie tun können. Sie können in Ihrem hübschen Terminkalender da vor Ihnen nachschauen und feststellen, dass i jetzt einen Termin mit dem Herrn Loisl hab und dann können'S mi zu ihm bringen."

Die Empfangsdame schlug ihren Kalender auf, blätterte eine Weile und fuhr anschließend mit dem Finger eine Spalte nach unten.

„Tut mir leid, Frau Kommissarin. Ich kann hier keine Eintragung auf Ihren Namen finden", sagte sie und zog bedauernd ihre zarten Schultern hoch. Dabei verzog sie keine Miene.

Franzi wurde es jetzt zu bunt. „Jetzt hören Sie mir mal gut zu! I hab geschtern ang'rufen und einen Termin mit Herrn Loisl ausg'macht", rief sie aufgebracht. Es war ihr egal, dass die Leute um sie herum auf sie aufmerksam wurden und die Köpfe in ihre Richtung drehten.

Die Empfangsdame zog die Stirn in Falten. „Wenn ich mich richtig erinnere, haben Sie lediglich angekündigt, um fünfzehn Uhr herzukommen. Einen Termin haben Sie nicht ausgemacht."

Franzi blieb der Mund offen stehen. So eine Unverschämtheit war ihr ja noch nie begegnet.

„Sie sagen mir jetzt sofort, wo der Herr Loisl isch, aber dalli!" Franzi schlug mit der Faust auf den Tresen.

Ihr Gegenüber verzog immer noch keine Miene. „Der Herr Loisl ist noch nicht von seinem Termin in München zurückgekehrt"

„Wie bitte? Sie haben mir geschtern gesagt, dass der Herr Loisl heute um drei Uhr hier sein wird!", rief Franzi empört.

„Wenn Sie sich bitte etwas mäßigen würden", sagte die Dame, was bei Franzi den gegenteiligen Effekt hatte. Sie spürte, wie sich ihr Herzschlag beschleunigte. „Ich habe Ihnen gesagt, dass wir Herrn Loisl um fünfzehn Uhr zurückerwarten, nicht, dass er dann hier sein wird."

„Und des hätten'S mir geschtern net sagen können, oder?"

„Sie haben sofort aufgelegt, nachdem Sie angekündigt haben, um fünfzehn Uhr hier zu sein …", antwortete die Dame gedehnt.

Franzi rollte mit den Augen. „Wo kann i auf den Herrn Loisl warten?", fragte sie wütend.

Die Dame hob bedauernd die Hände. „Bedauerlicherweise wird Herr Loisl nun doch erst morgen aus München zurückkommen. Es ist ihm etwas Wichtiges dazwischengekommen."

Franzi war sich sicher, Schadenfreude in den Augen der Empfangsdame aufblitzen zu sehen.

„Des isch jetzt net Ihr Ernscht!"

„Frau Kommissarin, ich bitte Sie", sagte die Dame und legte doch tatsächlich ihren Zeigefinger auf die Lippen.

Franzi atmete tief durch. Am liebsten würde sie die Dame auf der Stelle verhaften, aber sie wusste genau, dass es keinen Grund dafür gab.

„Geben Sie mir bitte einen Termin für morgen", erwiderte sie daher zähneknirschend.

„Sehr gern", flötete die Dame und blickte erneut in ihren Kalender. „Würde Ihnen 11:30 Uhr passen?"

„I werd da sein", knurrte Franzi. „Ach und hier", sie angelte eine Visitenkarte aus ihrer Tasche hervor und klatschte sie der Dame auf den Tresen. „Für den Fall, dass morgen wieder was dazwischenkommen sollte, erwart i Ihren Anruf." Sie drehte sich um und ging hoch erhobenen Hauptes davon.

Die Dame nahm die Karte. „Selbstverständlich."

Franzi nickte ihr kurz zu und verließ das Büro.

Draußen lief sie ein paar schnelle Schritte, bis sie sicher war, vom Büro aus nicht mehr gesehen zu werden. Dann stieß sie laut eine ansehnliche Reihe an Flüchen hervor, die sich gewaschen hatten, und endete mit: „So eine saubleede, damische Kua, so a g'scherte!"

Als sie sich umdrehte, sah sie eine alte Dame auf dem Gehweg stehen, die sie ansah, als hätte sie nicht mehr alle Tassen im Schrank.

„Entschuldigung", murmelte sie.

„Ach was", sagte die Frau. „Wir haben doch alle mal einen beschissenen Tag! Ich sag immer, seinen Ärger muss man rauslassen, sonst frisst er einen auf." Sie zwinkerte Franzi zu und lief weiter.

Franzi grinste. Sie spürte, wie der Ärger verrauchte. Eigentlich sah sie das ja genauso wie die alte Dame. Ihrer Überzeugung nach machte es einen nur krank, wenn man seinen ganzen Frust in sich reinfraß. Schön, dass sie nicht die Einzige war, die so dachte.

Zurück im Präsidium beantwortete sie noch ein paar E-Mails. Gerade, als sie den Computer runterfahren wollte, ertönte das charakteristische Ping. Eine neue Nachricht. Sie öffnete den Posteingang und sah, dass erneut eine Mail aus Ulm angekommen war. Interessiert las sie, dass die zweite Radiokarbonmessung zu dem gleichen Ergebnis gekommen war wie die erste.

„Dann wird der Gutmann sein Skelett ja demnächst wiederbekommen", murmelte sie, als sie den PC runterfuhr.

Auf dem Nachhauseweg beschloss sie, spontan bei Lenas Baustelle vorbeizufahren. Schon von Weitem hörte sie die typischen Klopfgeräusche, die ihr sagten, dass Mo immer noch auf dem Dach beschäftigt war.

Sie lehnte ihr Rad an den Zaun und öffnete die Gartentür.

„Hallo?", rief sie laut, da sie weder Lena noch Nick sehen konnte.

„Hallo!", ertönte es da auf einmal von oben.

Franzis Blick glitt zum Dach, doch sie konnte niemanden sehen.

„Ich bin hier drüben!" Auf der anderen Seite tauchte auf einmal ein verstrubbelter Kopf hinter einem Balken auf. Mo strich sich die Haare aus dem Gesicht und grinste breit. „Hasch du Sehnsucht nach mir g'habt?"

„Ja, genau“, rief Franzi lachend. „Und da hab i alles
steh'n und liegen lassen und bin sofort nach Göggingen
gerast, nur um dich zu sehen.“

„Echt jetzt?“

Wurde Mo tatsächlich gerade rot? Es war unmöglich,
das auf die Entfernung einzuschätzen.

Sie tippte sich grinsend an die Stirn. „Träum weiter,
Mo. I wollt kurz mit Lena sprechen.“ Sie zwinkerte ihm
zu und lief weiter.

„Lena?“, rief sie in die offen stehende Haustür hinein.

„Ich komme!“, kam es von weiter hinten zurück. Kurz
darauf stand eine verschwitzte Lena vor ihr, die sich
ein Tuch um die Haare gebunden hatte, um sie aus ihrem Gesicht zu halten. „Franzi!“, rief sie erfreut. Sie umarmte ihre Freundin. „Schön, dich zu sehen!“

„I will gar net lang stören ...“, sagte Franzi.

„Stören?“ Lena stemmte empört die Fäuste in die Hüften. „Du störst nie, das weißt du doch.“

„Im Ernscht, i muss eh glei weiter. Die Hunde warten
sicher scho sehnsüchtig auf mi. I bin nur schnell vorbeigekommen, um dir zu sagen, dass der Schorsch und
i uns ums Büfett für das Richtfescht kümmern werden.
Du mußsch da also nix machen.“

„Echt jetzt?“ Helena strahlte und fiel Franzi um den
Hals. „Das ist ja eine Riesenerleichterung! Ich hab gar
nicht gewusst, wann ich das auch noch machen soll.“

Franzi winkte verlegen ab. „Kein Ding. Kümmer du
dich um dein Haus, damit ihr so schnell wie möglich
hier einziehen könnt.“

„Wird gemacht!“, antwortete Helena lachend.

„Okay, i pack's dann wieder. Schön weiterarbeiten!“

„Mach ich! Bis bald, Franzi!" Helena winkte, bevor sie wieder im Haus verschwand.

Franzi trat ins Freie und lief zur Gartentür. Verstohlen blickte sie aufs Dach, konnte Mo jedoch nicht entdecken. Sie verließ das Grundstück und schwang sich auf ihr Rad. Erneut fiel ihr Blick nach oben. Fehlanzeige.

Auf dem Heimweg grübelte sie darüber nach, ob Mo möglicherweise beleidigt war, durch ihre freche Antwort. Sie musste über sich selbst schmunzeln. Nein, Mo war wirklich nicht der Typ dafür, beleidigt zu sein. Außerdem hatte er seine Worte sicherlich ebenfalls nicht ernst gemeint.

Zu Hause wurde sie von ihren Hunden stürmisch begrüßt. Sie verdrängte die Gedanken an die Arbeit und auch an Mo und widmete sich ganz ihren Lieblingen.

Am Donnerstagmorgen wälzte Franzi erneut stundenlang die Akten, bis es endlich Zeit wurde, Hubert Loisl aufzusuchen. Pünktlich um 11:30 Uhr öffnete sie die Eingangstür zu den Büroräumen des Architekturbüros und fand sich abermals der Empfangsdame gegenüber. Heute trug diese ein hellblaues Kostüm mit Goldknöpfen.

„Guten Morgen", flötete die Dame. „Was kann ich für Sie tun?"

Franzi lachte trocken auf. „Jetzt hören'S schon auf mit Ihrem Schmarrn. Sie wissen ganz genau, weshalb i da bin."

Empört rümpfte die Dame ihr zierliches Näschen. Dann öffnete sie übertrieben langsam ihren Kalender.

„Da haben wir es ja“, sagte sie, diesmal ohne zu flöten. „Danner um 11:30 Uhr.“

„Jawoll, des wär dann i!“, sagte Franzi grinsend. „Und jetzt zeigen'S mir den Weg zu Herrn Loisl, aber dalli, wenn i bitten darf. I hab ja schließlich net den ganzen Tag Zeit, hier rumzustehen …“

Die Empfangsdame schnaubte empört auf. Dennoch bequemte sie sich gleich darauf hinter ihrem Tresen hervor und deutete auf die gegenüberliegende Seite, wo sich eine Tür befand. „Wenn ich bitten dürfte.“

Sie stöckelte Franzi voraus durch das Büro. Ihre High Heels hatten mindestens zehn Zentimeter hohe Absätze. Franzi überlegte kurz, dass ihr Orthopäde seine helle Freude daran hätte, falls sie jemals solche Schuhe tragen würde. Vermutlich würde sie sich schon beim ersten Versuch den Knöchel brechen …

„Wenn Sie bitte kurz warten würden. Ich kündige Sie schnell an“, sagte die Dame und wandte sich dem Büro zu.

„Des müssen'S net“, sagte Franzi und drängte sich an ihr vorbei. „Des erledig i gern für Sie.“

Sie klopfte zweimal und riss gleich darauf die Tür zum Büro des Architekten auf. Der saß mit dem Telefonhörer in der Hand hinter seinem Schreibtisch und sah erstaunt auf. Die Empfangsdame zwängte sich mit überraschend viel Kraft für so ein winziges Persönchen an Franzi vorbei.

„Entschuldigen Sie bitte vielmals, Herr Loisl, aber die Dame hat es wohl sehr eilig. Das ist Ihr 11.30-Uhr-Termin, die Frau Danner von der Polizei.“

Loisl nickte. „Ich rufe dich später zurück, Andreas“, sagte er in den Hörer, bevor er auflegte. Er deutete auf den Stuhl vor sich. „Bitte nehmen Sie doch Platz.“

Franzi folgte seiner Aufforderung und sah sich dabei im Büro um. Der großzügige Raum wurde von dem mächtigen Holzschreibtisch dominiert, hinter dem der Architekt saß. An einer Wand stand eine schwarze Ledercouch, vor der ein zierliches Tischlein mit einer Glasplatte auf einem flauschigen weißen Teppich stand. Rechts standen mehrere deckenhohe Schränke, die allerlei Aktenordner und Bücher beherbergten. Hubert Loisl, ein wuchtiger Mann in einem teuren Anzug, räusperte sich, um ihre Aufmerksamkeit zu bekommen.

„Was führt Sie zu mir, Frau Danner?“

„Ihr Name isch im Rahmen von Ermittlungen aufgetaucht, wozu i ein paar Fragen an Sie hätte.“

„Tun Sie sich keinen Zwang an“, erwiderte er.

Franzis Blick wurde unwillkürlich von seiner glänzenden Halbglatze angezogen. Sie musste sich zwingen, woanders hinzusehen. „Kennen Sie eine Frau Sarah Liebinger?“

Der Architekt überlegte eine Weile, bevor er beide Hände hob. „Bedaure, der Name sagt mir nichts.“

„Frau Liebinger ist Journalistin“, erklärte Franzi. „Leider ist sie verschwunden.“

„Das ist bedauerlich“, antwortete der Architekt. „Allerdings wüsste ich nicht, wie ich Ihnen da weiterhelfen könnte.“

„So genau weiß i des au no net, Herr Loisl“, sagte Franzi. „I weiß bloß, dass Ihr Name in den Unterlagen der Vermissten auftaucht.“

„Tja, dann wollen wir hoffen, dass sich die Dame bald wieder einfindet." Loisl sah auf seine Uhr. „Wenn Sie sonst keine Fragen mehr haben …"

„Herr Loisl, dann frag i mal anders", sagte Franzi mit strengem Tonfall. „Welchen Grund könnte eine Journalistin haben, im Umfeld mehrerer Architekten, die am Innovationspark mitwirken, zu recherchieren?"

„Vielleicht weil das Projekt sehr innovativ und zukunftsweisend ist?" Er starrte ihr kalt in die Augen.

„Vielleicht weil bei dem Projekt etwas nicht ganz koscher ist?" Franzi lehnte sich nach vorne und erwiderte seinen Blick selbstbewusst.

Herr Loisl setzte sich aufrecht hin. Sein Blick verfinsterte sich. „Was genau wollen Sie damit andeuten?"

Franzi bemühte sich um einen möglichst unschuldigen Gesichtsausdruck. „I will gar nix andeuten. I frag bloß nach."

„Wissen Sie was, Frau Danner, mir geht das hier zu weit. Ich möchte, dass Sie mein Büro verlassen, und zwar sofort."

Hatte sie da etwa einen Nerv getroffen? Franzi stand auf und wandte sich zur Tür, bevor sie sich noch einmal umdrehte.

„Auf Wiederschaun, Herr Loisl. I bin mir sicher, dass mir zwei uns bald mal wieder über den Weg laufen. Und grüßen'S Ihren Spezl Andreas Huber von mir, wenn'S ihn nachher zurückrufen."

Er antwortete nicht, sondern starrte sie nur wütend an.

Franzi verließ das Büro und ignorierte beim Rausgehen die Empfangsdame. Draußen überlegte sie kurz, ob sie gleich zurück ins Präsidium gehen sollte, entschied sich aber dafür, noch eine Weile in der Innenstadt zu bleiben und hier ihre Mittagspause zu verbringen. Sie musste sich ohnehin noch um das Büfett für das Richtfest kümmern und konnte auf dem Stadtmarkt gleich noch ein paar Einkäufe dafür erledigen.

Auf dem Weg dorthin ging ihr das Gespräch mit Hubert Loisl im Kopf herum. Sie war davon überzeugt, dass der Mann Dreck am Stecken hatte, nur was genau da vor sich ging, erschloss sich ihr leider noch nicht. Was hatte Sarah Liebinger entdeckt? War sie deshalb verschwunden? War sie untergetaucht, um Repressalien zu entgehen, oder am Ende gar einem Verbrechen zum Opfer gefallen? Franzi hoffte immer noch, die Journalistin heil aufzufinden, aber sie wusste auch, dass die Wahrscheinlichkeit, sie zu finden, mit jedem Tag sank. Das musste immer noch nicht zwangsläufig heißen, dass Sarah Liebinger nicht mehr lebte, aber für den Fall, dass sie nicht gefunden werden wollte, war die Wahrscheinlichkeit, sie zu finden, ebenfalls sehr gering.

Sie erreichte den Eingang zum Stadtmarkt. Zuerst ging sie in die Fleischhalle, um eine Kleinigkeit zu essen. Sie schätzte die Vielfalt der dort angebotenen Speisen. Eine Weile schlenderte sie ziellos zwischen den verschiedenen Ständen hin und her und entschied sich schließlich für eine köstlich aussehende Paella. Sie stellte sich mit ihrer Speise an einen der vielen Stehtische und sah sich in der Halle um, während sie aß. Um diese Zeit wuselte es hier von Menschen, die ihre Mittagspause hier verbrachten. Das war ja auch richtig sinnvoll, wenn man zum Beispiel als Gruppe hierherkam. Jeder konnte sich holen, worauf er Lust hatte, und zum Essen traf man sich wieder in der Mitte der Halle. Franzi war auch schon öfter mit Schorsch und Lena hier gewesen und jeder hatte sich an einem anderen Stand bedient.

Franzi bereute ihre Entscheidung nicht. Die Paella schmeckte köstlich. Satt und zufrieden brachte sie den leeren Teller zurück und machte sich auf den Weg zum Ausgang. Ihr Ziel war die Gemüsegasse, wo sie ein paar Köstlichkeiten für Lenas Richtfest erstehen wollte.

Sie lief langsam die Gasse entlang, um sich Inspirationen zu holen. Überall wurde Gemüse in allen Farben und Formen angeboten.

„Franzi, was machst du denn hier?"

Sie fuhr herum. Ohne es zu bemerken, war sie an Nicks Laden vorbeigelaufen. Lenas Verlobter stand davor und grinste sie breit an.

„Hallo Nick", antwortete sie erfreut, „mit dir hätt i hier ja gar net g'rechnet!"

Er seufzte. „Zeit habe ich ja wirklich auch nicht dafür, aber hin und wieder muss ich im Laden schon mal nach dem Rechten sehen."

„Des kann i gut verschtehn." Sie bemerkte die tiefen Ringe unter seinen Augen. „Ihr habt's grad scho viel zu tun, ge?"

Sein müdes Nicken war Antwort genug. „Ja, schon. Aber man weiß ja, wofür man das tut."

„Des stimmt natürlich. I freu mi jedenfalls scho voll drauf, dass ihr bald in meine Nachbarschaft zieht!" Franzi strahlte.

„Wir freuen uns auch schon sehr darauf! Aber sag mal, was machst du heute hier am Markt? Hast du hier deine Mittagspause verbracht?"

Franzi nickte. „Unter anderem. Jetzt bin i auf der Suche nach Köstlichkeiten für euer Richtfescht. Die Auswahl hier isch ja riesig!" Sie deutete auf all die bunten Auslagen um sie herum.

„Das ist so toll, dass du uns das auch noch abnimmst." Nick lächelte. „Dabei hast du doch sicher selbst genug zu tun, jetzt wo Helena nicht im Präsidium ist."

„I wo", meinte Franzi und winkte ab. „Des isch doch alles kei Sach net. I helf gern."

„Du bist einfach ein herzensguter Mensch!", sagte Nick und umarmte sie kurz. „Du, ich muss leider gleich weiter, sonst krieg ich Ärger mit Helena."

„Des woll mer wirklich net. Grüß deine Holde recht schön von mir. Pfiat di, Nick!" Franzi hob die Hand zum Gruß und ging weiter.

Eine halbe Stunde später stieg Franzi schwer beladen in die Straßenbahn. Für die Fahrt zum Präsidium würde sie nur zehn Minuten brauchen. In ihrer Tasche tummelten sich Radieschen und allerlei anderes köstliches Gemüse. Sie hatte vor, es häppchenweise auf Platten anzurichten und verschiedene Dips dazu zu reichen. Für die Dips hatte sie unter anderem Rote Bete, Auberginen und Frischkäse besorgt. Außerdem hatte sie ein Kilogramm frisches Hackfleisch besorgt, sowie Zwiebeln und Knoblauch. Davon wollte sie kleine Hackfleischleibchen machen, die man mit Zahnstochern aufspießen konnte.

Im Präsidium angekommen, verstaute sie die Sachen, bevor sie sich wieder an den Schreibtisch setzte. Sie tippte ein Gedächtnisprotokoll über das Gespräch mit Herrn Loisl, bevor sie die Unterlagen der Journalistin zum gefühlt hundertsten Mal durchsah, um auf Hinweise zu stoßen, die sie möglicherweise übersehen hatte.

Um Viertel nach drei ging sie frustriert in die Kaffeeküche, um sich einen kräftigen Milchkaffee zu machen. Ihr schwirrte der Kopf, und sie benötigte dringend Koffein, um wieder klarer sehen zu können.

Mehrere Kolleginnen und Kollegen hielten sich in der kleinen Kaffeeküche auf. Es herrschte ein Heidenlärm. Offenbar wurde ein Geburtstag gefeiert. Leere Sektflaschen standen auf einem Tisch und ein kläglicher Rest Kuchen zeugte von hungrigen Beamten.

Franzi stellte sich an die Kaffeemaschine und versuchte, den Lärm auszublenden.

„... und stellt's euch vor, dann ham se die Bauarbeiten in den Schultoiletten ganz eingestellt, weil da irgendwas net sauber war", erzählte gerade eine Kollegin.

Wow, dachte Franzi, *Schulklos als Thema fürs Kaffeekränzchen. Wie spannend!*

„Und alles nur, weil die sich abgesprochen ham, wer den Zuschlag für die Renovierungsarbeiten kriegen soll?", rief eine hagere Brünette. „Das isch doch höchscht unfair, gerade den Kindern gegenüber. Die brauchen doch anständige Klos!"

„Mei, Preisabsprachen findesch heutzutage doch überall", brummte ein kräftiger Beamter mit angegrautem Schnauzer. „Geh mal in drei verschiedene Supermärkte hier in der Stadt. Da findsch du überall die gleichen Preise. Also, Zufall isch des sicher net ..."

Franzis Kaffee war endlich durchgelaufen. Sie schnappte sich ihre Tasse und ging nachdenklich zurück ins Büro. Preisabsprachen? War das vielleicht die

Lösung? War Sarah Liebinger unlauteren Absprachen bei der Vergabe von Bauprojekten auf der Spur gewesen?

Die nächsten zwei Stunden verbrachte sie damit, im Internet zu recherchieren, was über Preisabsprachen bei Bauvorhaben bekannt war. Sie stieß auf eine Riesenfülle an Informationen, durch die sie sich erst einmal durchklicken musste.

Um Viertel nach fünf lehnte sie sich erschöpft zurück. Franzi fand es unheimlich schwer, sich in eine Thematik einzuarbeiten, mit der sie sonst nichts zu tun hatte. Sie musste unbedingt rauskriegen, wie die Bauprojekte im Innovationspark vergeben wurden. Ein Blick auf die Uhr sagte ihr, dass das heute nichts mehr wurde. Sie seufzte und fuhr den PC runter. Feierabend!

Die Einkäufe mit dem Fahrrad heimzubringen, war nicht gerade einfach, aber Franzi war eine erfahrene Radlerin. Trotzdem war sie froh, als sie unbeschadet zu Hause ankam. Jetzt musste sie nur noch die Tüten vor ihren beiden Lieblingen in Sicherheit bringen, die sich zwar nicht sonderlich für Gemüse begeistern konnten, aber garantiert überprüfen wollten, ob nicht vielleicht doch noch etwas Spannendes in den Tüten für sie verborgen war, wie zum Beispiel das erstandene Hackfleisch.

Nach dem Abendessen setzte sie sich mit dem Tablet in die Küche und googelte nach Ideen für Fingerfood. Sie fand witzige Vorschläge für die Radieschen. Man konnte sie als Mäuschen anrichten, was richtig niedlich aussah, oder einen leckeren Radieschen-Salat oder sogar Pesto daraus machen. Franzi machte sich ein paar Notizen, bevor sie sich müde auf ihre Couch zurückzog und den Fernseher einschaltete. Das Fest würde aller Voraussicht nach am Sonntag stattfinden, da hatte sie am Samstag noch alle Zeit der Welt, die Knabbereien vorzubereiten. Zehn Minuten nachdem sie den Krimi im Ersten eingeschaltet hatte, schlief sie auch schon auf dem Sofa ein.

7

Am nächsten Morgen fühlte sich Franzi wie gerädert, als sie aus dem Schlaf gerissen wurde. Sie war mitten in der Nacht auf dem Sofa aufgewacht, als Waschtl gemeint hatte, sich neben sie quetschen zu müssen und sie dabei fast von der Couch befördert hatte. Danach hatte sie sich bettfertig gemacht und leider über eine Stunde gebraucht, um wieder einschlafen zu können. Gefühlte zehn Minuten später hatte dann auch schon der Wecker geklingelt ...

Ein extra starker Cappuccino mit einem doppelten Espresso sollte ihr dabei helfen, wach zu werden. Leider ohne Erfolg. Immer noch müde radelte sie zum Präsidium und schlurfte in ihr Büro. Ausgerechnet Hauptkommissar Meier wartete dort auf sie. Franzi grüßte knapp, drängte sich an ihm vorbei zu ihrem Schreibtisch und ließ sich auf ihren Stuhl fallen. Sie sah ihn mit hochgezogenen Augenbrauen an.

„Was kann i für Sie tun, Chef?" Plötzlich fiel ihr auf, dass sie sich eins zu eins wie die überkandidelte Empfangsdame bei Hubert Loisl anhörte, was sie unwillkürlich kichern ließ.

Nun war es an Herrn Meier, die Augenbrauen hochzuziehen. „Was ist denn bitte so lustig?", fragte er mit strengem Blick.

„Ach nix." Franzi winkte ab. „Basst scho." Sie hatte immer noch damit zu kämpfen, ihren Lachreiz zu unterdrücken. Sie war so übermüdet, dass sie sich einfach nicht im Griff hatte. Verzweifelt versuchte sie, das Kichern zu unterdrücken, woraufhin ihr ein unkontrollierter Grunzlaut entfuhr. Erschrocken schlug sie sich die Hand vor den Mund.

„Mahlzeit", sagte Herr Meier kopfschüttelnd, offenbar davon ausgehend, dass sie gerade gerülpst hatte. „Weshalb ich eigentlich da bin ... Frau Dr. Neumann von der Rechtsmedizin in Ulm versucht dringend, sie zu erreichen. Da ich sowieso hier auf dem Gang zu tun hatte, wollte ich Sie persönlich darüber in Kenntnis setzen."

Er warf noch einen Blick in Franzis inzwischen garantiert puterrot gewordenes Gesicht, schüttelte irritiert den Kopf und verließ nach einem kurzen Gruß das Büro.

Franzi prustete los und lachte, bis ihr die Tränen kamen. Wie der Meier geguckt hatte! Sie fuhr sich mit der Hand über die Augen. *Mensch, Franzi, jetzt reiß dich gefälligst zusammen*, ermahnte sie sich. Sie war sich sicher, dass ihr die Zeit im Büro ohne ihre beste Freundin und Partnerin Lena überhaupt nicht guttat. Mit Lena wäre so etwas wie gerade eben mit Sicherheit nicht passiert! Franzi musste erneut lachen, als sie sich vorstellte, wie Lena wohl reagiert hätte, wenn sie Zeugin dieser Szene geworden wäre. Lena war es sehr wichtig, immer korrekt und professionell aufzutreten, ein Unterfangen, das Franzi ihr manchmal äußerst schwer machte. Diese Tatsache war Franzi durchaus bewusst, aber sie konnte eben nicht aus ihrer Haut. Und Lena täte es auch mal gut, nicht immer so vor den Großkopferten zu kuschen. Wie hatte sie Lena erst vor Kurzem gesagt: „Die gehen immerhin aufs selbe Klo wie du!" Sie musste schmunzeln, als sie sich an Lenas verdatterten Gesichtsausdruck erinnerte.

Franzi bemühte sich, wieder ernst zu werden. Sarah Liebinger war inzwischen seit zwei Wochen vermisst, und sie würde alles dafür geben, die Journalistin aufzuspüren. Doch zunächst musste sie sich bei Frau Dr. Neumann melden. Sie schlug die Nummer nach, nahm den Hörer in die Hand und wählte.

„Neumann?"

„Ja, griaß Sie, Frau Dr. Neumann. Hier spricht Danner von der Kripo in Augschburg."

„Ah, Frau Danner, schön, dass Sie es einrichten konnten, mich so schnell zurückzurufen."

„Koi Problem net, Frau Doktor. Geht's um unser Römerskelett?"

„Ja, genau. Wie Sie wissen, brachte die Radiokarbonmessung das gleiche Ergebnis wie die erste. Leider war das Ergebnis bezüglich des genauen Alters des Skeletts unklar."

„Wie jetzt? Was bedeutet des?" Franzi lehnte sich gespannt nach vorne.

„Nun ja, es ist uns eben leider nicht gelungen, das Skelett genau zu datieren", erklärte die Medizinerin. „Die Auswertung weist diesbezüglich Diskrepanzen auf, die uns eine genaue Datierung unmöglich machen."

„Aber dass es alt isch, isch keine Frage, oder?", fragte sie angespannt.

„Nein, nein, das nicht", sagte die Ärztin. „Aber das ist auch eigentlich gar nicht der Grund, warum ich Sie sprechen wollte."

„Ach so ..." Franzi lehnte sich wieder zurück. „Warum denn dann?"

„Ich wollte Sie darüber informieren, dass wir das Skelett noch eine Weile behalten müssen, um weitere Untersuchungen vorzunehmen."

„Was gibt's denn da noch zu untersuchen?"

„Nun ja, mir sind seltsame Flecken am Schädel der Toten aufgefallen. Diese winzigen Fleckchen waren mit bloßem Auge nicht zu erkennen, da der Schädel durch die Brandbestattung völlig verfärbt war."

„Verstehe. Dann tun Sie das doch einfach. Machen Sie alle Tests, die Sie brauchen. Meine Erlaubnis brauchen Sie dafür sicherlich net."

Frau Dr. Neumann hüstelte. „Das ist mir schon klar, Frau Danner. Ich wollte Sie nur bitten, den Augsburger Stadtarchäologen um etwas Zurückhaltung zu bitten. Er bombardiert uns täglich mit E-Mails und Anrufen und hält uns so von der eigentlichen Arbeit ab. Sie haben doch bestimmt einen guten Draht zu ihm ...?"

Franzi lachte bitter auf. „Nein, den hab i leider ganz und gar net. Aber für Sie mach i des trotzdem gern. Sie kommen uns ja au immer entgegen, wenn wir was brauchen, net wahr?"

„Das stimmt. Jederzeit gerne, liebe Frau Danner. Vielen Dank auch!"

„Koi Problem. I kümmer mi drum, ge? Auf Wiederschaun, Frau Dr. Neumann."

„Auf Wiederhören, Frau Danner."

Franzi legte den Hörer auf und grinste. Die arme Frau Dr. Neumann! Sie konnte sich lebhaft vorstellen, dass ihr der Herr Professor genauso auf den Keks ging wie ihr selbst. Sie überlegte kurz, den Archäologen anzurufen, doch sie hatte überhaupt keine Lust, seine Stimme zu hören. Also öffnete sie ihr E-Mail-Programm und schrieb:

Lieber Herr Professor Gutmann,

Ich wäre Ihnen sehr verbunden, wenn Sie damit aufhören würden, die Rechtsmedizin in Ulm mit Fragen zu bombardieren. Sie kriegen Ihr Skelett schon noch rechtzeitig! Das hat jetzt jahrhundertelang verborgen im Dreck gelegen, da werden die paar Tage auch nichts mehr ausmachen, bis Sie es wiedersehen. Wenn Sie weiterhin die Leute in Ulm mit Ihren sinnlosen Anfragen nerven, dauert es nur umso länger, bis Sie das Skelett bekommen. Ich hoffe, ich hab das jetzt verständlich ausgedrückt! Also, lassen Sie die Leute dort bittschön ihre Arbeit machen und buddeln Sie halt derweil woanders weiter.

Hochachtungsvoll, Franziska Danner

Sie überflog die Mail noch mal, befand sie für gut gelungen und schickte sie ab. Erledigt! Das würde ja hoffentlich sogar Professor Dumpfbacke schnallen, dass er jetzt Ruhe zu geben hatte ...

Sie wandte sich wieder den Unterlagen auf ihrem Schreibtisch zu und erinnerte sich an ihre Recherchen vom Vortag. War es wirklich möglich, dass bei der

Vergabe von Bauprojekten Preisabsprachen stattfanden? Wie wurden solche Projekte überhaupt vergeben? Wer machte das und wie lief das genau ab?

Sie beschloss, wieder das Internet zu befragen. Nach kurzer Zeit stieß sie auf die Seite des Bauordnungsamtes. In Bayern galt die Bayerische Bauordnung, die naturgemäß auch in Augsburg Gesetz war. In dieser Ordnung waren die Anforderungen genau definiert, die bei Bauvorhaben einzuhalten waren. Franzi nahm an, dass das natürlich auch auf Großvorhaben wie den Innovationspark zutraf. In Augsburg überwachte diese Anforderungen die sogenannte Untere Bauaufsichtsbehörde, wie Franzi nach weiteren Recherchen herausfand. Sie war dafür zuständig, dass das Bauen im Stadtgebiet einheitlich und klar geregelt war. Die Behörde war unter anderem für die Erteilung von Baugenehmigungen und Vorbescheiden zuständig, außerdem oblag ihr die Bauaufsicht in der Stadt Augsburg.

Perfekt! Jetzt musste sie nur noch einen Ansprechpartner für den Innovationspark an die Strippe bekommen. Nach zweimaligem Verbinden hoffte Franzi, endlich den richtigen Sachbearbeiter an die Strippe zu bekommen.

„Sebastian Wiesner, was kann ich für Sie tun?"

Franzi riss die Augen auf. „Jetzt glaub i's glei!", rief sie ins Telefon. „Bisch du's wirklich, Baschti? Hier isch die Franzi, Franzi Danner."

„Franzi?", klang es erfreut aus der Leitung. „Mei, wie lang isch des jetzt her?"

Franzi lachte. „Seit der Grundschule sind scho a paar Jährchen vergangen, würd i sagen. Dass du jetzt beim Bauamt arbeitesch ... Obwohl, eigentlich passt des total gut zu dir! Du hasch doch immer so 'nen kleinen, gelben Plaschtikbagger mit dir rumg'schleppt!"

„Dass du des no weißsch …", rief Wiesner lachend. „Aber sag mal, was machsch du denn so? Bisch wirklich Lehrerin geworden, wie du immer g'wollt hasch?"

„Nein, des war nur so a Hirng'schpinst von mir, als i klein war." Franzi lachte. „I bin bei der Polizei g'landet."

„Bei der Polizei? Krass!" Er lachte laut. „Wer hätte des gedacht …? Was genau machsch dann da? Strafzettel verteilen oder was?"

Franzi grinste. „So ähnlich … Ne, mal im Ernscht, i bin bei der Kripo."

„Wow! Des isch ja krass!", rief er erstaunt. „Was kann i für die Kripo tun?"

Franzi erklärte ihm, was sie von ihm wollte und erfuhr, dass der zuständige Stadtbeamte Herr Münch freitags immer auf den Baustellen unterwegs und telefonisch leider nicht zu erreichen sei. Franzi sah auf die große Wanduhr. Bereits kurz vor zehn. Gerade am Freitag würde die Chance, jemanden von irgendeinem Amt zu erreichen, ab Mittag gegen null tendieren. Sie bedankte sich bei ihrem ehemaligen Klassenkameraden und verabschiedete sich. Kurz entschlossen schnappte sie sich ihren Fahrradhelm und zog ihre Jacke über. Wenn der Herr nicht im Büro war, würde sie eben zu ihm kommen.

Die Fahrt zum Innovationspark dauerte nur eine Viertelstunde. Ein lauer Wind wehte Franzi um die Nase, als sie schließlich in die Forschungsallee abbog. Baschti hatte ihr gesagt, wo sich der zuständige Mitarbeiter der Bauaufsichtsbehörde um diese Uhrzeit aufhalten sollte. Franzi steuerte das halbfertige Gebäude an. Lauter Baulärm schlug ihr entgegen, als sie ihren Helm abnahm.

„He, Sie", rief ihr ein Bauarbeiter in einer leuchtend gelben Warnweste entgegen, der eine Schaufel in der Hand hielt, als sie gerade ihr Fahrrad direkt vor dem Gebäude absperrte. „Da können'S fei net parken!"

Franzi sah sich erstaunt um. „Und warum net?"

„Das hier ist eine Baustelle. Hier ist allerlei schweres Gerät im Einsatz. Das Letzte, was wir brauchen, ist ein Rad, das uns im Weg rumgeht!"

Das leuchtete Franzi natürlich ein. Gehorsam parkte sie ihr Fahrrad um und kettete es an einen Laternenpfahl, der in der Nähe an der Straße stand. Anschließend lief sie auf das Gebäude zu.

„He, Sie!"

Genervt wandte Franzi sich dem Bauarbeiter zu, der schon wieder etwas von ihr wollte.

„Was?", fragte sie laut.

Er deutete auf ein Schild, das vor dem Gebäude angebracht war und die Baumaßnahme näher beschrieb. „Helmpflicht!" Er klopfte an seinen gelben Helm.

„Und wo bittschön soll i jetzt so 'nen Helm herkriegen?", rief Franzi genervt.

„Nicht mein Problem", antwortete der Bauarbeiter grinsend, „aber ohne das Teil dürfen Sie hier jedenfalls net rein!" Er verschwand im Haus.

Franzi schnaubte. Manchmal hatte sie das Gefühl, ausschließlich von Rindviechern umgeben zu sein! Sie musste unbedingt mit dem Mann vom Amt sprechen, aber ins Haus durfte sie auch nicht. Was sollte sie tun?

Plötzlich kam ihr ein Einfall. Sie grinste breit, lief zurück zu ihrem Rad und nahm ihren Helm aus der Fahrradtasche. Den setzte sie sich auf und lief zurück zum Haus. Als sie ankam, trat gerade wieder der Bauarbeiter heraus, der sie vorhin angesprochen hatte. Als er Franzi mit ihrem grünen Fahrradhelm sah, brach er in Gelächter aus. Hoch erhobenen Hauptes lief Franzi an ihm vorbei ins Haus.

Innen roch es nach Beton und einer seltsamen Mischung aus Staub und überhitzten elektrischen Maschinen. Überall prangten Löcher in den Wänden, wo vermutlich die Kabel für die Elektrizität verlegt würden. Die Treppe nach oben war ein nacktes Betongerüst mit provisorischen Haltegriffen. Unschlüssig blieb Franzi stehen. Wo sollte sie nach dem Mann suchen?

Plötzlich hörte sie rechts von sich Stimmen. Sie wandte sich in die Richtung und fand tatsächlich im hintersten Raum des Gebäudes drei Männer vor, die sich gemeinsam über einen Plan beugten und heftig diskutierten.

„Das können Sie so aber nicht bauen, das ist gegen die Vorschriften", sagte der eine Mann bestimmt. Er sah seltsam aus, da er über seinem Anzug eine Warnweste trug, und der Helm auf dem Kopf war auch nicht gerade der letzte modische Schrei. Das war mit Sicherheit der Mann, den Franzi gesucht hatte.

„Das ham wir schon immer so gemacht, des mach mer au jetzt so", rief ein beleibter Mann im Blaumann. Sein Kopf war hochrot vor Entrüstung.

„Jetzt beruhig dich, Henrik! Lass uns das bitte in Ruhe klären", sprach der Dritte im Bunde auf ihn ein. Plötzlich bemerkte er Franzi. „Was wollen Sie denn hier? Haben Sie sich verlaufen?" Sein Blick blieb an ihrem Fahrradhelm hängen.

„Grüß Gott, die Herren, mein Name isch Danner von der Kripo Augschburg. I hätt gern den Herrn Münch vom Bauamt g'schprochen!"

Der Gewünschte runzelte die Stirn. „Haben wir denn einen Termin? Davon weiß ich ja gar nichts."

Franzi rollte innerlich mit den Augen. Wieso fragte denn neuerdings jedermann nach einem Termin?

„Wenn wir von der Kripo überall Termine machen müssten, würd ma mit Sicherheit keine Verbrechen mehr aufklären, ge?", erwiderte sie verschmitzt lächelnd.

Der Mann im Anzug wandte sich an seine Gesprächspartner. „Wir waren ja eh so gut wie fertig. Nächste Woche komme ich wieder vorbei, und dann will ich sehen, dass die Pläne geändert wurden. Auf Wiederschaun, die Herren."

Er wandte sich an Franzi. „Dann kommen Sie mal. Lassen Sie uns nach draußen gehen. Hier drinnen stehen wir doch nur irgendwem im Weg herum."

Franzi nickte und folgte ihm nach draußen. Dort nahm der Mann seinen Helm ab, was Franzi ihm gleichtat, anschließend zog er die Weste aus. Er sah sie aufmerksam an.

„Also, was kann ich für Sie tun?"

„I hätt ein paar Fragen, die sich mir im Zuge von Ermittlungen gestellt haben", erklärte Franzi. „Können Sie mir vielleicht erklären, wie des läuft, wenn bei großen Bauvorhaben wie diesem hier Architekten und so weiter gesucht werden. Bewerben die sich und die

Stadt sucht da jemanden aus, oder wie geht des eigentlich vor sich?"

„Das ist relativ schnell erklärt", erwiderte Herr Münch. Er strich sich das akkurat geschnittene, graue Haar glatt, das vom Wind durcheinandergewirbelt wurde. „Wenn die Stadt ein Bauvorhaben hat, wie beispielsweise dieses hier, schreibt sie es öffentlich aus. Architekturbüros entwerfen dann grobe Pläne für das Bauvorhaben und errechnen eine erste Kostenaufstellung. Damit bewerben sie sich quasi für das Projekt. Im Endeffekt bekommt derjenige den Zuschlag, der die beste Umsetzung zum günstigsten Preis bietet."

„Verstehe", antwortete Franzi nachdenklich. „Kommt es dabei vor, dass sich mehrere Architekturbüros miteinander vernetzen?"

Herr Münch nickte. „Ja, auf alle Fälle. Vor allem bei Bauvorhaben in dieser Größenordnung. Allerdings ist immer ein Büro federführend verantwortlich für das Vorhaben. Das ist dann sozusagen koordinierend tätig und beauftragt seinerseits andere Büros mit Teilaufgaben."

„Aha ... In dem Zusammenhang kennen Sie sicherlich die meisten Architekten persönlich, oder?"

„Ja, natürlich", antwortete er stolz. „Ich hab hauptsächlich mit den Architekten zu tun, wenn es um die Planung eines Projekts geht, also quasi im Vorfeld, und später dann bei der Umsetzung kommen noch andere Leute ins Boot, wie Baufirmen und so weiter."

„Dann sagt Ihnen sicher der Name Hubert Loisl was?"

„Sicher. Herr Loisl ist hier im Innovationspark an mehreren Objekten tätig."

„Interessant ... Wie sieht es aus mit Andreas Huber und Norbert Schiefert?“

Herr Münch legte den Kopf schief. „Sie stellen wirklich seltsame Fragen. Aber ja, natürlich kenne ich die beiden auch. Ihre Architekturbüros sind wesentlich kleiner als das von Herrn Loisl, aber auch sie sind hier am Innovationspark tätig.“

„I hätt da no eine etwas heikle Frage an Sie“, sagte Franzi vorsichtig.

Gespannt blickte der Mann vom Bauamt sie an. „Schießen Sie los.“

„Ham Sie jemals mitbekommen, dass es im Zusammenhang mit großen Bauprojekten zu Preisabsprachen gekommen isch?“

Herr Münch seufzte und sah sie mit hochgezogener Augenbraue an. „Sagen Sie bloß, Sie haben mit Frau Liebinger gesprochen, und die hat Ihnen einen Floh ins Ohr gesetzt?“

Franzi wurde hellhörig. „Wie kommen Sie jetzt auf die Frau Liebinger?“

„Sie nervt mich immerhin schon seit Monaten mit dem Thema. Anscheinend wittert sie hier eine“, er machte Anführungszeichen in der Luft, „große Story.“ Münch verdrehte die Augen. „Als würde es hier bei uns so etwas geben ...“

„Wann war denn die Frau Liebinger des letzschte Mal bei Ihnen?“, fragte Franzi.

„Hmmm ... Mal überlegen.“ Er starrte eine Weile in die Luft, während er nachdachte. „Das ist auf alle Fälle zwei Wochen her“, sagte er schließlich. „Wenn ich recht überlege, dann dürfte das letzte Mal sogar genau vor zwei Wochen gewesen sein.“

Franzi konnte es nicht glauben. Herr Münch war womöglich der letzte Mensch, der die Journalistin gesehen hatte.

„Herr Münch, jetzt denken'S mal bitte ganz genau nach", sagte sie eindringlich. „Ham Sie die Frau Liebinger wirklich heut vor zwei Wochen hier gesehen?"

„Ja, ich bin mir sicher. Ich hab mich noch gewundert, dass sie letzte Woche nicht auf der Matte gestanden ist, wie die Monate davor. Da hat sie mich regelmäßig auf den Baustellen abgepasst. Ich hatte sogar schon überlegt, eine einstweilige Verfügung zu erwirken, die ihr den Aufenthalt hier untersagt."

Erstaunt zog Franzi die Augenbrauen hoch. „So? Wieso das denn? Das wär ja eine wirklich drastische Maßnahme …"

„Ich weiß", sagte Münch. Er hob die Handflächen. „Aber ihr ständiges Dazwischengefunke war echt nervig, müssen Sie wissen. Ich bin kaum noch zu meiner Arbeit gekommen. Pausenlos hat sie mir Fragen gestellt und mich von der Arbeit abgehalten, und auch die Unternehmer haben sich zunehmend gestört gefühlt."

„Mit wem hat sie denn noch Kontakt aufgenommen?", fragte Franzi.

„Ach, das waren so einige hier", antwortete Münch abwinkend. „Ich weiß, dass sie mit einigen Bauunternehmern in Kontakt stand, aber auch die Architekten fühlten sich von ihr belästigt."

„Loisl?", fragte Franzi ins Blaue hinein.

Münch nickte. „Der auch. Ihn hat sie ziemlich auf dem Kieker. Wenn Sie mich fragen, sieht die Gespenster. Will unbedingt was ausgraben, was gar nicht da ist."

„Und woher wissen Sie so genau, dass nix an der Sache dran isch?“

„Na, hören Sie mal!“, rief er empört. „Jetzt fangen Sie auch noch mit diesen Hirngespinsten an!“

„Entspannen Sie sich, Herr Münch. I muss des fragen. Des gehört zu meinen Ermittlungen.“

„Aha“, sagte Münch sichtbar verschnupft. „Wegen was ermitteln Sie überhaupt, wenn ich fragen darf?“

„Dürfen Sie“, antwortete Franzi. „Frau Liebinger wird seit genau zwei Wochen vermisst.“

Münch wurde blass. „Wie bitte?“

„Sie ham richtig gehört, Herr Münch, und daher werden Sie sicher verstehen, warum i’s so genau wissen will.“

Herr Münch nickte eifrig. „Natürlich! Das ist ja ganz ...“ Er suchte nach Worten. „... furchtbar!“

„So seh i des au“, erwiderte Franzi. Aus den Augenwinkeln sah sie einen Mann vorbeigehen. Als er sie sah, stockte er kurz, lief dann aber schnell weiter.

„Des war doch der Andreas Huber, net wahr?“, fragte sie den Herrn vom Bauamt und deutete auf die davoneilende Gestalt.

Der zuckte mit den Achseln. „Kann sein“, meinte er.

„Wissen’S was, Herr Münch, i geb Ihnen meine Karte, dann können’S mi kontaktieren, wenn Ihnen no was einfällt.“ Franzi suchte in ihrer Jackentasche nach einer Karte, fand schließlich ein ziemlich zerknittertes Exemplar, das sie erfolglos zu glätten versuchte, und reichte es anschließend dem Beamten.

„Das werde ich tun“, sagte Herr Münch und steckte die Karte in sein Sakko. „Eins möchte ich aber noch anmerken ... Auch wenn ich die Frau Liebinger echt nervig fand, möchte ich doch hoffen, dass ihr nichts passiert ist."

„Des find i schön, dass Sie des sagen", sagte Franzi und lächelte ihm zum Abschied zu.

Herr Münch ging seiner Wege. Franzi überlegte, was sie als Nächstes tun sollte, als ihr Blick auf eine kleine Gestalt in der Ferne fiel, die auf ein Gebäude zueilte. Huber! Kurz entschlossen lief sie zu ihrem Fahrrad, sperrte es auf und fuhr zu dem Gebäude, in dem sie den Architekten hatte verschwinden sehen.

Als sie auf den großen Bau zulief, vernahm sie laute Stimmen.

„Wenn ich's dir doch sage", sprach die etwas höhere Stimme von Andreas Huber. „Ich hab die Polizistin grad mit dem Münch sprechen sehen!"

„Na und", kam die Antwort, die sie Hubert Loisl zuordnete. „Was machst du hier so einen Aufstand? Das sagt doch gar nichts!"

„Aber was ist, wenn ...?"

„Wenn was?", fragte Loisl und unterbrach Hubers Gejammer. „Es ist alles in trockenen Tüchern, also mach hier nicht so ein Gewäsch. Manchmal frag ich mich schon, ob ich mit dir den richtigen Mann ausgewählt habe ..."

„Das hast du! Keine Sorge", erwiderte Huber auffallend schnell. „Aber die Liebinger ..."

„Hör endlich auf mit dieser aufgeblasenen Zeitungstussi!", sagte Loisl in scharfem Ton. „Die kann uns gar nichts!"

Die Stimmen wurden leiser. Offensichtlich entfernten sie sich vom Eingang.

Franzi ging ein paar Schritte nach vorne, um besser hören zu können. Dabei trat sie auf ein Stück Plastik, das halb unter der Erde verborgen lag. Sie erstarrte mitten in der Bewegung. Im Gebäude war es plötzlich mucksmäuschenstill.

Verdammt, die haben mich bestimmt gehört, dachte Franzi. Plötzlich hörte sie ein lautes Knirschen, ganz in der Nähe des Eingangs. Rasch trat sie nach vorne und verstellte die Öffnung, in der noch die Tür fehlte. Unmittelbar vor ihr stand Hubert Loisl, dicht gefolgt von Andreas Huber.

„Sieh mal einer an", rief Loisl seinem Kompagnon zu. „Hab ich doch richtig gehört! Da lauscht tatsächlich jemand!" Sein Blick war hochmütig, doch die Schweißperlen auf seiner Stirn konnten nicht über seine innere Unruhe hinwegtäuschen. Huber hielt sich leicht hinter Loisl. Sein Blick huschte nervös zwischen Franzi und Loisl hin und her.

„Ich hab's gar net nötig zu lauschen", erklärte Franzi, wohl wissend, dass sie gerade etwas die Tatsachen verdrehte. „I frag mi nur grad, was Sie beide hier so Geheimnisvolles zu besprechen ham."

„Geheimnisvolles?" Loisl lachte auf. „Wovon bitte sprechen Sie da? Wir sind Geschäftspartner, da hat man immer was zu besprechen." Er bedachte sie mit einem hochmütigen Blick. „Außerdem wüsste ich nicht, was *Sie* das angeht."

„Alles, was mit dem Verschwinden von Frau Liebinger zu tun hat, geht mich was an", erwiderte Franzi kühl.

„Was sollen *wir* bitte mit dem Verschwinden dieser naseweisen Journalistin zu tun haben?“, fragte Loisl und verschränkte die Arme vor der Brust.

„Genau des will i rausfinden“, entgegnete Franzi. „Interessant übrigens, dass Sie auf einmal doch wissen, wer Frau Liebinger ist ...“ Sie hob eine Augenbraue. „Was wollte die Frau Liebinger von Ihnen beiden?“ Sie taxierte Andreas Huber mit ihrem Blick, der sich sichtlich unwohl fühlte.

Hubert Loisl bemerkte das und sah nun seinerseits seinen Geschäftspartner streng an. „Du hältst gefälligst den Mund“, zischte er ihm zu.

Huber senkte den Blick.

„Sie ham ja 'ne feine Art, mit Ihrem Kompagnon umzugehn“, sagte Franzi verächtlich.

„Wie ich mit wem umgehe, geht Sie gar nichts an!“, antwortete Loisl grob und wandte sich an Huber. „Komm, wir gehen.“

Er packte den kleineren Mann am Arm und machte Anstalten, sich an Franzi vorbeizudrängen.

„Wie läuft das mit den Preisabsprachen auf dem Bau?“, rief sie ihm nach.

Loisl fuhr herum. An seiner Stirn pochte gefährlich eine geschwollene Ader. „Was fällt Ihnen ein?“, rief er. „Ich werde Sie anzeigen, wegen Verleumdung!“

„Wieso?“, fragte Franzi unschuldig. „I hab *Sie* doch gar net beschuldigt ... I hab lediglich was gefragt, was ja net unmittelbar mit Ihnen in Zusammenhang stehen muss. Aber i find's durchaus interessant, dass Sie glei so gereizt reagieren ...“

Loisl starrte sie wütend an. „Sie blöken genauso dämlich rum, wie die Liebinger. Machen's nur weiter so, dann …" Er hielt inne.

„Dann …?", fragte Franzi herausfordernd. „Lassen'S mi dann genauso verschwinden, wie die Sarah Liebinger?", rief sie wütend.

„Sie haben ja völlig den Verstand verloren", knurrte Loisl. „Komm, Andreas, wir gehen."

Mit großen Schritten entfernte er sich von dem Gebäude, den kleineren Huber in seinem Schlepptau. Franzi sah ihnen nach, bis sie in einen großen, schwarzen BMW stiegen und mit quietschenden Reifen davonfuhren.

Franzi blieb noch einen Augenblick stehen und ließ sich das Gespräch durch den Kopf gehen. Sie zog ihren Notizblock hervor und machte sich ein paar Notizen, um sich später besser an das Gesagte erinnern zu können. Anschließend machte sie sich auf den Rückweg ins Präsidium, wo sie ein Gesprächsprotokoll anfertigte. Dass Loisl und seine Partner jede Menge Dreck am Stecken hatten, stand für sie inzwischen zu hundert Prozent fest. Doch ob sie auch mit dem Verschwinden von Sarah Liebinger zu tun hatten, stand auf einem anderen Blatt. Die Journalistin hatte sehr viel Zeit auf den Baustellen verbracht. Wer wusste schon, was sie dort herausbekommen hatte?

Franzi blätterte erneut durch die Unterlagen, an denen Liebinger gearbeitet hatte, ehe sie entnervt die Akten schloss. Sie hatte das Gefühl, sie inzwischen in- und auswendig zu kennen, sooft hatte sie sie schon durchgearbeitet. Sie benötigte dringend mehr Informationen über die Bauvorhaben. Kurz entschlossen rief sie im

Bauordnungsamt an und freute sich, als wieder Baschti ans Telefon ging. Sie bat ihn, ihr sämtliche Unterlagen über Bauaufträge, in die die Architekten Loisl, Huber und Schiefert verwickelt waren, zukommen zu lassen. Normalerweise bräuchte sie für so etwas einen richterlichen Beschluss, sie hoffte jedoch, dass sich das zwischen alten Bekannten auf dem kurzen Dienstweg erledigen ließ. Zu ihrer großen Freude erklärte sich ihr ehemaliger Schulfreund schnell bereit, ihr den Gefallen zu tun. Manchmal konnte alles so einfach sein!

Nach der Mittagspause fand Franzi eine E-Mail vor, auf die sie schon lange gewartet hatte. Sarah Liebingers Telefondaten waren endlich vom Provider geschickt worden. Gespannt sah sie die Liste durch. Die Journalistin hatte eher wenige Gespräche geführt. Die meisten davon mit ihrer Freundin Agnes, wie Franzi nach einem Telefonnummernabgleich feststellte. Seit Freitag elf Uhr wurden von dem Handy keine Daten mehr gesendet oder empfangen. Entweder hatte Sarah Liebinger es ganz ausgestellt oder das Handy war zerstört worden. Franzi besah sich das Bewegungsprofil, das heißt, die Funkmasten, die das Handy registriert hatten. Die Journalistin war täglich zwischen ihrer Wohnung und ihrer Arbeitsstelle hin und her gependelt. Auch im Bereich der Wohnung ihres Verlobten war das Handy geortet worden. Laut der Datenanalyse hatte sich Sarah Liebinger in der Woche vor ihrem Verschwinden beinahe jeden Tag im Bereich des Innovationsparks aufgehalten. Das war durchaus interessant!

Herr Münch von der Behörde hatte sie zwar nur freitags dort gesehen, aber da er selbst ausschließlich an diesem Tag dort war, war das kein Wunder.

Leider war noch keine Mail von Baschti da. Er hatte sie schon vorgewarnt, dass es etwas dauern würde, bis er die gewünschten Unterlagen beieinanderhätte, hatte aber versprochen, sie heute noch zu schicken. Franzi seufzte. Das Schlimmste an ihrem Job waren die langen Wartezeiten! Immerzu musste man auf irgendwelche Ergebnisse, Formulare, Untersuchungen und anderes warten. Währenddessen verging die Zeit wie im Flug, und Sarah Liebinger wurde immer noch vermisst.

Das schrille Klingeln des Telefons zerriss die Stille. Franzi nahm den Hörer ab. „Danner?"

„Guten Tag, Frau Danner, hier spricht Neumann. Wie schön, dass ich Sie noch erreiche. Am Freitag machen ja viele früher Schluss."

„Hallo, Frau Dr. Neumann, schön wär's! Aber leider hab i no jede Menge Arbeit auf dem Tisch."

Die Medizinerin lachte. „Dann habe ich leider keine guten Nachrichten für Sie ..."

„Sagen Sie bloß, Sie ham no mehr Arbeit für mi!"

„Leider!" Die Ärztin wurde wieder ernst. „Sie erinnern sich sicher an die schwarzen Flecken auf dem Schädel der Toten, von denen ich Ihnen heute Morgen berichtet habe. Inzwischen sind die Laborergebnisse gekommen. Es handelt sich bei den schwarzen Flecken um eine Hartgummimischung ..."

„Aha", erwiderte Franzi irritiert. „Und das ist ungewöhnlich, weil ...?"

„Na, das liegt doch auf der Hand, Frau Danner. Haben Sie schon mal davon gehört, dass Römer mit Hartgummi gearbeitet haben?"

„Jetzt net direkt, aber i hab in Geschichte au net wirklich gut aufgepasst in der Schule", antwortete Franzi schmunzelnd.

„Ich bezweifle, dass das in Ihrem Geschichtsunterricht überhaupt Thema war. Aber Scherz beiseite, Hartgummi wurde erst im 19. Jahrhundert erfunden."

„Jetzt versteh i gar nix mehr! Sie ham doch g'sagt, dass die Leiche definitiv alt isch."

„Richtig. Die Radiokarbonmessung hat das auch ergeben, auch wenn eine genauere Altersbestimmung nicht möglich war."

„Wie kommt dann der Gummi an den Schädel?"

„Das herauszufinden, meine Liebe, fällt wohl eindeutig in Ihren Aufgabenbereich", antwortete Frau Dr. Neumann. „Für mich hingegen beginnt jetzt das Wochenende."

„Noch eine kurze Frage ... Könnte der Gummi bei den Ausgrabungsarbeiten an den Schädel gelangt sein?"

„Gute Frage, aber unmöglich zu beantworten. Da müssten Sie schon jemanden befragen, der bei den Ausgrabungen dabei war, nicht wahr?"

„Oh nein!" Franzi stöhnte. „Nicht schon wieder der Gutmann!"

„Dann wünsche ich Ihnen bei Ihren Ermittlungen viel Erfolg. Auf Wiederhören, Frau Danner!"

Es klickte in der Leitung. Langsam ließ Franzi den Hörer sinken. Das hatte ihr gerade noch gefehlt.

Sie beschloss, das Unvermeidliche nicht aufzuschieben und die Sache gleich hinter sich zu bringen. Sie schnappte sich ihre Tasche und die Jacke, um sich auf den Weg zur Ausgrabungsstätte zu machen. Wenn sie Glück hatte, würde sie dort noch jemanden antreffen. Wenn sie noch mehr Glück hatte, würde dieser Jemand nicht Professor Gutmann sein.

Nach einer zwanzigminütigen Fahrradfahrt stellte sie fest, dass sich ihre Hoffnungen nicht erfüllt hatten. Sie konnte den Professor schon von Weitem erkennen. Er stand auf irgendeinem Gegenstand, inmitten einer Gruppe von Studenten, die zu ihm aufsahen. Franzi vermutete, dass er gerade einen Vortrag hielt, so arg, wie er mit seinen Armen herumfuchtelte.

Als sie näher kam, fiel sein Blick auf sie. Er unterbrach seinen Vortrag, sprang erstaunlich behände von dem Hocker, auf dem er stand, und kam auf sie zugelaufen. Sein Gesichtsausdruck ließ nichts Gutes erahnen.

„Dass Sie sich noch mal hierher trauen!“, rief er zornig.

„Ähm, wieso das jetzt?“

„Oder wollen Sie sich vielleicht für Ihre unverschämte Mail von heute Vormittag entschuldigen?“ Er stemmte beide Fäuste in die Seiten.

Franzi furchte die Stirn. „Unverschämte Mail ...?“

„In der Sie mich dazu aufgefordert haben, woanders rumzubuddeln!“ Er malte mit den Händen Anführungszeichen in die Luft.

„Ach so, die ... Aber wieso war des jetzt unverschämt?“ Sie deutete mit den Händen um sich. „Des isch es doch, was Sie den ganzen Tag machen, oder etwa net?“

„So etwas Unverschämtes wie Sie ist mir auch noch nicht untergekommen!“ Das Gesicht des Professors war inzwischen so rot angelaufen, dass Franzi befürchtete, ihn würde in Kürze der Schlag treffen. Sie beschloss, die Situation zu entschärfen. Ihr Chef wäre sicher nicht allzu glücklich, wenn sein Golfkumpel durch ihre Schuld tot umfallen würde … „Jetzt regen'S sich mal wieder ab. Es isch wirklich net gesund, wenn man sich über alles immer so aufregt." Sie bemühte sich um ein fürsorgliches Lächeln, was ihr jedoch nicht ganz leichtfiel.

Der Professor kniff die Augen zusammen. Anscheinend kam ihr Vorschlag nicht besonders gut bei ihm an.

Franzi entschloss sich, zum Punkt zu kommen. „Weswegen i bei Ihnen bin … I hätt no ein paar Fragen wegen der Toten, die hier neulich g'funden worden isch."

„Was soll mit dem Skelett sein?" Offenbar hatte sie sein Interesse geweckt. Immerhin glomm ein Fünkchen Neugier in seinen Augen, der gleich darauf einem entsetzten Gesichtsausdruck wich. „Jetzt sagen Sie nicht, dass die in der Rechtsmedizin irgendwas an dem Skelett kaputt gemacht haben!", rief er.

Franzi schüttelte vehement den Kopf. „Wirklich net! Die Frau Dr. Neumann isch garantiert supervorsichtig, des garantier i Ihnen." Sie pustete eine Strähne aus den Augen. „Aber in dem Zusammenhang wüsst i gern, wie Kunststoffpartikel auf den Schädel der Toten gelangt sein können."

Erstaunt sah der Archäologe sie an. „Wie bitte? Kunststoffpartikel?"

Franzi nickte. „Ja, genau. Frau Dr. Neumann hat winzige Fragmente von Hartgummi auf dem Schädel gefunden und jetzt frag i mi natürlich, wie des da hingekommen isch.“

Irritiert schüttelte Professor Gutmann den Kopf. „Mir sind keine solchen Partikel aufgefallen!“

„Frau Dr. Neumann hat ja au g'sagt, dass die sehr schwer zu sehen waren, weil der Schädel ja durch das Feuer verfärbt war. I hab mir überlegt, ob hier vielleicht Gummihämmer oder ähnliches Werkzeug benutzt werden.“

Gutmann kratzte sich am Kopf und überlegte. „Also, wir arbeiten eigentlich nie mit Gummihämmern“, sagte er schließlich. „Nur wenn es gilt, ganze Brocken Steine wegzuklopfen, könnte so ein Werkzeug überhaupt zum Zuge kommen. Eigentlich benutzen wir dafür normale Hämmer, es sei denn, es ist große Vorsicht geboten. Hier benutzen wir Gummihämmer eigentlich gar nicht.“

„Könnten Sie bitte mal nachsehen, ob Sie hier so einen Hammer haben?“, fragte Franzi ihn.

„Ich weiß zwar nicht, was das bringen soll, aber bitte.“ Er drehte sich weg und lief auf ein etwas abseits stehendes Zelt zu. In dem Zelt saß ein junger Mann, der irgendwas auf ein Blatt kritzelte.

„Ah, Herr Moser“, hörte Franzi den Professor sagen. „Könnten Sie bitte im Inventar nachsehen, ob wir hier auf der Ausgrabungsstätte einen Gummihammer haben?“

Der Angesprochene nickte und tippte in seinen Computer, der neben ihm stand.

„Hier haben wir's …“ Er drehte den Laptop so hin, dass der Professor das Ergebnis sehen konnte. Dann deutete er mit seinem Finger auf eine Stelle.

„Hmmm …“, machte der Professor, während er die Zeilen durchsah. „Da haben wir es schwarz auf weiß, Frau Danner. Hier in der Ausgrabungsstätte haben wir keinen Gummihammer oder Ähnliches.“

„Kein Irrtum möglich?“

„Ich bitte Sie!“, rief der Professor. „Dies ist eine ordentliche Ausgrabungsstätte! Da wird alles genauestens aufgeschrieben.“

Sie verließen das Zelt wieder.

„Wann bekomme ich denn mein Skelett jetzt endlich wieder?“, erkundigte sich der Professor.

„*Ihr* Skelett?“ Franzi hob amüsiert die Augenbrauen. „I hab ja gar net g'wusst, dass des Skelett Ihnen gehört.“

Der Professor schnaubte durch die Nase. „Jetzt hören Sie schon auf mit Ihren Spitzfindigkeiten und sehen Sie zu, dass wir unsere Forschungen an dem Skelett endlich weiterführen können!“

„Jaja“, antwortete Franzi. „Immer mit der Ruhe … Oder ham'S am Ende scho wieder 'nen Pressetermin ausg'macht, den Sie sonscht net einhalten können?“ Sie zwinkerte ihm zu.

„Ich werde … Ich werde …“ Der Professor japste.

„Des hatt mer doch scho, oder? Sie beschweren sich und halten mich dadurch von der Arbeit ab. Bittschee! Machen'S des halt. Aber Ihr Skelett kommt dadurch au net schneller zurück, des sag i Ihnen. Auf Wiederschaun, Herr Professor, und immer an die Gesundheit denken.“

Franzi wartete seine Antwort gar nicht erst ab, sondern lief auf direktem Weg zu ihrem Fahrrad.

Noch mehr Rätsel! Die einfachste Lösung wäre doch gewesen, wenn die Gummifragmente bei den Ausgrabungen an den Schädel gekommen wären. Aber das schien ja leider ausgeschlossen zu sein. Auf dem Weg ins Präsidium schwirrten Franzi jede Menge Fragen durch den Kopf, die sie leider nicht beantworten konnte.

Als sie am Präsidium ankam, sah sie, dass ihr Chef gerade vom Parkplatz fuhr. Erleichtert atmete sie durch. Wenigstens er würde ihr heute erspart bleiben. Dem Gutmann war's ja durchaus zuzutrauen, dass er sofort bei ihm anrief, um sie zu verpetzen. Ab Montag würde Lena wieder am Start sein. Ihr würde bestimmt was einfallen, um die Sache zu entschärfen.

Im Büro angekommen, aß sie die Leberkässemmel, die sie sich unterwegs gekauft hatte. Danach stellte sie erfreut fest, dass ihr alter Schulkamerad Baschti Wort gehalten hatte. Er hatte ihr jede Menge Unterlagen zu alten Bauprojekten zugeschickt.

Franzi machte sich an die Arbeit. Zunächst druckte sie sich alle Unterlagen aus. Sie war noch vom alten Eisen und wollte lieber mit Papier arbeiten. Irgendwie fand sie das übersichtlicher. Sie machte drei Stapel: einen für Loisl, einen für Huber und den dritten für Schiefert. Nach ein paar Stunden waren die Stapel ziemlich angewachsen. Franzi pfiff durch die Zähne. Die drei Büros profitierten beträchtlich von den Baumaßnahmen, so viel war schon mal klar. Noch interessanter war die Tatsache, dass bei so gut wie allen Projekten alle drei Büros beteiligt waren. Gewann der eine die Ausschreibung, stellte er die anderen Büros an und andersherum.

Als ihr Blick auf die Uhr fiel, stöhnte Franzi auf. Schon kurz vor halb sechs! Ihre Hunde würden sie längst schmerzlich vermissen! Sie packte ihren Kram zusammen und verließ auf schnellstem Weg das Büro.

Waschtl und Herr Guschtav warteten beide ungeduldig am Gartentor auf sie. Franzi bildete sich ein, dass der sonst so gutmütige Waschtl sie mit einem kritischen Blick bedachte. Zur Entschädigung gab es ein extra langes Kraulen hinter den Schlappohren, was der Racker sichtlich genoss. Herr Guschtav schmiegte sich an sie und wartete geduldig, bis er dran war. Als sie ihm ihre Aufmerksamkeit zuwandte, schmiss er sich sofort zu Boden und zeigte ihr sein Bäuchlein, wo er am liebsten gekrault wurde. Lachend kam Franzi seinem Wunsch nach. Dann gab sie den beiden eine extragroße Portion Futter, um sie für die Wartezeit zu entschädigen.

Am Abend telefonierte sie noch lange mit Lena, die wegen des bevorstehenden Richtfests alle Hände voll zu tun hatte. Auch sie freute sich sehr darauf, am Montag endlich wieder in die Arbeit zu kommen, gestand sie Franzi. Auch wenn sie weiterhin viel am Bau mithelfen würde, könnte sie dann doch zwischendurch mal etwas anderes machen.

8

Am Samstagmorgen stand Franzi zeitig auf. Sie hatte jede Menge zu tun, da sie für das Richtfest am kommenden Tag zum Büfett beisteuern wollte. Zunächst ging sie noch mal einkaufen und als sie eine Stunde später voll beladen wieder heimkam, ging's ans Schnippeln, Häckseln und Anrühren. Franzi bereitete fünf verschiedene Dips aus Kräutern, Frischkäse und Roter Bete zu. Außerdem beschloss sie, zu den vielen bunten Gemüsesticks noch frisch gebackenes Baguette zu reichen. Die würde sie allerdings erst morgen früh backen, denn ganz frisch waren sie am besten. Das Sauerteigbrot, das sie am gestrigen Abend noch angerührt hatte, knetete sie noch einmal kräftig durch und stellte es anschließend zurück auf den Fenstersims, damit es in Ruhe weitergehen konnte. Anschließend ging sie in ihren Garten und erntete jede Menge frischen Schnittlauch, den sie auf die reichlich mit Butter bestrichenen Brote streuen würde. Sie atmete tief ein, als der würzige Duft die Küche durchdrang. Köstlich! Franzi liebte den Geruch von Kräutern jeglicher Art. Er regte die Sinne an wie nichts anderes! Überall in ihrem Garten hatte Franzi Kräuter angepflanzt. Ein riesiger Liebstöckelstrauch wuchs direkt neben ihrer Wasserpumpe, Petersilie und Koriander tummelten sich im nahen Hochbeet. Ein anderes Hochbeet hatte Franzi direkt auf ihrer Terrasse aufgestellt. Darin befanden sich vor allem stark duftende Kräuter, wie Currykraut, Eberraute und Lavendel, außerdem natürlich Rosmarin, Thymian und Oregano. Sie liebte es, wenn ein leichter Wind durch die Kräuter fuhr und deren Duft bis zu ihr trug, wenn sie gemütlich auf der Terrasse saß und die Seele baumeln ließ.

Nach der Arbeit schnappte sich Franzi die Hunde und lief eine große Runde mit ihnen. Heute schien die Sonne kräftig von einem wolkenlosen Maihimmel, weshalb sie nur eine leichte Jacke mitgenommen hatte, die sie sich nach wenigen Minuten um die Hüfte band. Was für ein herrlicher Frühsommertag! Sie ging mit Waschtl und Herrn Guschtav auf eine der großen Kiesbänke an der Wertach und sah zu, wie die Hunde um sie herumtollten. Kurz nach dem Tod ihrer guten Freundin Marie, als Herr Guschtav gerade erst bei Franzi eingezogen war, wäre ihr der kleine Hund beinahe ertrunken, als er in die Wertach gehüpft und von der Strömung mitgerissen worden war. Inzwischen waren sie ein eingespieltes Team. Herr Guschtav hörte aufs Wort und daher hatte Franzi keine Bedenken, ihn mit seinem großen Freund frei herumlaufen zu lassen, zumal sie allein auf der Kiesbank waren. Sie selbst setzte sich auf ihre mitgebrachte Jacke und ließ sich die Sonne ins Gesicht scheinen. Was für ein friedlicher Tag! Genau richtig, nach dem Stress der letzten Woche. Die Arbeit belastete Franzi manchmal mehr, als sie ursprünglich gedacht hatte, als sie bei der Kripo angefangen hatte. Was war sie damals naiv gewesen ... Die Realität hatte mit den coolen Detectives aus irgendwelchen amerikanischen Serien und Filmen nicht das Geringste zu tun. Das Schicksal der Menschen ließ sie natürlich nicht kalt, es wäre naiv, das zu glauben. Es widersprach zutiefst ihrem Gerechtigkeitsempfinden, wenn sich Menschen das Recht herausnahmen, in irgendeiner negativen Art und Weise in das Leben anderer einzugreifen, es zu verändern oder sogar zu zerstören. Niemand hatte das Recht dazu und musste konsequent verfolgt und bestraft werden, wenn er es dennoch tat. Obwohl sie so gut wie immer erst zum Einsatz kam, wenn ein Verbrechen bereits geschehen war, konnte Franzi durch das Aufspüren des Täters möglicherweise ein weiteres Verbrechen verhindern oder zumindest für ein wenig Gerechtigkeit sorgen. Den Angehörigen der Opfer brachte es natürlich ihr geliebtes Familienmitglied nicht mehr zurück, aber vielleicht half es ihnen ein kleines bisschen bei der Verarbeitung eines solchen Traumas, wenn der Täter gefasst wurde und hinter Gitter kam. Am allerschlimmsten war es für Franzi, wenn sie Angehörigen oder Lebensgefährten die schlimme Nachricht überbringen musste, dass eine geliebte Person nicht mehr lebte. Der Schmerz, den sie Menschen damit zufügen musste, war kaum zu verkraften. Auch wenn sie manches Mal kurz davor war, die Abteilung zu wechseln, weil die Arbeit sie zu sehr belastete, wusste Franzi doch, dass sie weiterhin ihr Bestes geben würde, um ihren Anteil dabei zu leisten, die Welt ein Stückchen besser zu machen.

Nach einer Stunde am Fluss machte sich Franzi auf den Rückweg. Sie wollte noch kurz auf der Baustelle nach dem Rechten sehen. Vielleicht konnte sie Lena noch irgendwie entlasten.

Tatsächlich war die Freundin höchst erfreut, sie zu sehen. Nachbarn hatten ihr Bierbänke und -tische geliehen, die sie nun gemeinsam mit Franzi im Garten aufbaute. Ein Tisch wurde für das Büfett reserviert. Als sie gerade dabei waren, ihn aufzustellen, hupte es laut auf der Straße, was die Hunde mit aufgeregtem Bellen quittierten.

Helena richtete sich auf und beschattete die Augen, um besser sehen zu können. „Ah, das ist Mo!", rief sie erfreut und winkte.

Franzi pfiff die Hunde zu sich und nahm sie am Halsband, während sie dabei zusah, wie Mos alter Volvokombi langsam rückwärts in die Einfahrt fuhr. Als der Wagen stand, schloss Helena das Gartentor wieder, und Franzi ließ die Hunde los, die sofort auf das Auto zuschossen und an Mo hochsprangen, der gerade ausstieg.

„Er bringt den Kühlschrank für morgen", erklärte Lena auf ihren fragenden Blick hin. „Wir haben doch noch keine Einrichtung und ich finde nichts schlimmer als zu warme Getränke. Da hat Mo angeboten, seinen Kühlschrank, der normalerweise in seiner Garage steht, herzuholen. Ist er nicht toll?"

Franzi nickte. Mo war tatsächlich ein sehr uneigennütziger Mensch, eine Eigenschaft, die ihr selbst auch oft nachgesagt wurde.

Nick, der aus dem Haus gekommen war, und Mo mühten sich, den sperrigen Kühlschrank aus dem Auto zu bekommen.

„Braucht's ihr vielleicht Hilfe?", rief Franzi den Männern zu.

„Nee, lass mal", antwortete Mo ächzend. Gemeinsam hievten er und Nick den Kühlschrank bis vor den Hauseingang und stellten ihn dort ab. Mo wischte sich mit dem Ärmel den Schweiß vom Gesicht.

„Puh, ist der schwer!", sagte er und streckte seinen Rücken durch.

Nick stimmte ihm zu. „Wie hast du das sauschwere Teil denn überhaupt in dein Auto bekommen?"

Mo grinste. „Wofür hat man Nachbarn?"

Franzi, Helena und Nick lachten.

„Da hast du aber nette Nachbarn", sagte Helena und klopfte ihm anerkennend auf die Schulter.

„Ja, auf alle Fälle. Bei uns hilft man sich halt, wenn jemand was braucht. Des fand ich schon immer richtig toll in meiner Nachbarschaft."

Franzi nickte. „Bei mir isch des au so. Meine liebe Nachbarin, die Anna, geht jeden Tag mit dem Waschtl und dem Herrn Guschtav spazieren. Ansonschten müsst i irgendeinen sauteuren Hundesitter bezahlen, damit die zwei tagsüber mal rauskommen."

„Ich hoffe sehr, dass wir auch so nette Nachbarn bekommen, wie ihr sie habt", erwiderte Helena lächelnd. „Aber bis jetzt waren alle richtig nett! Keiner hat sich über den vielen Baulärm beschwert, im Gegenteil, viele haben sogar gefragt, ob sie irgendwie helfen können."

Franzi grinste und deutete mit dem Kopf zum Nachbarhaus. „Das war wirklich großes Glück, dass die Hexe von nebenan ausgezogen isch, net wahr?"

Sie kannte die unangenehme und äußerst neugierige Vorbesitzerin des Hauses aus vorherigen Begegnungen. Die Dame hatte sogar versucht, das Grundstück, auf dem jetzt Helena und Nick bauten, zu kaufen, um für sich und ihren Mann einen Pool bauen zu lassen. Als sie aber mitbekommen hatte, dass Franzi das Grundstück geerbt hatte und diese partout nicht an sie verkaufen wollte, hatte sie es vorgezogen, umzuziehen. Franzis Bemerkung, sie denke darüber nach, das Grundstück an eine lärmende Großfamilie zu verkaufen, hatte sicher dazu beigetragen, dass die Vorbesitzerin die Nachbarschaft eilig verlassen hatte.

„Ach, hör mir nur mit der auf!" Helena winkte ab. „Was da mancher Nachbar über diese Frau erzählt, ist echt unglaublich. Ich glaube, dass wirklich keiner Tränen über deren Umzug vergossen hat."

Nick legte den Arm um seine Verlobte und zog sie an sich. „Ich glaube auch, dass wir beide hier sehr glücklich werden."

Helena schmiegte sich an ihren Schatz und gab ihm einen dicken Schmatzer. „Dafür werden wir schon sorgen!"

Franzis Blick fiel auf die beiden Hochbeete, die Mo nach ihren und Lenas Wünschen gebaut hatte. „Oh", rief sie erfreut und lief zu den Beeten, die direkt neben der hinteren Hauswand in der Sonne standen. „Ihr habt die ja schon befüllt!"

„Freilich", sagte Mo, der ihr gefolgt war. „Ich hab's genau so gemacht, wie du gesagt hast. Unten ist Holzschnitt drin, drüber Kompost und ganz oben normale Erde."

Franzi strich mit der flachen Hand über die von der Sonne erwärmte Erde. „Des isch ja toll! Dann kann i ja scho bald die Pflanzen besorgen."

„Das hab i mir au gedacht", antwortete Mo. „Du hast ja gemeint, dass sich die Erde eh no setzen muss."

„Des werd i glei nächschte Woche in Angriff nehmen", sagte Franzi erfreut. Sie drehte sich zu Helena um, die inzwischen zu ihnen getreten war. „Vorausgesetzt natürlich, du hasch Zeit? Du wolltsch ja die Pflanzen mit mir aussuchen und außerdem wär's scho praktisch, wenn mir mit deim Auto fahren könnten."

Helena nickte eifrig. „Natürlich! Ich freue mich schon darauf! Vielleicht können wir das irgendwann kommende Woche gleich nach der Arbeit in Angriff nehmen?"

„Gute Idee", erwiderte Franzi erfreut.

„Hast du Zeit und Lust, dich ein wenig zu mir zu setzen?", fragte Helena und deutete auf die Gartenstühle, auf denen sich in der Zwischenzeit Mo und Nick niedergelassen hatten. Zwei Stühle waren noch frei.

Franzi sah auf die Uhr. „Ja, klar. Aber i will euch net stören. Ihr habt's sicher no jede Menge zu tun wegen morgen ..."

Helena legte den Arm um ihre Freundin und ging mit ihr zu den freien Stühlen. „Ach, Franzi, wie oft soll ich dir noch sagen, dass du nicht störst! Du gehörst doch zur Familie!" Sie drückte Franzi an den Schultern in den Stuhl.

„Bierchen?", fragte Mo und deutete auf die Kühlbox zu seinen Füßen.

„Gerne."

Helena nickte. „Das ist eine ausgezeichnete Idee!" Sie nahm die beiden Flaschen von Mo entgegen und reichte eine davon an Franzi weiter.

„Na dann, Proscht!", rief Franzi fröhlich in die Runde und hob ihre Flasche hoch.

„Prost!", kam es vielstimmig zurück.

Alle nahmen einen Schluck aus ihrer Flasche und betrachteten das neue Haus, das sich direkt vor ihnen erhob.

„Wahnsinn, was ihr in der kurzen Zeit geschafft habt!", sagte Franzi anerkennend. „Das sieht ja noch viel besser aus als auf den Plänen!"

Helena strahlte. „Ich bin auch ganz verliebt in unser Haus! Mo wirkt wahre Wunder!"

Der winkte bescheiden ab. „Erstens bin ich bei der Arbeit ja nicht allein und zweitens ist Holz einfach mein Element ... Ich find's immer wieder toll, was man damit alles machen kann." Seine Augen glänzten und er geriet jetzt richtig ins Schwärmen. „Erst neulich hab ich einen Artikel in einer Fachzeitschrift gelesen, in dem es darum ging, dass schon in der Antike sehr viel aus Holz gebaut wurde."

„Ach, du meinsch, die Griechen und die Römer ham au scho mit Holz gebaut?", fragte Franzi interessiert.

„Gebaut, Möbel gemacht, alles Mögliche! Schade, dass das meiste davon nimmer erhalten ist."

„Wie, des meischte? I hab gedacht, dass so altes Holz scho längscht verrottet sein müsste ..."

„Oft ist das auch der Fall", meinte Mo. „Aber wenn die Holzbauten sich in einer luftarmen Umgebung befinden, wie zum Beispiel unter einer Lehmschicht, können die tatsächlich nach Jahrtausenden noch nachweisbar sein."

„Des isch natürlich toll, wenn solche Funde gelingen."

„Ja, finde ich auch. Hier in Augsburg ist das schon oft der Fall gewesen, dass man bei Ausgrabungen Überreste von Holz- und Steinbauten aus der Römerzeit gefunden hat. Der Artikel hat sich sogar explizit auf Beispiele hier aus der Gegend bezogen. Das Fazit: Menschen haben schon immer mit Holz gearbeitet."

Franzi fand es toll, wie sehr sich Mo für das Thema begeisterte. Es stand außer Frage, dass er seiner Berufung folgte und es ihm große Freude machte, aus Holz neue Dinge zu formen.

Plötzlich schlug sich Mo mit der flachen Hand gegen die Stirn. „Das Wichtigste hätte ich jetzt fast vergessen." Er sprang auf und holte eine kleine Fichte aus seinem Auto. „Ta-da!", rief er laut und hielt das Bäumchen in die Höhe. „Der Richtbaum!"

Helena, Nick und Franzi applaudierten begeistert.

„Jetzt müssen wir es nur noch mit den bunten Bändern schmücken, die du besorgt hast, Helena, damit es auf dem Dach angebracht werden kann", sagte Mo.

„Ich hole sie gleich", rief Helena und lief ins Haus. Kurz darauf kam sie mit einer großen Tüte kunterbunter Bänder zurück und gemeinsam machten sie sich daran, den Baum zu verzieren. Wenige Minuten später betrachteten sie stolz ihr Werk.

„Er ist wunderschön", sagte Helena strahlend. Sie machte ein paar Fotos mit ihrem Smartphone, damit sie diese ihrer Familie nach Hamburg schicken konnte.

„Morgen vor der Feier werd ich das Bäumchen oben anbringen", versprach Mo.

Franzi sah auf die Uhr. Es war schon später Nachmittag.

„Leute, i pack's jetzt." Sie trank ihr Bier aus und erhob sich. „Wir sehen uns dann morgen. I komm natürlich früher, damit wir das Büfett au no aufbauen können, bevor die Gäschte kommen."

Helena umarmte ihre Freundin. „Ich danke dir, meine Liebe. Bis morgen!"

Franzi rief ihre Hunde und leinte sie an. „Pfiat's euch mitanand!", rief sie fröhlich lächelnd in die Runde, bevor sie das Gelände verließ.

Zu Hause sah sie noch einmal nach dem Brotteig und faltete ihn gewissenhaft, bevor sie ihn erneut zum Gehen in das Gärkörbchen gab. Dann rührte sie den Teig für das Baguette an. Morgen früh würde sie zuerst das Baguette und anschließend das Brot in den Ofen schieben. Sie telefonierte noch kurz mit Schorsch, der ebenfalls früher zu kommen versprach, um die bestellten türkischen Delikatessen in Empfang zu nehmen, die er für 11:30 Uhr geordert hatte. Um zwölf Uhr sollte das Fest losgehen.

Franzi beschloss, heute nicht mehr groß zu kochen. Sie schob sich eine Pizza in den Ofen und machte sich dazu einen leckeren Salat. Der morgige Tag würde sicher aufregend werden, daher ließ sie den Abend in Ruhe vor dem Fernseher ausklingen.

Als am nächsten Morgen der Wecker bereits um sechs klingelte, brauchte Franzi ein paar Sekunden, um zu realisieren, dass sie gar nicht zur Arbeit musste, sondern dass Sonntag war. Lenas Richtfest! Sie sprang aus den Federn und gönnte sich erst einmal eine ausgiebige Dusche. So viel Zeit musste sein! Dann ging sie in die Küche und heizte schon mal den Ofen vor. Währenddessen nahm sie den Baguetteteig aus der Schüssel und trennte ihn mit einem Teigschaber in drei gleich große Teile. Anschließend bemehlte sie die Stücke ordentlich und drehte sie in eine längliche Form, die sie auf einem

Backblech platzierte. Dann schob sie das Blech in den Ofen und stellte sich die Küchenuhr. Die Wartezeit nutzte sie dazu, sich einen Kaffee zu machen und ein kleines Müsli anzurühren.

Der Duft nach frischem Baguette ließ ihr das Wasser im Mund zusammenlaufen. Am liebsten würde sie sich jetzt einfach ein schönes Stück abreißen und gleich warm essen! Franzi löffelte schnell das Müsli gegen den Hunger in sich rein und trank dazu ihren Kaffee. Gleich würden die Baguettes fertig sein, und das Brot musste in den Ofen.

Nach ihrem kurzen Frühstück stürzte sie das Gär-körbchen mit dem Brotteig auf ein zweites Backblech und ritzte mit dem Messer ein Kreuz hinein. Die Küchenuhr schrillte. Franzi schnappte sich zwei Topflappen und holte vorsichtig das heiße Backblech aus dem Ofen. Anschließend schob sie sofort das Blech mit dem Brot hinein und stellte noch ein Töpfchen Wasser dazu. Das würde für eine gute Kruste sorgen.

Die goldbraune Farbe der Baguettes verhieß schon jetzt großen Genuss. Franzi beugte sich dicht über die heißen Brote und atmete tief ein. Das Sauerteigbrot würde wesentlich länger im Ofen bleiben. In der Zwischenzeit holte sie die geschnittenen Gemüsesticks aus dem Kühlschrank und richtete sie liebevoll auf Platten an. In die Mitte der bunten Platten stellte sie jeweils ein kleines Schälchen mit einem ihrer Dips. Zufrieden betrachtete sie ihr Werk. Zusammen mit den Schnittlauchbroten und den türkischen Delikatessen, die Schorsch besorgte, würde das einen tollen Richtschmaus ergeben.

Franzi liebte den Geruch von frisch gebackenem Brot. Er hatte so etwas Heimeliges, Gemütliches an sich und weckte wunderschöne Erinnerungen an die Zeit, als sie als kleines Mädchen in der Küche ihrer Oma auf einem dicken Kissen auf der Bank vor dem Fenster gesessen und ihr beim Brotbacken zugesehen hatte. Jedes Mal hatte sie von ihrer lieben Oma die erste Scheibe Brot, dick bestrichen mit Butter, vorgesetzt bekommen. Sie war noch warm gewesen und hatte köstlich geschmeckt.

Die Küchenuhr schrillte erneut und Franzi zog vorsichtig das heiße Blech aus dem Ofen. Nun musste das Brot nur noch abkühlen, damit sie es in Scheiben schneiden konnte.

In der Zwischenzeit zog sie sich an. Sie wählte eine Jeans und eine grüne Bluse, die sie sich vor Kurzem in der Stadt gekauft hatte. Sie passte gut zu ihren rotbraunen Haaren und ihren grünen Augen.

Um Viertel vor elf war sie endlich mit allem fertig. Ihr Küchentisch und alle Stühle waren mit Platten jeder Größe belegt. Zum Glück wohnte Lena so nah, sodass Franzi die Sachen nach und nach hinübertragen konnte.

Plötzlich läutete es an der Tür. Franzi wunderte sich, wer am Sonntagmorgen etwas von ihr wollte. Als sie die Tür öffnete, sah sie zu ihrem Erstaunen Mo vor dem Gartentor stehen. Ihr blieb der Mund offen stehen, als sie sein Outfit sah. Mo war in die traditionelle schwarze Zimmermannskluft gekleidet, bestehend aus Hut, Zunftsakko und -weste, darunter das klassische Hemd mit Stehkragen und Faltenbrust, Staude genannt, und eine leicht ausgestellte Zunfthose. Er war frisch rasiert und trug sein halblanges Haar unter dem Hut ordentlich nach hinten gekämmt.

„Wow!", rief sie erstaunt, ohne groß darüber nachzudenken. „Bisch du aber fesch!"

Mo grinste. „Danke sehr! Du siehst aber auch sehr hübsch aus."

Franzi spürte, wie ihr die Wärme in die Wangen schoss.

„Was machsch du denn hier?"

Plötzlich fiel ihr auf, dass Mo immer noch vor dem Türchen stand. Waschtl und Herr Guschtav sprangen davor herum, um ihren Besuch angemessen zu begrüßen. „Entschuldige, komm doch rein. Du mußsch die Tür einfach nur fescht aufdrücken."

Mo kam herein und begrüßte erst einmal die aufgeregten Hunde, bevor er auf Franzi zukam. „Ich hab mir gedacht, dass du sicher Hilfe brauchst, deine Köstlichkeiten zu transportieren", sagte er lächelnd und wies mit der Hand nach draußen, wo Franzi seinen Kombi stehen sah.

„Dich schickt der Himmel", rief sie erfreut. „Komm doch rein!"

Mo folgte ihr in die Küche. „Das ist ja der Wahnsinn!", rief er erstaunt, als er die vielen Platten sah. „Da hast du dir ja eine Riesenarbeit gemacht!"

Franzi winkte verlegen ab. „Für Lena isch mir nix zu viel Arbeit."

„Na dann", er schnappte sich tatkräftig zwei große Platten, „ich fang schon mal an, alles einzuladen, okay?"

Franzi nickte und folgte ihm, ebenfalls mit Platten beladen. Als alles verstaut war, schlug die nahe Kirchenuhr elf.

„Fahr scho mal zu“, sagte Franzi zu Mo. „I komm mit den Hunden zu Fuß rüber.“

„Alles klar“, antwortete Mo und stieg ins Auto. „Bis gleich, Franzi!“

Sie sah ihm nach, bis sein Auto um die Ecke verschwunden war, dann pfiff sie nach den Hunden und holte ihre Jacke und die Tasche, bevor sie das Haus verließ.

Als sie kurze Zeit später bei Lena ankam, waren Nick und Helena schon dabei, die Platten aus Mos Auto zu holen. Der Zimmermann selbst war nirgendwo zu sehen.

„Mo ist auf dem Dach, um das Richtbäumchen anzubringen“, erklärte Helena sie, der Franzis suchende Blicke natürlich nicht entgangen waren.

Franzi sah nach oben. Mo stand breitbeinig am Dachfirst und befestigte das Bäumchen ganz oben. Die bunten Bänder flatterten lustig im Wind. Was für eine wahnsinnig gute Figur er abgab ... Franzi wandte sich schnell ab und half Lena, die letzten Platten anzurichten und das Brot dazwischen zu stellen.

„Das ist ja wirklich der Hammer, was du da auf die Beine gestellt hast, Franzi!“

„Das hab i doch gern g’macht für dich, Lena!“ Sie umarmte ihre Freundin fest.

Plötzlich hupte es auf der Straße. „Habt ihr vielleicht noch Platz für mehr Essen?“

Franzi lachte. „Immer rein, Schorsch“, rief sie. „Mir finden scho ’nen Platz!“

Da der Tisch mit Franzis Platten bereits gut gefüllt war, holten sie kurzerhand einen weiteren Tisch dazu.

Schorsch schleppte mit einem Mann, den er ihnen als seinen guten Freund Hassan vorstellte, zwei große Kisten in den Garten. Der Streifenpolizist hatte sich für den heutigen Anlass fein herausgeputzt. Er trug einen blauen Anzug mit einem weißen Hemd, das über seinem Bauch spannte. Als er ankam, zog er kurzerhand sein Sakko aus und warf es auf eine Bierbank. „I schwitz mi ja no zu Tode!", rief er stöhnend.

Franzi schmunzelte. Schorsch hatte tatsächlich einen hochroten Kopf, was für ihn aber nicht ungewöhnlich war.

„Lass mal sehen, was ihr zwei Gutes mitgebracht habt." Franzi beugte sich neugierig über die Kisten.

Als sie die Menge an Essen sah, fielen ihr schier die Augen aus dem Kopf. Auch Helena sah fassungslos auf die Speisen. „Ja, Schorsch, das muss ja ein Vermögen gekostet haben!"

„Ach was!" Schorsch winkte ab. „Erschtens, ham wir auf der Wache alle z'sam g'legt, und zweitens hat mir der Hassan einen Spitzenpreis gemacht."

Helena lachte und umarmte Schorsch fest. „Tausend Dank!"

Als Nächstes drückte sie Hassans Hand, um sich auch bei ihm zu bedanken. Der winkte ab. „Schorsch ist einer meiner besten Kunden", sagte er grinsend. „Da tu ich ihm gern einen Gefallen." Er zwinkerte dem Streifenpolizisten zu und klopfte ihm auf den Bauch.

„Mei, bei dir schmeckt's halt am Beschten", sagte Schorsch voller Überzeugung.

Gemeinsam bauten sie die türkischen Köstlichkeiten
auf. Es gab gefüllte Weinblätter, duftende Pide mit un-
terschiedlichsten Belägen, Köfte, Börek, Lahmacun und
viele andere Leckereien. Außerdem fand sich noch eine
Riesenplatte mit süßem Lokum in den schönsten Farben und honigbeträufelter Baklava, von der Franzi am
liebsten etwas stibitzen würde.

Nachdem Hassan sich verabschiedet hatte, war es bereits kurz vor zwölf. Langsam füllte sich der Hof vor
Helenas und Nicks Haus mit Nachbarn und Freunden.
Alle hatten sich extra fein herausgeputzt, und die Stim-
mung war ausgelassen und fröhlich. Franzi kannte
viele der Eingeladenen, wohnte sie doch in direkter
Nähe, und außerdem hatte sie einige Leute aus der
Nachbarschaft bei ihren zahlreichen Besuchen bei Marie kennengelernt. Plötzlich verebbten die Gespräche
und alle Blicke wandten sich nach oben. Auf dem Dach
stand Moritz und blickte ruhig nach unten. Er ließ seinen Blick über die Anwesenden schweifen, bis er
schließlich auf Franzi hängen blieb. Er zwinkerte ihr
zu, was Franzi ein warmes Gefühl in der Magengegend
bescherte. Dann hob er die Hand und deutete auf das
Richtbäumchen, bevor er die Stimme erhob:

„Die Feierstunde hat geschlagen, es ruhe die geübte
Hand.
Nach harten, arbeitsreichen Tagen grüßt stolz der
Richtbaum nun ins Land.
Und stolz und froh ist jeder heute, der tüchtig mit
am Werk gebaut.
Es waren wackre Handwerksleute, die fest auf ihre
Kunst vertraut.

*Darum wünsch ich, so gut ich's kann, so kräftig wie
ein Zimmermann,
mit stolz empor gehobnem Blick, dem neuen Hause
recht viel Glück.
Wir bitten Gott, der in Gefahren uns allezeit so treu
bewahrt,
er möge das Bauwerk hier bewahren
vor Not und Schaden aller Art.
Es mögen Sturm und Regen
euch nie gefährlich sein,
und Friede soll sich legen
über euer neues Heim."*

Franzi bekam bei seinen salbungsvollen Worten eine Gänsehaut. Ihre Augen wurden feucht. Wie wundervoll, dass genau hier auf diesem Grundstück ein neues Kapitel aufgeschlagen wurde! Franzi wusste, dass ihre Freundin Marie sich sehr darüber gefreut hätte, wenn sie geahnt hätte, dass dieser Ort auch andere Menschen glücklich machen würde.

Auf einmal wurde ihr bewusst, wie wichtig dieser Augenblick für ihre Freundin Lena war. An diesen Tag würde sie sich immer erinnern. In Kürze würde für Lena ein neuer Lebensabschnitt beginnen. Sie würde heiraten, in ihr neues Eigenheim ziehen und möglicherweise irgendwann Kinder bekommen, die hier aufwachsen würden.

Franzi tupfte sich mit einem Taschentuch Tränen aus den Augen. Sie sah zu Helena, die Hand in Hand mit ihrem geliebten Nick dem Geschehen auf dem Dach folgte. Ihre Augen strahlten. Franzi freute sich wahnsinnig für ihre Freundin.

Mo hob hoch über ihnen ein gefülltes Sektglas in die Höhe und prostete allen zu. Anschließend warf er das Glas der Tradition nach auf den Boden, wo es zerschellte. Die Anwesenden applaudierten begeistert, verhießen die Scherben doch Glück und Segen für das neue Haus.

Als Mo wieder nach unten geklettert war, hob Nick sein Glas. „Liebe Freunde, liebe Nachbarn, Helena und ich sind überglücklich, dass wir diesen Tag gemeinsam mit euch begehen dürfen. Dieses Haus wird unser neuer Lebensmittelpunkt sein. Wir danken allen von Herzen, die uns geholfen haben, diesen Traum zu verwirklichen! Allen voran natürlich unserer lieben Franzi." Alle Augen wandten sich Franzi zu. Ihre Wangen wurden heiß.

Helena trat einen Schritt nach vorne und räusperte sich. „Liebste Franzi, ohne dich könnten wir diesen Tag nicht feiern. Du hast uns das erst möglich gemacht, und dafür werden wir dir immer dankbar sein. Du bist nicht nur meine Partnerin, du bist auch meine allerbeste Freundin! Ich bin überglücklich, dass wir in Kürze auch ganz nah beieinander wohnen werden." Sie ging zu Franzi und umarmte sie fest. „Du und ich, wir beide sind eine Familie. Vergiss das nie!" Die Anwesenden applaudierten gerührt.

Nick trat an Helenas Seite und legte seinen Arm um sie. „Natürlich danken wir auch ganz besonders Mo, unserem so überaus fleißigen wie geschickten Zimmermann, der den Bau geleitet hat und die meisten Arbeiten auch höchstpersönlich ausgeführt hat." Er prostete Mo zu, den inzwischen irgendjemand mit einem frischen Glas versorgt hatte. Mo grinste und winkte galant in die Menge, die ihm ebenfalls Applaus zollte. „Doch was wären wir ohne euch alle? Unsere Freunde, Kollegen, die zukünftigen Nachbarn und alle, die uns etwas bedeuten und heute mit uns feiern. Wir danken euch allen von Herzen fürs Kommen! Ihr seid hier jederzeit willkommen.“

Helena streckte sich und belohnte Nick für seine Rede mit einem dicken Schmatzer. Dann hob sie ihr Glas erneut. „Aber jetzt, meine Lieben, esst und trinkt mit uns! Das Büfett, das unsere lieben Freunde Franzi und Schorsch dankenswerterweise für uns zusammengestellt haben und an dem sich auch meine lieben Kolleginnen und Kollegen aus dem Präsidium beteiligt haben, ist eröffnet! Vielen Dank den edlen Spendern!“

Nun applaudierte die Menge noch ausgelassener und setzte sich in Richtung Büfett in Bewegung.

Helena stellte sich neben Franzi und gemeinsam beobachteten sie Schorsch, der den Leuten stolz erklärte, was es mit all den Köstlichkeiten auf sich hatte.

„Was für eine wunderschöne Feier!“ Helena seufzte glücklich.

Franzi nickte. „I freu mich so für euch!“ Sie hakte sich bei Lena ein. „Und i kann dir gar net sagen, wie sehr i mi erscht freu, wenn du morgen endlich wieder im Präsidium bisch. Ohne di isch es so langweilig!“

Helena lachte. „Ich freu mich auch, aber jetzt lass uns feiern und nicht an die Arbeit denken.“ Sie stupste Franzi leicht an. „Schau mal, da kommt dein Zimmermann.“

Franzi drehte den Kopf und sah Mo auf sich zukommen. Sie wollte Lena gerade zurechtweisen, dass es sich nicht um „ihren“ Zimmermann handelte, doch die Freundin hatte sich klammheimlich verdrückt.

„Alles in Ordnung bei dir?“, fragte Mo und blickte sie forschend an.

„Klar, warum denn net?“

„Deine Augen sind ganz rot“, erklärte er besorgt.

„Mir geht’s wunderbar“, sagte Franzi. „I freu mi nur so für Lena und ihren Nick.“

Mo blickte in die gleiche Richtung wie Franzi, wo Helena eng an Nick geschmiegt mit Gästen sprach. „Ja, die beiden sind schon ein schönes Paar. Ich wünsche ihnen von Herzen, dass sie hier glücklich werden.“

Franzi spürte, dass der Zimmermann es ernst meinte. Sie sah zu ihm hoch und wieder war da dieses warme Gefühl in der Magengegend.

Plötzlich sah er zu ihr nach unten und fixierte sie mit seinen blauen Augen. „Die letzten Monate waren harte Arbeit, aber ich habe es gern gemacht. Du weißt ja, wie sehr ich es liebe, mit Holz zu arbeiten, und Lena und Nick sind mir wirklich liebe Freunde geworden.“ Er machte eine kurze Pause und räusperte sich leicht. „Und du natürlich auch“, sagte er leise. „Ich hab mich immer sehr gefreut, wenn du hier vorbeigekommen bist.“

Franzi schluckte. Der Zimmermann hob seine Hand und strich ihr sanft eine ihrer widerspenstigen Locken hinter das Ohr. Dann beugte er sich nach unten und gab ihr einen leichten Kuss auf die Wange. Franzi war völlig durcheinander. Von wegen Schmetterlinge! Ihr Bauch fühlte sich an, als würden Hunderte Ameisen darin umeinanderkrabbeln. Sie wusste, dass sie wie so oft rot wurde, doch irgendwie machte ihr das gar nichts aus. Sie ging auf die Zehenspitzen und zog Mo an seinem Revers nach unten. Dann gab sie ihm einen Kuss auf den Mund.

Erschrocken ließ sie ihn los. Hatte sie Mo gerade einfach so geküsst? Wie peinlich! Verlegen sah sie ihn an. Mo strahlte über beide Backen. So unangenehm war ihm das Ganze offenbar nicht. Im Gegenteil! Er zog Franzi in seine Arme und küsste sie lange.

„Endlich!", flüsterte er in ihr Ohr. „Ich hab so lange auf diesen Moment gewartet." Er küsste sie erneut. Franzi schmiegte sich an ihn und genoss seine Nähe aus vollen Zügen. Wie gut er roch! Nach Holz, Sägespänen und Mo ... Wie lange war es her, dass sie das letzte Mal verliebt war, schoss es ihr durch den Kopf. Sie staunte über sich selbst. War sie wirklich verliebt? Ein Blick in Mos Augen war Antwort genug. Ja, war sie!

Plötzlich wurde ihr bewusst, dass sie hier vor allen Leuten herumschmuste. Sie zog sich etwas zurück und warf verunsichert einen Blick in die Menge. Doch niemand schenkte ihnen Beachtung. Die meisten Leute waren mit dem Büfett mehr als beschäftigt. Nein, das stimmte nicht ganz. Franzis Blick kreuzte sich mit Helenas. Die Freundin lächelte zufrieden und zwinkerte ihr zu, bevor sie sich erneut den Gästen widmete.

„Hast du keinen Hunger?", fragte Mo. „So wie die alle über das Büfett herfallen, bleibt am Ende nicht mehr viel übrig."

Franzi schüttelte den Kopf. Sie war so aufgeregt, dass essen das Letzte war, woran sie dachte.

„Geh du ruhig essen, i hab grad überhaupt keinen Hunger."

Mo lächelte. „Komisch, ich auch nicht." Er nahm ihre Hand in seine. „Hast du vielleicht Lust, ein wenig spazieren zu gehen?"

„Tolle Idee! I hol nur schnell die Hunde und geb Lena Bescheid, dass wir kurz weg sind."

Mo nickte und ging zum Gartentürchen voraus. Kurze Zeit später folgte ihm Franzi, Waschtl und Herrn Guschtav an der Leine. Lena hatte keine Einwände gehabt, im Gegenteil, sie hatte Franzi gesagt, dass sie sich nur Zeit lassen sollten.

Mo nahm Franzi eine Leine aus der Hand. „Lass uns Richtung Wertach gehen, okay?"

Franzi nickte. Es fiel ihr schwer zu sprechen, weil sie einen Megakloß im Hals hatte. Wie selbstverständlich ergriff Mo ihre Hand und lief los. Eine Zeitlang liefen die beiden schweigend nebeneinanderher. Plötzlich blieb Mo stehen und sah sie ernst an.

„Bitte sei ehrlich, wenn ich dir zu forsch bin", sagte er. Sein Gesicht spiegelte Verunsicherung wider, was Franzi unglaublich süß fand.

„Wie kommsch du denn da drauf?"

„Ich weiß net ... Ich will dich nur auf keinen Fall zu was drängen, was du net willst!"

„Wie kommsch du denn drauf, dass i net will?" Franzi grinste verschmitzt. Er hob seinen Blick und sah ihr in die Augen. Hoffnung spiegelte sich in seinen Zügen. Franzi zog ihn erneut am Revers auf ihre Höhe, wodurch er sich ziemlich weit runterbeugen musste. „Hör mir mal gut zu, mein Lieber. I werd dir immer sagen, was i will und was i net will. Darüber mußsch du dir ganz sicher keine Sorgen machen. Und eins weiß i ganz sicher: I fühl mi pudelwohl mit dir."

Sie küsste ihn und als sie sich von ihm lösen wollte, schlang er seine Arme um sie, hob sie leicht hoch und vertiefte den Kuss.

„Du machst mich überglücklich", krächzte er heiser, als er von ihr abließ. Franzi strahlte und hakte sich bei ihm ein. „Na also", sagte sie heiter, „dann wär des ja geklärt. I mach di glücklich, du machsch mi glücklich, so, wie's sich halt gehört."

Mo lachte und küsste sie auf den Scheitel. „Du bist vielleicht ein Original!"

„Aber hallo!", antwortete Franzi grinsend.

Eine Stunde später kamen die beiden Frischverliebten von ihrem Spaziergang zurück. Franzi war überglücklich. Mit dieser Entwicklung hätte sie nun wirklich nicht gerechnet, als sie heute früh aufgestanden war. Ihr war ja noch nicht mal bewusst gewesen, wie viel sie für den schmucken Zimmermann empfunden hatte.

Die Party war noch in vollem Gange. Überall wurde geplaudert und gescherzt. Irgendjemand hatte eine Musikbox aufgestellt. Beschweren würde sich sicher niemand, da die ganze Nachbarschaft vor Ort war.

Franzi und Mo holten sich ein paar Leckerbissen vom Büfett. Es war immer noch genug da, und plötzlich hatten sie doch Hunger. Es schmeckte wirklich köstlich!

Am Abend waren die meisten Gäste nach Hause gegangen. Franzi entspannte sich mit Mo, Lena und Nick auf den Gartenstühlen.

„Was für ein tolles Richtfest!", sagte Helena ein ums andere Mal.

Franzi lachte. „Kann es sein, dass du 'nen leichten Schwips hasch?"

Nick grinste. „Das kann sogar sehr gut sein. Helena musste ja auch mit allen Gästen anstoßen."

„Von wegen Schwips", rief Helena empört. Doch gleich darauf riss sie erschrocken die Hand vor den Mund, da sie Schluckauf bekam. Alle lachten. „Okay", meinte Helena kleinlaut. „Vielleicht einen klitzeklei-nen …"

Ihr Verlobter zog sie auf seinen Schoß und küsste sie. „Das ist doch auch in Ordnung, mein Herz. Ich freue mich, dass unser Fest so gut gelungen ist."

Helena lächelte zufrieden und lehnte sich an Nicks Brust. Ihre Augen wurden immer kleiner.

„I glaub, i geh jetzt au", sagte Franzi und gähnte. Sie deutete auf ihre Freundin. „Die Hausherrin isch grad eingeschlafen und morgen müssen wir ja wieder zur Arbeit." Sie stand auf und pfiff nach den Hunden.

Mo erhob sich ebenfalls. „Ich bring euch noch heim."

„Du bisch doch mit dem Auto da …"

„Macht ja nix. Ich komm danach einfach wieder her und hol meinen Wagen. Du wohnst ja quasi um die Ecke."

Franzi freute sich, dass Mo sie begleiten wollte. Sie verabschiedete sich von Nick und strich Helena sanft über die Schulter. Die Freundin lächelte müde und schloss gleich darauf wieder die Augen.

Schweigend liefen Franzi und Mo los. Nach wenigen Minuten waren sie bei Franzis Haus angekommen. Sie öffnete die Gartentür und ließ die Hunde von der Leine. Dann wandte sie sich zu Mo um, der an der Tür stehen geblieben war. Plötzlich fühlte sie sich unsicher. Erwartete er, dass sie ihn hineinbat?

Mo zog sie in seine Arme und küsste Franzi zärtlich. „Gute Nacht", flüsterte er ihr ins Ohr. Dann blickte er ihr tief in die Augen. „Dieser Tag war wunderschön. Du hast mich sehr glücklich gemacht." Er gab ihr einen langen Kuss, bevor er sich umdrehte und fröhlich pfeifend davonlief. Franzi blieb noch eine ganze Weile am Gartentürchen stehen und sah ihm noch nach, als er schon längst aus ihrem Blickfeld verschwunden war. Erst als die Hunde um sie herumwuselten, um sie darauf aufmerksam zu machen, dass sie Hunger hatten, ging sie langsam in ihr Haus. Sie wusste nicht, was die Zukunft für sie bereithielt, doch wer wusste das schon? Alles, was zählte, war der Augenblick!

9

Als der Wecker Franzi am nächsten Morgen aus dem Schlaf riss, wusste sie zunächst gar nicht, wo sie war. Gerade noch war sie mitten in einem Traum gewesen, an den sie sich nicht erinnern konnte. Sie blieb noch kurz liegen, um sich zu orientieren. Es war Montag, das hieß, ab ins Präsidium. Ein Lächeln breitete sich auf ihrem Gesicht aus, als sie sich an gestern erinnerte. Waren Mo und sie jetzt wirklich ein Paar?

Plötzlich fühlte sie sich überhaupt nicht mehr müde. Sie sprang aus dem Bett, duschte und frühstückte ausgiebig, nachdem sie die Hunde versorgt hatte. Heute würde Lena endlich wieder ins Büro kommen. Die drei Wochen ohne sie waren viel zu lang gewesen! Franzi grinste. Hoffentlich ging es Lena heute nicht allzu schlecht, nach der Feier gestern. Aber das würde sie schon durchhalten, und Franzi würde ihr dabei zur Seite stehen.

Als sie im Büro ankam, saß Helena zu ihrer Überraschung bereits an ihrem Schreibtisch.

„Franzi!" Die Freundin sprang auf und umarmte sie fest.

„Guten Morgen, Lena", rief Franzi erfreut. „Du schausch aber frisch aus!"

„Wundert dich das etwa?" Empört boxte Helena sie in die Seite.

„Na ja ..." Vielsagend hob Franzi ihre Augenbrauen.

Helena winkte ab. „Das bisschen Feiern wird mich doch nicht vom Hocker hauen! Jetzt bring mich mal auf den neuesten Stand. Ich sehe, du hast dich mit unserem neuen Whiteboard schon angefreundet." Sie wies auf die vollgeschriebene Tafel.

„Ja, so ganz unpraktisch isch die net", sagte Franzi.

Sie setzten sich an ihre Schreibtische und Franzi berichtete Helena ausführlich über den Stand der Ermittlungen. Lena stellte hin und wieder eine Nachfrage, hörte aber ansonsten aufmerksam zu.

„Das ist ja ein Ding", sagte sie schließlich und lehnte sich nachdenklich in ihrem Stuhl zurück. „Ich stimme dir zu. Das mit dem Loisl und seinen Kumpanen stinkt zum Himmel! Aber ob die auch mit dem Verschwinden von Sarah Liebinger zu tun haben ..."

Franzi zuckte mit den Schultern. „Des hab i mi au scho g'fragt. Unlautere Geschäftsmethoden hin oder her, aber jemanden verschwinden zu lassen, wär scho 'ne andere Nummer."

Helena nickte. „Andererseits geht's hier um Millionenbeträge ..."

„Mit Sicherheit." Franzi schob Lena die Unterlagen zu, die sie von ihrem Spezl vom Bauamt erhalten hatte. „Hier kannsch du nachlesen, um was für Projekte es genau geht."

Helena ergriff die Unterlagen und vertiefte sich in die Lektüre, während Franzi ihre E-Mails checkte. Anerkennend pfiff ihre Partnerin durch die Zähne. „Das sind ja Wahnsinnsprojekte!"

Franzi nickte. „Darin waren sich auch alle einig. Projekte in der Größenordnung gab's hier wohl noch nie!"

„Wenn dann eine Journalistin ihre neugierige Nase reinsteckt, um Dreck aufzuwühlen, wäre das durchaus ein denkbares Motiv", meinte Helena.

„Das stimmt scho." Franzi drehte nachdenklich ihren Kugelschreiber zwischen den Fingern. „Wir müssen auf alle Fälle mit den Subunternehmern sprechen, den Bauleuten und wer au immer da so seine Finger im Spiel hat."

„Das wird eine ganze Weile dauern ..."

Franzi seufzte. „Ja, leider."

„Du, was ganz anderes", sagte Helena. „Das wollte ich dich neulich schon fragen und hab's dann wieder vergessen. Die Sache mit dem Skelett, ist die vom Tisch?"

Franzi schüttelte den Kopf. „Schön wär's! Aber vor Kurzem rief die Frau Dr. Neumann an und hat mir erzählt, dass sie auf dem Schädel schwarze Punkte gefunden hat. Zunächst hat sie die net zuordnen können, inzwischen weiß man aber, dass das Abriebe einer Kunststofflegierung sind."

Helena legte den Kopf schief. „Kunststoff bei einer Römerleiche? Wie das denn?"

Franzi zuckte mit den Schultern. „Genau das müssen wir herausfinden."

„Möglicherweise stammen die Rückstände von Werkzeugen auf der Ausgrabungsstätte?"

„Des hab i scho überprüft. Fehlanzeige. Auf der ganzen Baustelle gibt's keinen Gummihammer oder Ähnliches."

„Mysteriös ..."

Franzi seufzte. „Find i au. Jetzt müss mer uns mit so was au no rumplagen, als hätt mer mit der heutigen

Zeit net scho genug zu tun, müss mer uns au no mit möglichen Verbrechen aus der Römerzeit rumplagen."

Helena lachte. „Aber spannend ist das ja schon. Ich fand Geschichte schon immer toll! So eine Ausgrabungsstätte muss doch wie der reinste Abenteuerspielplatz sein."

„Das Einzige, was da abenteuerlich isch, isch der Professor!", erklärte Franzi augenrollend.

„Du und dein Professor ... Wenn ich es nicht besser wüsste, könnte man glatt meinen, du wärst an ihm interessiert", sagte Helena grinsend. „Übrigens, ich freue mich sehr für dich. Mo ist ein toller Mann."

Franzi lächelte. „Ja, das ist er."

„Aber um zum Thema zurückzukommen ... Wie haben die eigentlich rausgefunden, wie alt das Skelett ist?"

„Mit der Radiokarbonmessung. Aber frag mi net genau, wie des funktioniert. Die Frau Dr. Neumann hat mir gesagt, dass die irgendwie messen können, wie alt des Holz war, mit dem die Leiche verbrannt worden isch, oder so."

„Echt toll, was man heutzutage alles machen kann!"

„Ja, schon, aber es isch halt au saumäßig kompliziert ..."

„Weißt du was, ich werde mich jetzt mal ein wenig einlesen, dann sind wir auf demselben Stand."

Franzi nickte. „Mach des. I hab eh grad g'sehen, dass i einige Mails beantworten muss."

Helena schnappte sich einen Hefter und las, während Franzi sich um ihren Posteingang kümmerte.

Zwischendurch sah sie immer mal wieder zu ihrer Partnerin rüber, die konzentriert die Unterlagen durcharbeitete, und freute sich, dass Lena endlich aus dem Urlaub zurück war. Es machte einen riesengroßen Unterschied, ob man allein vor sich hinwurschtelte oder ob jemand einen zweiten Blick auf die Sache warf. Wie leicht konnte man etwas Entscheidendes übersehen? Lena und sie waren ein eingespieltes Team, das sich wunderbar ergänzte.

Kurz vor der Mittagszeit schlug Helena seufzend den dicken Ordner zu, in dem sie bis gerade eben gelesen hatte.

„Dieser ganze Baujargon ist mir so was von fremd. Und das, obwohl ich in den letzten drei Wochen nichts anderes getan habe, als mich auf einer Baustelle herumzutreiben."

„Ja, so ging's mir auch." Missmutig blickte sie auf die Unterlagen, die auf ihrem Schreibtisch verstreut lagen. „Aber die Bauwerke, um die's da geht, sind scho 'ne ganze Nummer größer als euer Haus."

„Da hast du natürlich recht. Die Größenordnungen hier sind wirklich astronomisch. Das macht für die Architekten schon einen großen Unterschied, wer den Zuschlag für so ein Projekt bekommt und wer nicht. Ich frage mich eh, wie die so was kalkulieren. Sie müssen die Kalkulation ja sehr auf Kante machen, da ja derjenige mit dem niedrigsten Preis die Nase vorn hat."

„Weißsch was, lass uns Mittag machen", sagte Franzi. „Mir schwirrt scho der Kopf von dem ganzen Baukram."

„Du hast wie immer die allerbesten Vorschläge", erwiderte Helena zufrieden.

Eine Stunde später kamen die beiden satt und zufrieden ins Präsidium zurück. Zur Feier von Helenas Rückkehr hatten sie sich beim nahe gelegenen Japaner das Mittagsmenü gegönnt.

„Jetzt lass uns mal weggehen von dem ganzen Baukram", sagte Helena und stellte sich vor das Whiteboard. „Welchen Eindruck hattest du von Agnes Schmidt? Als beste Freundin wird sie sicher einen tieferen Einblick in das Privatleben der Journalistin gehabt haben."

Franzi trat neben Helena und musterte ebenfalls das Board.

„Frau Schmidt isch sehr besorgt um ihre Freundin. Sie war es auch, die mir gesagt hat, dass die Frau Liebinger schon länger verschwunden war als bisher angenommen."

Helena runzelte die Stirn. „Wie das?"

„Na ja, der Herr Wiebert, also der Verlobte von der Frau Liebinger, hat sie ja seit Montag vermisst gemeldet. Agnes Schmidt wusste aber, dass ihre Freundin schon seit Freitag verschwunden war. Da wollten sie nämlich zusammen ins Kino gehen und Frau Liebinger isch net aufgetaucht."

„Und wieso hat der Verlobte das nicht gewusst?", fragte Helena verwundert.

„So ganz plausibel isch mir des au net", erwiderte Franzi schulterzuckend. „I glaub, dass die beiden einen Streit hatten. So was in der Art hat der Herr Wiebert au angedeutet. Agnes Schmidt hat g'meint, dass der Anton Wiebert seine Verlobte eingeengt hätte. Er hat sie wohl gern kontrolliert, nachg'fragt, wo sie steckt und solche Sachen."

„Wie hat der Wiebert auf diese Vorwürfe reagiert?"

„Er meinte, die Agnes wäre bloß eifersüchtig, weil Sarah nicht mehr so viel Zeit für ihre Freundin hatte wie vor der Beziehung. Die beiden sind sich net grün, des war mehr als deutlich. Er hat ja net a mal ihre Telefonnummer gehabt oder gewusst, wie sie genau heißt."

„Ich stelle mir das schrecklich vor, wenn der Partner nicht mit der besten Freundin zurechtkommt." Helena wandte sich an Franzi. „Zum Glück ist das bei uns nicht so!"

Franzi grinste und legte ihr den Arm um die Schulter. „Mir zwei lassen doch keinen Kerl zwischen uns kommen!"

Helena lachte. „Auf keinen Fall! Aber im Ernst, ich stelle mir das für die Frau Liebinger schon schlimm vor. Das ist ja wie ein Eiertanz. Verbringt sie Zeit mit ihrer Freundin, ist der Verlobte beleidigt. Ist sie mit ihm zusammen, ist die Freundin eifersüchtig. Wenn man das so betrachtet, ist es vielleicht doch möglich, dass sich Frau Liebinger freiwillig der stressigen Situation entzogen hat."

„In die Richtung hab i au scho gedacht. Aber du darfsch eins net vergessen, die Sarah Liebinger hat wahnsinnig viel Zeit in ihre Recherche auf der Riesenbaustelle verwendet. Würde die wirklich so mir nix, dir nix ihre Recherche abbrechen und abhauen, weil's daheim net so läuft?"

„Da hast du auch wieder recht." Helena seufzte. Sie deutete auf den rechten Namen. „Sokolow ist ein verurteilter Verbrecher. Das allein rückt ihn schon automatisch eher in den Fokus. Wie beurteilst du seine Rolle bei dem Ganzen?"

„Artur Sokolow hat eine harte Schale, die er gern nach außen zur Schau trägt. Aber innen sieht des scho anders aus. I hab den Eindruck gehabt, dass er die Sarah aufrichtig geliebt hat." Sie berichtete Helena von der Postkarte, die sie in Sarah Liebingers Nachtkästchen entdeckt hatte.

„Da bewahrt die Frau jahrelang eine Postkarte von ihrem Ex auf ...", meinte Helena nachdenklich. „Das kombiniert mit den Besuchen im Gefängnis, von denen du berichtet hast, lässt schon Fragen offen, findest du nicht?"

Franzi nickte. „Herr Wiebert gibt an, nix von der Verbindung zwischen seiner Verlobten und Sokolow gewusst zu haben. Man kann nur spekulieren, was sich Sarah Liebinger dabei gedacht hat, den Kontakt zu ihrem Ex zu suchen."

„Was hältst du davon, wenn wir gleich zu Sokolow fahren, um ihn noch mal zu befragen?", fragte Helena. „Erstens würde ich mir gern selbst ein Bild von ihm machen und zweitens würde ich ihn gern genau das fragen, nämlich welches Motiv Sarah Liebinger gehabt haben könnte, den Kontakt zu ihm zu suchen."

Franzi nickte. „Dann lass uns glei losfahren. Hoffentlich ham wir Glück, und der Sokolow isch daheim."

Zwanzig Minuten später parkten sie vor dem heruntergekommenen Mehrfamilienhaus in der Firnhaberau. Nach mehrmaligem Klingeln brummte endlich der Türöffner. Franzi und Helena sahen sich erstaunt an und drückten die Tür auf.

Als sie im dritten Stock ankamen, öffnete sich die Wohnungstür. Erstaunt sah Sokolow sie an. Als er

Franzi erkannte, verfinsterte sich sein Blick. „Sie schon wieder!“

„Ja, i scho wieder. Und des isch übrigens meine Kollegin Frau Hansen.“ Franzi deutete auf Lena. „Mir zwei hätten no ein paar Fragen an Sie, Herr Sokolow.“

„Wenn ich gewusst hätte, dass Sie des sind, hätte ich nicht aufgemacht“, antwortete Sokolow grantig.

„Wen haben Sie denn erwartet?“, fragte Helena.

„Des geht Sie gar nix an. Was wollen Sie denn noch?“

„Dürfen wir reinkommen?“, fragte Franzi.

„Nein, dürfen Sie nicht. Jetzt sagen Sie schon, was Sie wollen, und dann verschwinden Sie.“

Franzi zuckte mit den Schultern. „Wie Sie wollen.“

„Herr Sokolow“, sagte Lena, „die Frau Liebinger hat Sie regelmäßig in der Strafvollzugsanstalt besucht, richtig?“

Sokolow sah sie wütend an. „Das hab ich der da doch schon gesagt.“ Er deutete auf Franzi.

„Dann sagen Sie es mir eben noch mal“, erwiderte Helena trocken.

Sokolow rollte mit den Augen. „Ja, die Sarah war regelmäßig bei mir.“

„Wir wüssten gern, weshalb Frau Liebinger Sie aufgesucht hat.“

„Na, weil wir Freunde waren. Das hab ich der da auch schon gesagt“, knurrte er und zeigte mit dem Finger auf Franzi.

Helena ignorierte seine Provokation. „Welchen Grund hatte Frau Liebinger, Sie nach all den Jahren wieder aufzusuchen?“

„Können oder wollen Sie nicht glauben, dass sie jemanden wie mich vermisst hat, oder was? Ich hab echt keinen Bock mehr auf eure saublöden Fragen!“

„Herr Sokolow“, sagte Franzi mit ruhiger Stimme, „wir glauben Ihnen, dass Sie sich Sorgen um Sarah machen. Aber um sie zu finden, brauch mer alle Infos, die wir kriegen können!“

Ihr Gegenüber atmete tief durch. „Ja, ja, schon gut.“

„Sarah hat jahrelang keinen Kontakt mit Ihnen gehabt, richtig?“, fragte Helena.

Sokolow nickte knapp.

„Was hat sich geändert? Aus welchem Grund hat sie wieder Kontakt zu Ihnen gesucht?“

Sokolow fuhr sich mit der Hand über die Augen. „Woher soll ich das wissen? Ich war einfach froh, als sie gekommen ist. Die Zeit ohne Sarah war ... nicht schön, verstehen Sie?“

Helena nickte verständnisvoll. „Hatten Sie den Eindruck, dass Ihre Ex-Freundin unglücklich war?“

„Wie meinen Sie das?“

„Hat sie was gesagt über ihre Beziehung zu Herrn Wiebert, über ihre Arbeit, egal was?“

Sokolow schüttelte den Kopf. „Eigentlich haben wir die meiste Zeit über früher gesprochen. Sarah hat gesagt, dass sie mir verziehen hat. Das hat mir unheimlich viel bedeutet.“

„Ham Sie sich Hoffnungen gemacht, wieder ein Paar zu werden?“, fragte Franzi.

Sokolow zuckte mit den Schultern.

Franzi sah Helena an. „Hast du noch Fragen?“

Helena schüttelte den Kopf. „Nein, ich denke, das reicht erst mal. Wir melden uns bei Ihnen, Herr Sokolow, falls wir noch Fragen haben."

„Ich befürchte es", sagte der, bevor er in die Wohnung trat und die Tür hinter sich zuknallte.

Als sie unten aus dem Haus traten, kam ihnen ein Pizzabote entgegen. Franzi hielt ihm die Tür auf. „Wollen Sie zu Sokolow?"

Der Bote nickte.

„Dritter Stock", sagte Franzi grinsend.

„Jetzt wissen wir wenigstens, warum er gleich die Tür geöffnet hat", meinte Helena lachend.

Sie stiegen in Helenas Auto.

„Und?", fragte Franzi neugierig. „Wie isch dein Eindruck?"

Helena wiegte nachdenklich den Kopf hin und her. „Ich teile deine Einschätzung mit der harten Schale und dem weichen Kern. Leider merkt er nicht, dass er sich das Leben mit seiner Art selbst schwermacht. Einerseits will er unbedingt, dass Sarah wieder auftaucht, andererseits kann er sich kaum dazu überwinden, mit uns zu kooperieren."

„Ja, genau. Des fällt ihm unheimlich schwer. Der wird mit unsereins net so gute Erfahrungen g'macht haben, denk i."

„Sicher nicht. Aber wie gehen wir jetzt weiter vor?" Helena dachte kurz nach. „Ich glaube, ich würde gern mal mit der Freundin sprechen."

„Des isch 'ne gute Idee. Dann können mir die glei fragen, ob se net vielleicht doch g'wusst hat, was die Sarah von ihrem Ex wollte."

Franzi zog ihr Handy raus und suchte nach der Nummer. Sie telefonierte kurz.

„Die Frau Schmidt isch no in ihrem Friseursalon. Sie macht montags immer die Abrechnung, isch aber glei fertig mit der Arbeit. Mir solln einfach vorbeikommen, hat sie g'sagt.“

„Na dann, los.“

Eine Viertelstunde später hielten sie vor dem kleinen Friseursalon in der Innenstadt. Agnes Schmidt kam ihnen entgegen, als sie den Salon betraten.

„Ich bin gerade fertig geworden“, sagte die zierliche Dunkelhaarige zu ihnen. „Kommen Sie doch rein.“

Sie zeigte auf einen Raum hinter dem Salon. „Da hinten können wir uns hinsetzen. Das ist unser Pausenraum.“

Franzi sah sich in dem kleinen Raum um. Es roch unheimlich gut, fand sie. Außerdem machte der Salon einen sehr gepflegten Eindruck.

Frau Schmidt schob den Vorhang, der den Pausenraum vom Salon abtrennte, zur Seite und bedeutete ihrem Besuch durchzugehen.

In dem Raum war an der einen Seite eine kleine Küchenzeile mit eingebautem Kühlschrank angebracht, auf der anderen waren eine gemütliche Eckbank und ein paar Stühle um einen rechteckigen Tisch gruppiert.

„Darf ich Ihnen etwas zu trinken anbieten?“

„Ich hätte gern ein Wasser, wenn es keine Umstände macht“, sagte Helena.

Frau Schmidt schüttelte den Kopf. „Überhaupt nicht. Und für Sie?“

„I tät au ein Wasser nehmen, danke schön.“

Sie lief zum Kühlschrank und holte eine Flasche Wasser heraus. Anschließend entnahm sie dem Hängeschrank zwei Gläser und stellte sie vor Franzi und Helena. Die bedankten sich herzlich.

Helena nahm die Flasche und schenkte sich und Franzi ein, bevor sie einen Schluck nahm.

„Haben Sie schon eine Idee, was mit Sarah passiert ist?", fragte Agnes Schmidt ängstlich. „Ich mache mir solche Sorgen um sie!"

Bedauernd schüttelte Franzi den Kopf. „Leider net. Aber deshalb sind wir au da. Vielleicht können Sie uns in der Sache ja weiterhelfen."

„Ich?" Agnes Schmidt sah sie erstaunt an.

Helena nickte. „Frau Schmidt, meine Kollegin meinte, Ihr Verhältnis zu Anton Wiebert ist nicht gerade das Beste."

„Verhältnis ist sogar noch zu viel gesagt", meinte Agnes Schmidt schulterzuckend. „Wir gehen uns so gut wie möglich aus dem Weg, der Anton und ich. Das ist für alle Beteiligten am besten."

„Wie sieht es mit Herrn Sokolow aus? Haben Sie zu ihm näheren Kontakt?"

Agnes schüttelte den Kopf. „Ich hab den Artur schon ewig nicht mehr gesehen. Das letzte Mal eine ganze Weile, bevor er eingebuchtet worden ist."

„Sie ham mir gesagt, dass Sie Ihre Freundin vor Sokolow gewarnt haben, weswegen es Streit zwischen Ihnen gegeben hat", sagte Franzi.

„Ja, das ist richtig. Aber das war etwas später. Am Anfang haben wir immer mal wieder was zusammen unternommen, die ganze Clique eben. Aber irgendwann hab ich gemerkt, dass der Artur krumme Sachen am

Laufen hatte. Das war der Zeitpunkt, an dem ich mich rausgenommen und die Sarah gewarnt habe. Aber sie wollte einfach nicht auf mich hören. Sie war schwer verliebt damals." Agnes Schmidt blickte in die Ferne, als sie sich an die längst vergangenen Zeiten erinnerte.

„Als Sokolow ins Gefängnis kam, wie hat Ihre Freundin da reagiert?", fragte Helena.

„Sie war verzweifelt", erwiderte Agnes Schmidt, ohne zu zögern. „Das einzig Gute an der Sache war, dass wir uns wieder angenähert haben. Sarah war vorher stinksauer auf mich, weil ich angeblich versucht habe, sie und Artur auseinanderzubringen."

„Und?", fragte Helena. „Haben Sie?"

„Was hätten Sie denn getan, wenn Ihre beste Freundin dabei wäre, ihr Herz an einen Verbrecher zu verlieren?", erwiderte Agnes Schmidt verzweifelt. „Natürlich hab ich versucht, ihr die Sache mit Artur auszureden. Und ich hatte ja auch recht damit! Man sieht ja, wie die Sache ausgegangen ist ... Kurze Zeit später ist er im Knast gelandet und hat ihr das Herz gebrochen!" Sie zog ein Taschentuch aus ihrer Hosentasche und schnäuzte sich. Die Erinnerungen nahmen sie offenbar stark mit.

„Dann kam Anton Wiebert ...", sagte Helena.

„Ja, der Anton ... Obwohl ich ihn nicht leiden kann, muss ich schon zugeben, dass er Sarah gutgetan hat. Sie hatte sehr gelitten, als Artur im Knast war und Anton hat sie aus dem Loch rausgeholt."

„Würden Sie sagen, dass Sarah mit Herrn Wiebert glücklich war?"

„Ja, schon. Er war für sie da, als sie jemanden gebraucht hat. Natürlich hat er sie auch immer mal wieder genervt, mit seinem Kontrollzwang und dann gab es Stress zwischen den beiden, aber wo gibt es den nicht in einer Beziehung?“

„Da haben Sie sicher recht“, antwortete Helena nachdenklich.

„Des letzschte Mal, als mir zwei g'sprochen ham“, sagte Franzi, „ham Sie g'meint, dass Sie net g'wusst ham, dass die Sarah den Sokolow im Gefängnis besucht hat.“

Agnes Schmidt nickte. „Ich hatte keine Ahnung. Als Sie mir davon erzählt haben, hab ich mir den Kopf darüber zerbrochen, warum die Sarah solche Geheimnisse vor mir hat. Es tut ziemlich weh, dass sie offenbar das Gefühl hat, dass sie mir nicht vertrauen kann.“ Sie schüttelte traurig den Kopf. „Ich bin ihr keine gute Freundin gewesen und hätte mehr für sie da sein müssen. Bestimmt hat Sarah gedacht, dass ich ihr Vorhaltungen wegen Artur machen würde! Und ehrlich gesagt, hätte ich das auch. Wie kann sie sich denn mit diesem Kerl wieder einlassen, wenn der so viel Unglück und Tränen über sie gebracht hat? Ich verstehe das nicht!“

„Also ham Sie au keine Erklärung dafür, wieso Sarah den Kontakt zu Sokolow wieder aufgenommen hat?“

„Nein, leider nicht.“

„Haben Sie mit Ihrer Freundin jemals über deren Arbeit gesprochen?“

„Ja, schon. Sarah war in letzter Zeit ziemlich überarbeitet. Sie trieb sich ständig drüben im Innovationspark rum.“

Interessiert hob Helena den Kopf. „Darüber haben Sie gesprochen?"

„Ja, klar. Ich hab oft zu Sarah gesagt, dass sie zu viel arbeitet und mal richtig ausspannen muss. Sie war richtig blass und fertig."

„Hat sie Genaueres über ihre Arbeit erzählt?"

Agnes Schmidt dachte nach. „Sie hat was über einen aufgeblasenen Gockel erzählt, irgend so ein Architekt oder so. Der ist ihr mächtig auf den Keks gegangen. Ein Herr Liebl, oder so ähnlich."

„Loisl?", fragte Franzi.

„Ja, genau." Agnes Schmidt nickte eifrig. „Den fand sie zum Kotzen. Der muss sie richtig blöd von der Seite angelabert haben. Aber Sarah meinte, der würde noch sein blaues Wunder erleben."

„Was genau hat sie denn damit gemeint?", fragte Helena.

Agnes Schmidt zuckte mit den Schultern. „Da bin ich leider überfragt. Aber irgendwas hat Sarah über den ausgegraben, was dem Herrn wohl net genehm war."

„Aber was genau ...?"

„Das kann ich Ihnen leider nicht sagen. Ich stecke ja nicht in der Materie drin. Ich erzähl der Sarah ja auch immer wieder mal was über meine Arbeit, aber das ist meistens nichts Wichtiges. Worüber sich Freundinnen halt so unterhalten."

Franzi und Helena sahen sich an und erhoben sich.

„Okay, dann danken wir Ihnen vielmals für Ihre Zeit", sagte Helena. Sie trank noch schnell ihr Glas aus und stellte es auf die Küchenzeile, was Franzi ihr nachtat. „Wir melden uns bei Ihnen, wenn wir noch Fragen haben."

Agnes Schmidt nickte. „Tun Sie das. Ich kann schon seit Tagen kaum noch schlafen! Ich muss endlich wissen, wo Sarah steckt!“

„Wir geben unser Bestes!“, sagte Helena.

Frau Schmidt begleitete sie noch zur Tür und sperrte hinter ihnen zu, nachdem sie sich verabschiedet hatten.

„Was jetzt?“, fragte Franzi.

Helena warf einen Blick auf die Uhr.

„Es ist beinahe vier. Meinst du, wir können noch den Anton Wiebert aufsuchen?“

„I denk au, dass es gut wär, wenn du den Anton Wiebert glei kennenlernsch. Dann bisch du allen mal begegnet und kannsch dir besser ein Bild von der ganzen Sache mache.“

„Dann lass uns gleich mal hinfahren. Meinst du, er ist noch in der Arbeit?“

Franzi zuckte mit den Schultern. „Möglich. Lass uns einfach mal vorbeifahren. Vielleicht ham mer ja Glück.“

Helena startete den Wagen und fuhr los. Die Arbeitsstelle von Anton Wiebert lag außerhalb des Stadtkerns. Um diese Zeit lief der Verkehr nicht mehr so rund, sodass sie beinahe dreißig Minuten bis zu dem Autohaus, in dem Wiebert arbeitete, benötigten. Franzi befürchtete, dass er sich bereits auf den Heimweg gemacht hatte.

„Da isch er ja!“, rief Franzi erleichtert und zeigte auf Wiebert, der gerade aus der Tür des Autohauses kam und auf ein Auto zulief. „I halt ihn auf, während du parksch, okay?“ Helena stimmte zu und Franzi sprang aus dem Auto.

„Herr Wiebert!", rief sie laut, um den Mann, der gerade im Begriff war, in das Auto zu steigen, auf sich aufmerksam zu machen.

Er sah in ihre Richtung und schüttelte kurz den Kopf, bevor er wieder ausstieg. „Das passt mir gerade gar nicht", sagte er anstelle einer Begrüßung. „Ich hab noch einen Termin."

„Kurz werden Sie schon Zeit für uns haben", entgegnete Franzi freundlich. „Meine Partnerin kommt au glei. Wir ham no ein paar Fragen an Sie."

„Haben Sie etwa Neuigkeiten? Wissen Sie was wegen Sarah?"

Franzi schüttelte den Kopf. „Leider nicht." Sie wandte den Kopf zur Seite. „Ah, da kommt ja meine Partnerin." Sie deutete auf Helena. „Herr Wiebert, das isch Frau Hansen." An Helena gerichtet, sagte sie: „Das isch der Herr Wiebert, der Verlobte von der Frau Liebinger."

„Schön, Sie kennenzulernen", sagte Helena und schüttelte seine Hand.

„Ich hab Ihrer Kollegin schon gesagt, dass ich eigentlich keine Zeit habe ..."

„Wir brauchen ja nicht lange. Bestimmt können Sie noch ein Minütchen für uns erübrigen?", fragte Helena mit ihrem charmantesten Lächeln.

Er seufzte. „Na schön. Worum geht es?"

„Wollen wir das vielleicht drinnen besprechen? Im Stehen redet's sich net so gut", sagte Franzi.

Wiebert rollte mit den Augen. „Ich dachte, das geht schnell?"

„So schnell au wieder net. Jetzt geben Sie sich schon einen Ruck, dann sind wir au schneller fertig."

„Na gut", knurrte Wiebert. „Folgen Sie mir bitte."

Er lief zum Autohaus zurück und sperrte die Tür auf.

„Wir haben ja eigentlich schon geschlossen", sagte er grantig und wies auf das Schild mit den Öffnungszeiten.

„Erstens haben wir laut dem Schild hier noch ganze fünf Minuten Zeit, bevor Sie offiziell schließen, und zweitens wollen wir ja auch kein Auto kaufen, Herr Wiebert", antwortete Helena zuckersüß. Franzi musste ein Grinsen unterdrücken und folgte den beiden in den Verkaufsraum.

„Gehen wir durch in den Besprechungsraum. Dort können wir uns alle hinsetzen." Wiebert deutete auf eine Tür.

„Das ist doch mal ein guter Vorschlag", sagte Franzi.

Sie gingen in den Raum, in dem ein runder Tisch mit mehreren Stühlen stand, und setzten sich.

„Also?" Wiebert sah demonstrativ auf seine Uhr. „Was gibt's?"

„Meine Kollegin hat mir gesagt, dass es zwischen Ihnen und Ihrer Partnerin Unstimmigkeiten gab, kurz bevor sie verschwand ...", sagte Helena und sah ihn aufmerksam an.

„Was heißt denn schon Unstimmigkeiten", rief Wiebert. „Man wird doch auch mal unterschiedlicher Meinung sein dürfen in einer Partnerschaft. Das ist doch nicht verboten!"

„Nein, natürlich nicht."

Franzi bewunderte, wie ruhig Lena auf den aufgebrachten Mann reagierte.

„Wie muss ich mir denn nun diese Unstimmigkeiten vorstellen?", fragte sie.

„Sarah wollte am Wochenende was mit Agnes unternehmen. Davon war ich nicht gerade begeistert, wie Sie sich denken können."

Helena zog die Stirn in Falten. „Nein, kann ich nicht. Was genau meinen Sie?"

„Am Wochenende will man halt Zeit mit seiner Freundin verbringen. Unter der Woche sieht man sich ja kaum. Und da fand ich's halt doof, dass sie lieber mit der Agnes die Zeit verbringen will als mit mir."

Helena sah Franzi an, die vielsagend die Augenbrauen hochzog.

Auf einmal hörten sie ein Geräusch aus dem Verkaufsraum. Jemand hatte die Tür geöffnet.

„Warten Sie bitte kurz. Ich habe vergessen, die Tür hinter uns zu schließen. Ich kümmere mich nur kurz um die Kundschaft. Dass die aber auch immer zu Geschäftsschluss kommen müssen, die Leute!"

Wiebert erhob sich und lief aus der Tür. Kurz darauf hörten Franzi und Helena laute Stimmen und Poltern. Sie sprangen auf und Franzi riss die Tür auf. Im Verkaufsraum war eine richtige Keilerei in Gange. Erstaunt erkannte Franzi Artur Sokolow, der gerade Anton Wiebert zu Boden stieß und ihm mit der Faust ins Gesicht schlug.

„Sofort aufhören", brüllte sie.

Sokolow hatte Wiebert gerade am Kragen gepackt, um erneut zuzuschlagen. Erschrocken sah er hoch und sah Franzi und Helena auf sich zukommen. Behände sprang er auf die Beine und zog eine Knarre aus seinem Hosenbund.

„Stehen bleiben!", brüllte er.

Sofort erstarrten sie. Sokolow richtete die Waffe auf Wiebert.

„Herr Sokolow …“, sagte Franzi.

„Schnauze!“ Er holte aus und trat dem vor ihm Liegenden mit voller Wucht in die Seite. Wiebert krümmte sich zusammen und stöhnte laut. Blut lief ihm aus Mund und Nase.

„Was hast du mit Sarah gemacht, du Schwein?“, schrie Sokolow.

Als Wiebert nicht antwortete, holte er erneut aus und trat ihn kräftig. Wiebert hustete und würgte.

„Wo ist Sarah?“ Sokolow kniete sich neben Wiebert und hielt ihm die Waffe an die Schläfe.

Franzi sah Helena an. Sie mussten etwas tun! Vorsichtig löste sie den Verschluss ihrer Dienstwaffe. Sokolows Aufmerksamkeit war völlig auf Anton Wiebert gerichtet.

„Sag schon!“, schrie Sokolow. Er packte Wiebert mit einer Hand am Kragen und drückte nach wie vor mit der anderen den Lauf seiner Waffe an dessen Schläfe.

Wiebert sah panisch von Sokolow zu Franzi und Helena.

„Was soll denn das?“ Er wimmerte. „Ich weiß doch auch nicht, wo Sarah ist!“

„Lügner“, schrie Sokolow und holte aus, um ihm die Waffe an den Kopf zu knallen.

In dem Moment sprang Franzi nach vorne und trat ihm mit voller Wucht gegen den Arm. Die Waffe fiel aus seiner Hand und schlitterte unter eins der Autos, das im Verkaufsraum stand.

Helena hatte gleichzeitig reagiert. Während Franzi nun ihre Waffe auf Sokolow richtete, legte sie ihm flink

Handschellen an und zog ihn mit einem kräftigen Ruck auf die Beine.

Sokolow wehrte sich nicht. Mit hängendem Kopf stand er zwischen ihnen. Franzi bemerkte erstaunt, dass ihm Tränen die Wangen herunterliefen.

„Nehmen Sie diesen Verbrecher sofort fest!"

Wiebert kam mühsam auf die Beine und hielt sich die Seite. Er sah reichlich mitgenommen aus. Dennoch humpelte er bedrohlich auf Sokolow zu.

Franzi hielt abwehrend ihre Hand nach vorne. „Sie bleiben jetzt stehen."

Wiebert lachte auf. „Ach so? Der darf mich vor Ihren Augen vermöbeln und jetzt schützen Sie dieses Arschloch auch noch? Das wird ja immer noch schöner!" Er rammte Sokolow mit der Schulter. Der konnte sich nur durch Helenas beherztes Eingreifen auf den Beinen halten.

Franzi trat vor und zog Wiebert zurück. „Noch einmal und i lege Ihnen ebenfalls Handschellen an. Ham Sie des jetzt verstanden?", rief sie wütend.

Wiebert spuckte einen Blutklumpen auf den Boden. „Lächerlich!" Er wischte sich mit dem Ärmel über den Mund. Als er das Blut auf seinem Hemd sah, verzog er das Gesicht. „Du wirst so schnell nicht mehr aus dem Knast kommen, Bürschchen, das sag ich dir! Wenn mein Anwalt mit dir fertig ist, wirst du um Gnade wimmern! Allein das Schmerzensgeld wird dich fertigmachen!"

„Ganz langsam", erwiderte Franzi. „I hab gar net gewusst, dass Sie au no Richter sind, Herr Wiebert."

Helena hatte inzwischen die Waffe unter dem Auto hervorgeholt und untersuchte sie. „Nicht geladen“, raunte sie Franzi zu.

„Herr Sokolow.“ Franzi wandte sich nun direkt an den Gefangenen. „Was sollte denn die ganze Sache hier?“

Sokolow rührte sich nicht. Er starrte weiterhin stur auf den Boden.

„Des kann ich Ihnen sagen, was des sollte“, schrie Wiebert. „Umbringen wollte der mich!“

„Dann hätte er wahrscheinlich Patronen mitgebracht, wenn er das gewollt hätte“, antwortete Helena trocken.

„Das ist doch jetzt auch scheißegal, was der wollte. Führen Sie den endlich ab!“, rief Wiebert zornig und machte Anstalten, wieder auf Sokolow loszugehen.

„Jetzt hören *Sie* mir mal gut zu“, sagte Franzi sehr bestimmt und trat einen Schritt auf ihn zu, „Sie halten jetzt mal Ihren Rand, verstanden? Sonscht lernen Sie mich aber kennen! Wir stellen die Fragen und *Sie* antworten, wenn *Sie* gefragt werden. Sonscht will i von Ihnen keinen Mucks mehr hören, isch des klar?“

Wiebert schnaubte empört, enthielt sich aber einer Äußerung, als er Franzis ernsten Gesichtsausdruck sah.

Franzi wandte sich erneut an den Russen. „Herr Sokolow, was genau sollte das hier werden?“

Sie wartete kurz.

Doch Sokolow antwortete wieder nicht.

„Ham Sie Bock drauf, wieder in den Knascht zu wandern?“

Sokolow sah nach wie vor zu Boden, schüttelte jedoch leicht den Kopf.

„Na also", sagte Franzi, „Geht doch! Also warum sind Sie hier?"

Sokolow hob das Gesicht. „Ich wollte, dass dieses Schwein endlich sagt, was er mit Sarah gemacht hat!"

Wiebert lachte auf. „Was *ich* mit ihr gemacht habe? Lächerlich!"

Franzi sah ihn warnend an, woraufhin Wiebert verstummte.

„Wie kommen Sie darauf, dass Herr Wiebert etwas mit dem Verschwinden von Frau Liebinger zu tun hat?", fragte Helena.

„Wer soll es denn sonst gewesen sein?", rief Sokolow wütend.

„Ganz ruhig." Helena hob beschwichtigend die Hände.

Wiebert lachte. „Sehen Sie, der hat sie doch nicht mehr alle! Kreuzt hier mit einer Knarre auf und stößt Verleumdungen heraus, die jeglicher Grundlage entbehren!"

„Herr Wiebert, das isch jetzt Ihre letzschte Warnung", knurrte Franzi.

Wiebert hob die Hände und gab Ruhe.

„Bitte erklären Sie uns, was genau Sie meinen", sagte sie zu Sokolow.

„Der Typ hat so ein riesengroßes Ego, dass der es nicht verkraftet hat, dass die Sarah mich mehr liebt als ihn!", rief Sokolow.

Wiebert rollte mit den Augen, blieb allerdings still.

„Dass die Sarah *Sie* mehr liebt?", wiederholte Franzi verwirrt.

„Ja, genau! Die Sarah wollte zu mir zurück, verstehen Sie?"

„Lächerlich!", rief Wiebert.

„Ach ja?", antwortete Sokolow gereizt. „Die Sarah hat endlich eingesehen, dass sie mit so einem Spießer wie dir nicht glücklich wird!"

Wiebert schnaubte empört durch die Nase. „Wir sind verlobt, Sokolow! Geht das in deinen blöden Schädel nicht rein, oder was? Du hattest deine Chance und hast es vergeigt, so wie du alles in deinem gesamten Leben vergeigst!"

Helena hob beschwichtigend die Hände hoch. „Jetzt mal ganz ruhig. Herr Sokolow, haben Sie mit Sarah darüber gesprochen, dass sie zu Ihnen zurückkommt?"

Sokolow nickte. „Ja, haben wir. Ich wollte sie davon abbringen. Was soll sie denn mit so einem Loser wie mir?"

Wiebert nickte. „Endlich mal ein wahres Wort!"

Sokolow ignorierte seinen Einwurf. „Aber wenn die Sarah etwas will, lässt sie sich nicht so leicht davon abbringen. Sie hat gesagt, dass sie über uns nachgedacht hat. Sie weiß, dass ich Mist gebaut habe, aber sie will mir helfen, ein neues Leben anzufangen." Er sah hoch. „Mit mir an ihrer Seite."

Wiebert schüttelte den Kopf.

„Aber Sarah ist mit Herrn Wiebert verlobt", sagte Franzi.

„Ja, das hat sie mir auch gesagt", erwiderte Sokolow und rollte genervt mit den Augen. „Aber sie hat auch gesagt, dass das ein Fehler war. Sie hat gemeint, dass er sie einengt und dass sie ihn verlassen will."

„Das ist eine Lüge!"

„Wann wollte sie ihm das denn sagen?", fragte Franzi nach.

„Bei ihrem letzten Besuch im Gefängnis hat sie gesagt, dass sie es ihm sagen wird, wenn ich draußen bin."

Franzi sah Herrn Wiebert an. „Und? Hat sie Ihnen das gesagt?"

„Natürlich nicht!", rief er. Sein Gesicht wurde immer röter. „Glauben Sie am Ende noch den ganzen Mist, den der da verzapft?"

Helena bückte sich und hob etwas vom Boden auf.

„Was ist das denn?" Sie hob eine abgerissene Kette in die Höhe.

„Die gehört mir!", rief Wiebert. „Na toll, jetzt ist die auch noch kaputt!"

Franzi sah sich um. Neben einem Mülleimer wurde sie schließlich fündig. Sie bückte sich und hob die kleine Zirbelnuss auf, die sich von der Kette gelöst hatte.

„Ein schönes Stück", sagte sie bewundernd und fuhr mit dem Finger die feinen Linien nach.

Interessiert kam Helena näher und besah sich den Fund. „Das ist doch das Augsburger Stadtwappen, nicht wahr?"

Wiebert nickte und streckte die Hand danach aus. „Kann ich die jetzt zurückhaben?"

Franzi reichte ihm den Anhänger. „Wo hatten Sie noch mal gesagt, isch der her?"

Wiebert schüttelte den Kopf. „Das ist doch jetzt völlig egal!"

„Sie ham g'sagt, dass Sie die Kette von Ihrem Mentor ham", sagte Franzi.

„Wenn Sie des eh schon wissen ..."

„Des würd mi jetzt scho genauer interessieren." Irgendwas störte sie gewaltig an der Sache, auch wenn sie nicht sagen konnte, was genau.

Helena blickte sie irritiert an, ließ Franzi aber gewähren.

„Was ham Sie noch mal vor Ihrer Karriere beim Autohaus gemacht?", fragte Franzi.

„Ich wüsste wirklich nicht, was das zur Sache tut", maulte Wiebert. „Ich hab studiert, okay? Reicht das? Jetzt nehmen Sie den da endlich fest." Er deutete auf Sokolow.

„Interessant", sagte Franzi, seinen Einwurf ignorierend. „Und da es sich hier um eine Zirbelnuss handelt, ein römisches Symbol, gehe ich da recht in der Annahme, dass Sie Latein oder Geschichte studiert haben?"

Wiebert nickte. „Ja, ich habe Geschichte studiert. Und? Was soll denn das jetzt?"

„Römisches Symbol?", fragte Helena interessiert nach.

„Ja, weißsch, des isch eigentlich 'ne witzige Geschichte. Man hat in Augschburg bei Ausgrabungen immer wieder dieses Symbol g'funden und da hat ma halt gedacht, dass des ein Symbol von den Römern für unsere scheene Stadt isch."

„Aber?"

„Man hat des Symbol vor allem auf Grabsteinen von damals gefunden. Inzwischen weiß man, dass die Zirbelnuss ein römisches Symbol für Unsterblichkeit isch und nix mit der Legion zu tun g'habt hat, die damals Augschburg gegründet hat, wie man zuerscht gedacht hat."

„Interessant", sagte Helena. „Aber ich versteh nicht ganz ..."

„Warte bitte no 'nen Moment. I hab's glei", entgegnete Franzi. Sie wandte sich wieder an Herrn Wiebert. „Warum ham Sie eigentlich damit aufgehört?"

„Womit denn?"

„Na, mit dem Geschichtsstudium."

„Das führt jetzt aber wirklich zu weit!", rief er kopfschüttelnd. „Führen Sie jetzt diesen Verbrecher ab, oder nicht?"

„Keine Eile, i bin glei so weit." Franzi spürte, dass ihr etwas Wichtiges entgangen war. Sie dachte angestrengt nach. „I komm glei wieder", meinte sie schließlich und wandte sich an Lena. „Du hasch doch so weit alles im Griff?"

Helena ließ sich ihr Erstaunen nicht anmerken. Sie nickte und richtete ihre Aufmerksamkeit auf die beiden Männer.

Franzi verließ das Gebäude, um zu telefonieren. Dabei lief sie aufgeregt im Hof hin und her. Konnte das die Lösung sein? Sie telefonierte ein weiteres Mal, bevor sie wieder hineinging.

Sie holte ihre Handschellen hervor und legte sie dem verblüfften Wiebert um.

„Sind Sie völlig wahnsinnig?", brüllte der los.

„Herr Wiebert, i nehm Sie wegen des dringenden Tatverdachts des Mordes an Ihrer Lebensgefährtin Sarah Liebinger fescht", erklärte Franzi ruhig.

Helena riss die Augen auf.

„Das ist ja lächerlich!", schrie Wiebert. Er wandte sich an Helena. „Jetzt stehen Sie nicht nur herum, tun Sie doch was!"

Helena schüttelte den Kopf. „Sie beruhigen sich jetzt! Sicher werden Sie gleich erfahren, wie meine Partnerin dazu kommt, Sie festzunehmen." Sie wandte sich an Franzi. „Auf die Erklärung bin ich jetzt auch gespannt", sagte sie mit hochgezogener Augenbraue.

„Herr Wiebert hat doch g'sagt, dass er den Anhänger von seinem Mentor erhalten hat. Des hat mich zum Nachdenken gebracht. Die Zirbelnuss isch heute zwar das Stadtwappen von Augschburg, aber dann isch mir die G'schichte von dem römischen Totensymbol wieder eing'fallen, von dem man uns scho in der Schule erzählt hat. Erscht neulich war dazu wieder ein Artikel in der Zeitung." Sie wandte sich an den Autoverkäufer. Der starrte sie nur entgeistert an. „Sie ham Geschichte studiert, des passt ja zu dem Anhänger. Also kennen Sie sich ja gut aus mit Geschichte, ge?

Wiebert zuckte mit den Schultern. Schweißperlen standen ihm auf der Stirn.

Helena schien langsam zu begreifen. „Du meinst ..."

Franzi nickte. „I hab grad ein aufschlussreiches Telefonat mit dem Professor Gutmann geführt."

Wieberts Augen weiteten sich, als er den Namen des Professors vernahm.

„Den kennen'S ganz gut, ge?", fragte Franzi amüsiert. „Jedenfalls lässt Sie der Professor herzlich grüßen. Als i ihn g'fragt hab, ob er Sie zufällig kennt, hat er ganze Lobeshymnen auf Sie ausgestoßen. Sie müssen den fei gewaltig beeindruckt haben, als Sie in seinem Archäologiekurs waren. Er hat g'meint, dass er no nie so einen begabten Studenten wie Sie g'habt hat."

Helena grinste. „Das ist ja ein Ding!"

„Ja und? Mein Professor fand mich gut, und weiter?
Was soll denn der ganze Scheiß hier?", fragte Wiebert.
Helena sah Franzi an. „Darf ich?"
Franzi nickte. „Klar!"
„Herr Wiebert, Sie sind doch sicher vertraut mit der
Radiokarbonmessmethode?"
Wiebert wurde blass. „Wie bitte?"
„Im Rahmen Ihrer Arbeit im Archäologiekurs haben
Sie doch mit Sicherheit diese Art der Altersbestimmung
kennengelernt, nicht wahr?"
„Ich sag jetzt gar nichts mehr", rief Wiebert. „Sie spin-
nen doch alle beide!"
„Was ist hier eigentlich los?", fragte nun Sokolow.
„Wovon reden Sie da?" Ratlos sah er von Helena zu
Franzi.
„I erklär Ihnen des gern, Herr Sokolow", erwiderte
Franzi lächelnd. „Herr Wiebert hat von seiner Arbeit in
der Archäologie g'wusst, wie das Alter von Dingen be-
stimmt wird. Sehen Sie, wenn was ausgegraben wird,
misst man mithilfe der Radiokarbonmessung das Alter
des Objekts. Allerdings kann das Alter auch verfälscht
werden, net wahr, Herr Wiebert?"
Der Angesprochene blickte demonstrativ zur Decke.
„Ich hab erst heute Vormittag nachgelesen, wie diese
Methode funktioniert", sagte Helena. „Das genau zu erklären, würde hier zu weit führen. Aber so viel dazu,
man kann mithilfe seines Fachwissens diese Methode
durchaus auch benutzen, um Dinge älter erscheinen zu
lassen, als sie eigentlich sind."
„Hä?" Sokolow verstand augenscheinlich gar nichts.
„Herr Wiebert hat g'wusst, dass man bei Funden auf
Ausgrabungsstätten eine Altersbestimmung mithilfe

der Radiokarbonmethode durchführt", erklärte Franzi. „I nehm an, dass er mit der Frau Liebinger einen fürchterlichen Streit gehabt hat. Wahrscheinlich hat sie mit ihm Schluss machen wollen. Dabei hat er sie erschlagen. Ob des Absicht war oder nicht, bleibt no zu klären. Auf alle Fälle hat er die Leiche von der Frau Liebinger verschwinden lassen müssen, und dann isch ihm eine fascht perfekte Lösung eingefallen."

Wiebert ließ den Kopf hängen.

Franzi wandte sich direkt an ihn. „Sie ham die Leiche mit alten Hölzern von der Ausgrabungsstätte verbrannt, weil Sie genau g'wusst ham, dass des die Altersbestimmung von der Leiche verfälscht. Die Methode misst eigentlich das Alter der bei der Verbrennung verwendeten Hölzer. Deshalb konnte uns die Frau Dr. Neumann au gar net genau sagen, wie alt die Knochen wirklich sind. Sie müssen unterschiedliche Hölzer verwendet haben! Danach ham Sie die Leiche in der Ausgrabungsstelle verbuddelt, in der Annahme, dass sie dort zwar g'funden, aber altersmäßig einer anderen Zeit zugeordnet wird. Fascht genial, muss man zugeben."

Auf einmal stürzte Sokolow nach vorne und rammte Wiebert um. „Du Schwein hast die Sarah umgebracht!", schrie er wie von Sinnen, bevor er schluchzend auf den Boden sank.

Franzi zog den stöhnenden Wiebert wieder auf die Beine.

„Dank Ihrer Kette ham wir des Verschwinden von der Sarah endlich aufklären können, au wenn i mir von Herzen gewünscht hätte, sie lebend zu finden. Sie kommen jetzt mit aufs Präsidium."

Widerstandslos ließ sich der Autoverkäufer von Helena abführen. Franzi folgte mit Sokolow.

Zwei herbeigerufene Streifenwagen nahmen die beiden Männer in Gewahrsam und brachten sie zur U-Haft ins Präsidium.

Franzi und Helena sahen den Wagen nach.

„Ich fasse es nicht, dass du den Fall gelöst hast", sagte Helena bewundernd.

„Irgendwie isch mir des im Kopf herumgegangen, seit du mir heute Mittag von der Radiokarbonmethode vorgeschwärmt hasch", meinte Franzi kopfschüttelnd. „Dann hab i vorhin auf'm Parkplatz die Frau Dr. Neumann ang'rufen und g'fragt, ob man die Altersbestimmung mit der Methode au fälschen kann. Sie fand die Frage zwar seltsam, hat sie letzschtendlich aber bejaht. Als Nächschtes hab i meinen Freund, den Professor Gutmann, ang'rufen und ihn g'fragt, ob ihm der Name Anton Wiebert geläufig isch. Mei, du hättsch hören sollen, was für Lobeshymnen der auf den ausg'stoßen hat!" Franzi rollte mit den Augen, was Helena zum Lachen brachte. „Der Wiebert war sein allerbeschter Student, nur mit dem Lernen hat der's net so g'habt, laut dem Gutmann. Ewig schad, hat der g'sagt, dass aus dem kein Archäologe g'worden isch."

Helena hakte sich bei Franzi unter. „Du bist meine Heldin, weißt du das? Eigentlich brauchst du mich doch gar nicht. Du bist von ganz allein auf die Lösung des Falles gekommen."

Franzi kniff sie spielerisch in die Seite. „Von wegen! I hab jetzt ewig rumgetan und kaum bisch du wieder da, fällt's mir wie Schuppen von den Augen und des nur, weil du heut so viel von der Messmethode geredet hasch. Mir zwei sind halt a geniales Team!"

Helena umarmte ihre Partnerin fest. „Das sind wir!"

Epilog

„Mei, isch des schee bei euch!" Franzi seufzte und ließ ihren Blick schweifen. Sie saß in einem bequemen Liegestuhl in Helenas Garten, die Hunde tobten vergnügt um sie herum. „Des isch so viel besser jetzt mit dem Gras und den Blumen als wie die Wüschte vorher."

„Dank dir, meine Liebe", meinte Helena, die sich neben ihr in einem Liegestuhl fläzte. „Ich bin froh, dass wir uns doch für den Rollrasen entschieden haben. Jetzt sieht es wie ein richtiger Garten aus."

Franzi trank einen Schluck von der eisgekühlten Limonade, die Helena serviert hatte. „Und? Habt ihr euch schon eingewöhnt?", fragte sie, den Blick auf das hübsche Holzhaus gerichtet.

Helena nickte. „Ich kann es immer noch nicht glauben, dass wir endlich hier wohnen. Es ist wie in einem Traum! Wenn ich ehrlich bin, ist es noch viel besser, als ich mir das vorgestellt habe!" Sie strahlte.

Franzi drückte ihre Hand. „Das freut mich für dich!"

Sie schwiegen eine Weile und ließen sich von den warmen Sonnenstrahlen verwöhnen. Nur das Summen der Insekten und hin und wieder das Bellen der herumtollenden Hunde unterbrachen die Stille.

„I bin froh, wenn der Prozess um die Architekten endlich abg'schlossen isch", sagte Franzi nachdenklich. „Des hat sich jetzt so ewig in die Länge gezogen!"

„Ich glaube, das wird noch eine ganze Weile dauern“, meinte Helena. „Bis die Staatsanwaltschaft alle Unterlagen gesichtet hat, das dauert schon seine Zeit. Meine Freundin Linda, die dort arbeitet, sagte erst kürzlich zu mir, dass der leitende Staatsanwalt die Hände über dem Kopf zusammengeschlagen hat, weil so viele Leute in dem Fall mit drinhängen.“

„Jetzt schau dir das mal an“, ertönte auf einmal eine Stimme von der Einfahrt her. Franzi sah auf und erblickte Nick und Mo, die gerade ihre Mountainbikes durch das Gartentürchen schoben.

„Die beiden liegen hier einfach faul in der Sonne herum und lassen sich’s gut gehen, während wir zwei uns abstrampeln.“ Nick grinste frech.

Franzi lachte. „Ihr und abstrampeln? Dass i net lach! Ihr seid’s bestimmt nur zum Biergarten nach Wellenburg nüberg’radelt und tut’s jetzt so, als ob ihr mords die Radtour hinter euch habt’s!“ Sie stand auf, lief zu Mo, der gerade sein Fahrrad abstellte und begrüßte ihn mit einem Kuss.

Mo umschlang sie mit beiden Armen und drückte sie an sich.

„Ihhh“, quietschte Franzi, „du bisch ja ganz nass!“

Mo lachte und ließ sie wieder los. „Von wegen Wellenburg! Der Nick und ich sind kreuz und quer durch die Westlichen Wälder unterwegs gewesen. Wir sind fix und fertig!“

Er ging zum Brunnentrog und schöpfte mit beiden Händen Wasser, mit dem er sich das Gesicht wusch.

„Wollt ihr zwei Supersportler vielleicht auch eine eisgekühlte Limonade mit uns trinken?“, fragte Helena, die inzwischen dazugetreten war und Nick mit einem langen Kuss begrüßt hatte.

„Ein Bier wär mir lieber", erwiderte Mo grinsend.

Franzi knuffte ihn in die Seite.

„Wegen der Elektrolyte, du weißt schon. Die braucht man dringend nach so einer Tour", erklärte Mo.

Nick lachte. „Wo er recht hat ..."

Helena stöhnte theatralisch, bevor sie im Haus verschwand und kurz darauf mit zwei Flaschen Bier wieder heraustrat. Sie reichte sie den beiden Männern.

„Na dann, Proscht, ihr Helden!", sagte Franzi kichernd. Sie legte den Arm um Helena und sah zu, wie die Männer den ersten Schluck tranken. Anschließend machten sie es sich ebenfalls wieder auf ihren Stühlen bequem.

„Über was habt ihr beiden euch eigentlich gerade so angeregt unterhalten, dass ihr unsere Ankunft beinahe verpasst hättet?", fragte Nick neugierig.

„Wir haben nur darüber gesprochen, dass es noch länger dauern wird, bis der Prozess um die Bauabsprachen abgeschlossen sein wird, weil so viele Leute drinhängen", antwortete Helena.

Nick stöhnte theatralisch. „Natürlich habt ihr euch wieder über die Arbeit unterhalten!"

Franzi grinste. „Aber es isch au allerhand, dass die net früher g'merkt ham, dass die Unternehmen sich gegenseitig die Bauaufträge zug'schanzt ham und des natürlich auf Kosten der Auftraggeber."

„Ja, das verstehe ich auch nicht wirklich", erwiderte Mo nachdenklich. „Wie haben die beteiligten Unternehmen das so lange verschleiern können, ohne dass jemand was bemerkt hat?"

Helena zuckte mit den Schultern. „Die sind da sehr geschickt vorgegangen. Sie haben sich im Vorfeld geeinigt, wer den Auftrag an Land ziehen soll, dann hat das betreffende Unternehmen den Auftrag kalkuliert und die Berechnungen an die anderen weitergeleitet. Die haben dann nur noch höhere Scheinangebote abgeben müssen.“

„I hab erscht geschtern in der Zeitung g'lesen, dass dem Loisl seine Firma Insolvenz ang'meldet hat“, sagte Franzi.

„Ja, das habe ich auch gelesen. Da trifft es sicher nicht den Falschen, so viel Dreck, wie der am Stecken hatte.“ Helena trank einen Schluck Limonade. „Aber mal was anderes, Franzi. Mich würde wirklich interessieren, was Sokolow so treibt.“

„Man kann nur hoffen, dass der seine Chance wahrnimmt“, sagte Franzi nachdenklich. „Er hat großes Glück g'habt, dass er mit 'ner Bewährungsstrafe davon'kommen isch. Mit seiner Vorstrafe hätte der Richter ihn au locker nomml in den Knascht stecken können!“

„Ehrlich gesagt, war ich mir sogar sicher, dass er wieder zu einer Freiheitsstrafe verurteilt werden wird, nachdem er Wiebert mit einer Waffe bedroht hat“, antwortete Helena. „Der Richter hat ihm wohl zugutegehalten, dass er emotional extrem angegriffen war, und außerdem hat er ja keine Patronen dabei gehabt.“

„Hat man eigentlich je rausgefunden, woher die Waffe kam?“, fragte Nick.

Franzi zuckte mit den Schultern. „Nee, der verpfeift doch keine Kumpel.“

„Ich kann es immer noch nicht fassen, wie perfide Wiebert vorgegangen ist!", rief Helena. „Das Schlimme an der Sache ist, dass wir ihm fast auf den Leim gegangen wären!" Sie schüttelte den Kopf, bevor sie erneut einen Schluck Limonade trank.

„Aber nur fascht!", erwiderte Franzi grinsend und prostete ihr zu.

Helena lachte. „Ja, da hat er echt extremes Pech gehabt, dass ihn ausgerechnet seine Kette verraten hat."

Mo runzelte die Stirn. „Das mit der Kette hab ich ehrlich gesagt auch noch net ganz verstanden. Wie kommt man denn auf sowas?"

„Mei, mi hat der Anhänger glei fasziniert", antwortete Franzi schulterzuckend, „aber den Zusammenhang hab i erscht ganz am Schluss verstanden. Er hat den besorgten Verlobten überaus gut gespielt ... I hab ihm wirklich abgenommen, dass er total verzweifelt über Sarahs Verschwinden war!"

„Jetzt hat der Kerl immerhin lange Zeit, sich im Gefängnis drüber zu ärgern, dass er die Kette getragen hat." Mo tätschelte Franzis Hand.

„Ja, dabei hat er no Glück g'habt, dass des Urteil Mord im Affekt lautete. Mit zehn Jahren isch der no viel zu gut bedient, wenn ihr mi fragt."

„Da stimme ich dir zu. Er kommt irgendwann wieder aus dem Gefängnis raus, aber die Frau Liebinger wird dadurch nicht wieder lebendig", erwiderte Helena traurig.

„Sein Ego hat es einfach net verkraftet, dass sie sich von ihm wegen dem Sokolow trennen wollte. Da isch er einfach ausg'raschtet." Franzi kicherte. „In etwa so, wie der Professor ausgeraschtet isch, als er rausgefunden hat, dass sein ehemaliger Lieblingsstudent Wiebert wertvolle römische Hölzer aus dem Lager gestohlen hat, um damit einen Mord zu vertuschen.“

„Der hat sich mit der ganzen Aktion aber auch keinen Gefallen getan!“, antwortete Helena lachend.

„Ganz sicher net!“, erwiderte Franzi. „Er hat sich vor der Presse net nur für das römische Skelett, das gar keins war, verantworten müssen, was seiner Reputation definitiv nachhaltig geschadet hat, sondern sich au ziemlich kritische Fragen über die Sicherung seiner Ausgrabungsstätte gefallen lassen müssen.“ Sie seufzte. „Wenn bei der ganzen Sache nur net die arme Sarah Liebinger ums Leben gekommen wäre ...“

„Das ist wirklich tragisch“, antwortete Helena. „Aber wenigstens war Frau Liebingers ganze Mühe bezüglich der Bauabsprachen nicht umsonst. Sie hätte sich sicher darüber gefreut, dass man die ganze Bande dank ihrer Recherchen gefasst hat. Der Nachruf in ihrer Zeitung war auch wirklich rührend. Dort wurde ihr Lebenswerk wirklich umfassend gewürdigt. Das muss man Herrn Hasenreiter lassen.“

„Auf die Sarah Liebinger“, sagte Franzi und hob ihr Glas. Helena stieß mit ihr und den Männern an. „Auf Sarah!“

„Mei, wenn i an den Wiebert denk, ham mer aber scho a sau Glück g’habt mit uns’ren Prachtexemplaren“, flüsterte Franzi ihrer Freundin zu.

Helena grinste. „Aber so was von!“

Ende

Nachwort

Mein fünfter Augschburg-Krimi bringt viel Neues im Leben unserer Kommissarinnen. Helena bricht in einen spannenden, neuen Lebensabschnitt auf und bezieht mit ihrem Nick ein schönes Häuschen. Aber auch Franzi findet endlich ihr Glück und lässt die Dinge erst einmal entspannt auf sich zukommen.

Liebe Leserinnen und Leser, ich hoffe, dass ich Ihnen auch diesmal unterhaltsame und spannende Stunden in meinem geliebten Augschburg bescheren konnte. Auf die Idee mit dem Skelett kam ich zufällig, als ich einen Artikel über die Radiokarbonmessmethode las. Ich fand es faszinierend, wie es den Wissenschaftlern möglich ist, das Alter von Dingen herauszufinden. Da ich selbst Geschichte studiert habe, interessiert mich so etwas naturgemäß ganz besonders. Schon als ich den Artikel las, begann sich ein Gedanke zu formen, eine Idee entstand, wie man diese Methode nutzen könnte, um das Alter von Knochen zu verfälschen. In unserer alten Römerstadt gibt es natürlich auch immer wieder Ausgrabungsstätten, sodass die Verknüpfung nicht schwergefallen ist.

Meine Heimatstadt Augsburg bedeutet mir sehr viel. Ich bin hier geboren und fühle mich hier einfach zu Hause. Sie kennen sicher das Gefühl, das ich meine: angekommen zu sein, dieses Gefühl, hier gehöre ich hin. Heimat eben!

Ich würde mich freuen, wenn ich den ein oder die andere von Ihnen ein klein wenig neugierig auf unsere schöne Fuggerstadt gemacht habe! Ein Besuch bei uns lohnt sich immer! Sei es in der Weihnachtszeit, wo Sie sich auf unserem wunderschönen Christkindlesmarkt vor der beeindruckenden Kulisse unseres berühmten Rathauses aus der Renaissancezeit bei einem würzigen Glühwein aufwärmen können oder auch im Sommer, wo Sie auf ebendiesem Rathausplatz bei einem kühlen Getränk die wunderbare Atmosphäre auf sich wirken lassen können. Wir haben unheimlich tolle und kreative Stadtführungen, die das großartige Team der Regio Augsburg rund um Tourismusdirektor Götz Beck für Sie anbietet und viele schnucklige und schöne Hotels, wo Sie für ein paar Tage ausspannen können.

Sie sehen schon, ich bin wirklich vollauf begeistert von meiner Heimatstadt! Daher habe ich Sie in meinem Krimi auch zu ein paar ausgewählten Plätzen mitgenommen, um Ihnen den Ort vertrauter zu machen.

Es ist mir ein Herzenswunsch, an dieser Stelle noch Danke zu sagen. Meiner Familie danke ich vor allem für ihre Geduld! Wenn man schreibt, hat man wenig Zeit für anderes. Dabei kann ich immer auf die Unterstützung meines Mannes Florian und meiner Kinder Lilly, Tim und Ida zählen. Das bedeutet mir sehr viel!

Ich danke auch herzlich meiner Agentin Anna Mechler von der Literaturagentur *Lesen & Hören*. Agent A, du bist großartig! Vielen Dank für deinen Einsatz!

Ohne das Team vom *dp Verlag* würde es keine Augschburg-Krimis geben. Ich danke euch allen von Herzen für eure großartige Arbeit! Ich weiß, ihr habt es nicht immer ganz leicht mit mir, vor allem wenn ich darauf beharre, dass Augschburg und Bayern zwei unterschiedliche Welten sind, aber ihr habt immer Verständnis für mich. Ihr seid ein wunderbares Team! Ich freue mich auf viele weitere tolle Projekte mit euch!

Meiner großartigen Lektorin Katrin Gönnewig möchte ich ebenfalls von Herzen danken. Vielen Dank für deine tolle Arbeit! Es macht großen Spaß, mit dir zusammenzuarbeiten, liebe Katrin!

Zu guter Letzt danke ich Ihnen, meine lieben Leserinnen und Leser! Sie haben mir in diesem fünften Band die Treue gehalten, was mich wahnsinnig freut! Es ist sicher nicht ganz einfach, Bücher mit Dialekt zu lesen, aber einen Augschburg-Krimi kann es ohne das nicht geben. Sie haben vielleicht gemerkt, dass ich Ihnen zuliebe die Dialektpassagen nur auf wenige Personen beschränkt habe. In Augsburg sprechen wir keinen einheitlichen Dialekt, wie Sie sicher wissen, wenn Sie die vorherigen Bände gelesen haben. Ich habe mich bemüht, die Passagen so verständlich wie möglich zu halten.

Wenn Sie Zeit und Lust haben, würde ich mich über eine Rezension sehr freuen! Aber jetzt wünsche ich Ihnen eine gute Zeit und ich hoffe, man liest sich wieder!

Herzliche Grüße aus Augsburg

Ihre Uli Vögl